顾随与小说

顾随 著
石蓬勃 编

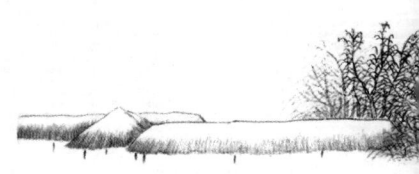

河北出版传媒集团
河北教育出版社

图书在版编目（CIP）数据

顾随与小说／顾随著；石蓬勃编. -- 石家庄：河北教育出版社，2021.7
ISBN 978-7-5545-6639-8

Ⅰ.①顾… Ⅱ.①顾…②石… Ⅲ.①中篇小说－小说集－中国－当代②短篇小说－小说集－中国－当代③短篇小说－小说集－俄罗斯－近代④小说研究－中国 Ⅳ.①I247.7②I512.44③I207.4

中国版本图书馆CIP数据核字(2021)第123697号

顾随与小说
GUSUI YU XIAOSHUO

作　　者	顾　随
编　　者	石蓬勃
出 版 人	董素山
责任编辑	任晓霞　乔　册
装帧设计	于　越
出版发行	河北出版传媒集团
	河北教育出版社　http://www.hbep.com
	（石家庄市联盟路705号，050061）
印　　制	河北荣恩印刷有限公司
开　　本	850mm×1168mm　1/32
印　　张	10.875
字　　数	240千字
版　　次	2021年7月第1版
印　　次	2021年7月第1次印刷
书　　号	ISBN 978-7-5545-6639-8
定　　价	58.00元

版权所有，翻印必究

枯死的水仙

有人送我一盆水仙：

她的鱗莖肥白、乾淨，正如酪酥一樣。幾枝短而厚的葉子，嫩綠，濃青，又恰似油畫畫的。

我並沒有向那個人要這種嬌嫩的花，然而他既送給我，無論怎樣，我不肯再捨了她不要。

小說

愛—瘋人的慰藉

他忽然瘋了；並且瘋的情形極奇怪。我們看他很像一個好人，不過他最怕見人，一見了便嚇得立刻合住眼睛。假設我們強使他睜開，他會渾身打戰，怕得直抖。

他的眼睛發直；而色略為蒼白；都和尋常有神經病的人一樣。他睡著的時候，那些愚人等等被這些「聰明」人蠱惑，漸漸的發生信仰心。於是每一個聰明人領着一隊愚人，懶人瘋人和婦女，孩子；彼此互相傾軋。這個傾軋，漸漸擴大；於是戰爭，殺戮，專制，陰謀，種種都重新發現了。人又囘到舊日的路上！

十年，六月，五日，在青州

夫妻的笑

（夜行街上所見）

晚九点了！

街上的行人漸漸少了。

一條冷僻的街上，

有一座敗落的小雜貨舖子，

這雜貨舖子不過一間大的門面。

舖門外邊，用四根竿子支起一個涼篷，

出版说明

顾随（1897—1960），字羡季，别号苦水，晚号驼庵，河北清河县人。1920年毕业于北京大学，一生执教并从事于文学创作与学术研究。

在中国现代文坛上，顾随先生可谓是卓然特立的作家，其词、曲、诗等古体韵文创作在二十世纪三四十年代影响颇大；而受新文化运动影响，顾随先生早年亦创作有新体小说、散文与诗歌，翻译过苏俄、日本作家的文学作品和文艺理论。

顾随先生生前创作颇丰，惜乎多有散佚。改革开放四十多年来，在叶嘉莹教授的策划、组织、指导下，先生六女顾之京教授与众多新老学人合作，共同努力于顾随遗著的辑佚、整理与传播，已出版顾随著作数十种。2014年由我社推出的十卷本《顾随全集》，可称集其大成者。2018我社又推出了"顾随中国古典诗文讲录"（珍藏版）六种八册，深受读者好评。

本次出版的这册《顾随与小说》，主要收录了顾随先生在二十世纪二十年代至四十年代创作的中短篇小说和小说论，集中反映了顾随先生在小说创作及研究方面的成就。顾随先生大部分著作写于二十世纪前半叶，当时的语言文字习惯与今天的文字规范用法有较大差异。为保留文字的时代特色和尊重作者的原稿原貌，有关本书的编辑情况，特做如下几点说明：

一、原作中的异体字、繁体字，编辑酌情对其进行了规范、简化处理。

二、原作中一些虽不符合现代汉语使用习惯但无碍读者理解的词语及句法等，均依原稿，不做改动，如"规模洪大""已竟""黑暗畸角""瞒怨""鸦鹊没声""聒聒儿""两支大黑眼睛""歹着""心理寻思""至气""元宝型""口锋""联带""如法泡制""题辞""通同""底确""唉呀""销磨""手式""像片""黯澹""阴黯""束置高阁""谭资""历落""搬指""材干"等。余例不一一列举。

三、原作中使用的现代汉语规范中非推荐词形，均依原稿，不做改动，如"利害""莫明其妙""像貌""原故""癫痫""其它""给与""计画""火伴""那末""摩拟""合式""答理"等。余例不一一列举。

四、关于"余""馀"的使用，由于原作中存在"余""馀"意义上可能混淆的情况，除人称代词"我"，其他均统一使用"馀"。

五、关于"唯""惟"的使用，由于原作中多用"惟"，除了"唯物辩证法""唯物主义""唯心主义"等必须使用"唯"的情况，其他均统一使用"惟"。

六、关于"做""作"，"的""地""得"，"那""哪"的使用，均依原稿，不做改动。

七、关于标点符号"、"",",的使用,顾随原作中多用",",均依原稿,不做改动。

八、文稿中涉及的译名,均依原稿,不做改动。与今天通用译名有出入者,增加脚注注出今译,以备参考。

由于经验不足,虽倾力为之但碍于学养有限,文稿处理中难免有疏漏不当之处,恳请广大读者、研究者批评指正。

河北教育出版社学术读物编辑室
二零二一年六月

目 录

上编　小说创作

003　爱——疯人的慰藉
007　夫妻的笑——夜行街上所见
010　枯死的水仙
013　反目
018　立水淹
025　失踪
034　乡愁
043　孔子的自白
048　废墟
058　佟二
095　乡村传奇——晚清时代牛店子的故事
135　刘全福——运粮的故事

下编　小说论析

- 143　山东省民间流行的《水浒传》
- 147　猪八戒论——不登堂看书外记之一
- 152　猪八戒论——不登堂看书外记之二
- 157　林冲论（上篇）——不登堂看书外记之三
- 161　林冲论（中篇）——不登堂看书外记之四
- 165　林冲论（下篇）——不登堂看书外记之五
- 171　看《小五义》——不登堂看书札记之一
- 180　看《说岳全传》——不登堂看书札记之二
- 189　说"红"答玉言问（未完稿）
- 198　鲁迅小说中之诗的描写（纪念鲁迅先生）
- 207　小说家之鲁迅
- 220　论阿Q的精神文明及精神胜利法
　　　　——读《阿Q正传》札记之一
- 225　《彷徨》与《离骚》
- 231　关于安特列夫
　　　　　附一：大笑（译作）
　　　　　附二：在车站上（译作）

外编　小说絮谈

- 249　夜话
- 266　萃语

附录

- 290　读父亲顾随的小说……………………顾之京
- 338　后记

上编

小说创作

爱
——疯人的慰藉[1]

他忽然疯了;并且疯的情形极奇怪。我们看他很像一个好人,不过他最怕见人,一见了便吓得立刻合住眼睛。假数我们强使他睁开,他会浑身打战,怕得直抖。

他的眼睛发直;面色略为苍白;都和寻常有神经病的人一样。他睡着的时候,一夜不知道惊醒多少次。据他自己说:每逢睡觉,便有许多巨齿獠牙、青脸红发的面具围着他的卧床跳舞来吓他。所以他常常从睡梦中大喊惊醒。或者一直跳起来,坐在床上,两眼直视,一言不发。

前几年,他曾当过学生;也曾拼命绞脑汁,去争名次的前后和分数的多寡。也曾同些"损友"吃酒,打牌,听戏……

---

[1] 1921年6月作于山东青州。

不过他是一个绝顶聪明的人:每逢将要堕落下去的时节,总能挣扎上来。有时节他自己悔恨自己胡来,自己便大哭。然而过两天仍旧不免去干那些"非人的"生活。我们可以看出他是一个意志脆弱、脑筋灵敏的人。

他毕过高等学校的业,去到一个公司里当洋文书记。公司的资本极雄厚,规模极洪大,每天有上千上万的工人作工,有上千上万的银钱出入。他的报酬很厚,并且事情也不忙;公司里的执事人员也看得起他。他本可以继续着作下去。

公司工厂的那些乌眉黑嘴的工人,三分不像人,七分倒像鬼。他们从早晨五点工作一直到下午八点;累得大汗交流。白花花的大洋,都到了公司主人铁柜里面;那些"鬼"工人每天却拿不到三五十个铜元。他每天冷眼看见这些事不干己的情形,心里难过的了不得。于是他辞掉了差事,离开公司。

他的世伯又在部里给他找了一个事情。他不过每天坐着车子到部里签个到,坐十分或二十分钟再出来,一点事也没有,每月也可以挣到百元左右的薪金。人决不能没事干,在有钱的时候更利害。于是他又同些朋友、同事们打牌、听戏、吃酒……

他每天同朋友们所谈的也不过是那一付清三翻是怎么和的;那一个馆子里菜好;某角唱某戏那几句最受听;再不然,便是那个"班子"里那一个……

这样一来,他又堕落下去了。然而他的高尚的天才和灵敏的脑筋,终究能把他"提高"。他冷眼看见"官场"中人应酬,往来,拼命在金钱眼里和势力队里跑来跑去;他们都瘘迷了心窍,他们自己也莫明其妙地跑折了腿，使碎了心。他看见这些事情，心里难过，使他不能长久在部里作事。

他到后来又作了几回事，都和上两回一样的辞职。他的心伤透而且碎了；于是决计不再作事，就在都会里闲住着，也常和社会上形形色色的人来往。然而结果不但教他伤心，而且使他气恼。

他觉着无论哪一种人，一跑到社会上，便成了"假"的——正和戴上面具一样。他常说："譬如我问一个人，'你吃了饭没有？'这个人分明没吃；偏要撑起肚皮，点头咂嘴的说：'偏过了！'吃饭没吃饭，本是一件极平常的小事情，然而人偏要撒谎。何况其馀较大一点的事情呢？"

所以他又说："我所见的人，并不能叫作'真人'，不过一副面具罢了。而且这面具都是极可怕的，极难看的。"

终久他疯了！

他家里打发人来，接他回家。他此时病的有点不清省，并且饮食也不伏进了。

他有二三年没回家，这次糊糊涂涂的，怎样到的家，怎样进的家门口，他也不知道。他醒来时，他的母亲——一位五十多岁、鬓发斑白的老太太——正将他揽在怀里。老太太疼儿的眼泪一点一滴的落下来滴在他的脸上。

然而他此刻自己正皈依在菩萨的"莲台"宝座下面。菩萨用"杨柳枝"蘸着瓶中的水，洒在他头顶上。真是醍醐灌顶，甘露沁心。

他此刻精神和身体都清爽了许多，本待要说话；但是心里甜美的安适说不出来，于是又睡着了。

他第二次醒时,卧在床上,看见温纳斯[1](Venus)半云半雾的、在床边走来走去,她穿着纯白、银色的羽衣,挽着极高的发髻,异常美丽,她脸上发出神光来;并且用神圣的、爱的眼光来看他。

他觉着全身笼罩在神圣的、爱的光里;仿佛鱼游泳在清泉里面一样。于是他又睡他的香甜觉。

他的妻子便静悄悄的在床边看守着他。

他第三次醒时,依然在床上。他看见一个小天使驾着小白翅子飞到他的头上。天使手里并不拿着弓和箭,却拿着一枝极浓极艳的鲜花。

他振起精神喊了一声,"爱的花万岁!"他又昏昏沉沉的在"爱"里面睡着了。

他的小女儿手里拿着花还要叫醒他让他看,他的妻子见他又安安稳稳的睡着了,便使个眼色,努一努眼,教小女儿出去,别搅他的睡。

他到家的第二天,病就好了!

他如今只看见他的母亲、妻子、女儿;一家人团聚欢喜,并不见什么菩萨、温纳斯、小天使了!

然而"爱的花"仍然美满、茂盛的开着!

十年,六月,二十八日,在青州

---

[1]今译维纳斯。下同。

夫妻的笑
——夜行街上所见[1]

晚九点了!
　　街上的行人渐渐少了。
一条冷僻的街上,
　　有一座败落的小杂货铺子;
　　这杂货铺子不过一间大的门面。
铺门外边,用四根竿子支起一个凉棚;
棚下挂一盏较大一点的煤油灯,
　　灯下摆着水果摊子。
　　"五月鲜"的白和"关爷脸"的红,
　　　映着灯火发出绝妙的娇艳彩色来。

---

[1] 1921年6月作于山东青州。语句分行,依原手稿格式。

水果摊子当中,
　　摆下一张小白木桌子。
桌子上有茶具:
　　一把假"宜兴瓷"的红色壶,壶嘴早已碰缺了,
　　两只粗瓷的白茶杯子,都盛着酽酽的红色茶。

桌子这边,
　　一位妇人盘膝坐在一张小竹床上;低着头,塌下眼皮,去做手里的"针线"。
她已竟三十上下岁;穿一条粗布褂子;头发稍微乱烘烘的,挽一个家常髻;面皮手指,因为常受风日和常做粗活的原故,都有点粗糙。
然而她的像貌倒很甜净。
眉目也很疏朗。
那边坐着一位三十多的男子,光着膀子乘凉,露出风吹日晒的铜色皮肤来。
他的面貌现出诚实和忠厚的品性。

他时常用一杯茶润润嗓子。
他低着头,正看手里那本极粗俗的小说,叫做什么"刘大人私访";
　　并且大声,按着轻重、快慢的音节,念出来;津津有味的读给她听。

真奇怪!
他们两个人——读的他和听的她——忽然同时觉得这书的某地方有

趣。心里感得一般无二的愉快。

于是他俩同时抬起头来；她的眼睛离开手里的针线；他的眼睛离开那本破小说；四只眼睛发出饱满、快乐的光线，接触成两条平行线；你看我，我看你，对瞅着一笑；又低下头，作活的作活，念书的念书。

天使连开神光，展起双翅，在他们头上飞来飞去。

四围的空气都变得神圣而甜美！

我在街上一个黑暗畸角里立着，看见以上所经过的事情。

看到末后，我眼里涌出热泪来；我的血涨起来，心突突的乱跳，好像要离开腔子。

我本要经过这个铺子往前走。

但是我没有胆气去撞破这一团神圣而甜美的空气。

我又跑回原路了！

六月，二十七日，晚二点，青州

枯死的水仙[1]

有人送我一盆水仙:

她的鳞茎肥白,干净,正如酪酥一样。几枝短而厚的叶子,嫩绿,浓青,又恰似油画画的。

我并没有向那个人要这种娇嫩的花;然而他既送给我,无论怎样,我不肯再舍了她不要。

道声"谢",接过来,摆在书桌子上吧!

冬天到了,我的书房里并没有生火——因为我不喜欢生火。

清晨起来,盥漱了,走进书房。

忽然一阵清香,透入鼻子里!

原来那盆水仙发出来五七枝极健旺的箭,白瓣、黄蕊的花儿,也开

---

[1] 1921年12月作于山东济南。语句分行,依原手稿格式。

了许多。

外面下雪了!
我坐在屋里,写字伸不出手来,坐着读书身上有些起栗。
盆中的水仙却愈发的香;香味也愈发的清!
这是何等的世界!

她是有知识,还是偶然呢?
不用管!横竖我很爱她了。
"听差"怕我冷,给我送进一盆炭火来。
我道:"没得搅乱了花香;赶快搬出火去吧!我很乐意冻着!"
"听差"很惊讶的端着火盆出去;水仙对着我笑了。

有几天里面,我因为几件事,在外面跑,没得回家。
一天稍微得闲,回来先忙着到书房里看水仙。
然而糟了!水仙上面都蒙着一层灰尘;
又因为没有换水,没有晒的原故,崭绿的叶子都黄了;雪白的花儿都枯了;鳞茎也烂了干了。

春天到了,各种植物都生长起来,但是书房里的水仙完全枯死了!
我呆呆地对着她,半晌,几乎掉下泪来!
然而我瞒怨谁呢?这又有什么法子呢?
我郑重的对她说:"你是不幸的死,夭折的死,我非常可怜你;我用尽才力作一首很好的诗吊你吧!"

我止住啼哭，磨得墨浓，蘸得笔饱，聚精会神，才待要写……

忽然送给我水仙的那个人走进来。

他气冲冲的推开门，站在我跟前，瞪着眼睛，骂我：

"你无耻，你这懦夫！你全没有一点'人'心眼儿！你将这样娇嫩的花儿糟蹋死了，你还忍心拿她当'诗料子'作诗，博士人的赞赏吗？"

我又哭了，哽咽不能住声了！

那个人又骂起来："你无耻！你这懦夫！哭当得了什么？"

我哭着，哽咽着说道："杀了我，偿她的命吧！"

那个人愈发暴躁如雷，大骂起来："你无耻！你这懦夫！你想着'以死塞责'么？你的命值得了什么？杀死你她仍然是活不了！懦夫！无耻！"

那个人说着，推开门又砰的一声关住，出去了。

我对着那盆枯死的水仙，又哭起来，而且愈发哽咽不能住了。…………

十，十二，四，在济南

反 目[1]

伊从八岁，便被关在深闺里，一直到十七岁上，除了伊的父亲和伊的小兄弟以外，伊从没见过第三个男子。日间做些针线，夜间同母亲安歇：八九年的生活，总是这个样子。但是伊出落得极美丽，极端重。所以姑母、姨娘、伯母、婶子们一看见伊，便夸奖道："真是好孩子！出了阁以后，婆婆丈夫不知怎样怜惜疼爱呢！"伊一听见这种话，便烘的红起脸来，有时急得眼里滚下泪来：伊自己也莫名其妙。

这样的好姑娘，不用说，父母自然是一百二十分地疼爱。因为额外地疼爱，所以亲事也被加倍地谨慎。高不成，低不就，一直到了伊十七岁上，才定了亲。伊的未婚夫是伊父亲的得意门生，是一个极干净、极聪明的孩子，但伊的母亲还不放心，又亲自过了目；

---

[1] 1923年4月作于山东济南，刊于1923年济南《民治日报》，署名聋瞽。

后来又打听得男孩子的父母也是极善德的,才放了"定"。

换过了"大柬",亲事便算一妥百当。伊已是十七岁,按着习惯,也是"出阁"的年数了。所以亲事才妥,便又忙着嫁娶。伊此时早已有些头晕了。有一天,伊的姨母来看她。姨母也是见过姑娘的未婚夫的;无意之中,对着伊的母亲说道:"真是天生成的一对儿,打着灯笼,也没处去找去呢……"伊听见这句话,早已又扯脖子带耳朵的红起脸来。

但是这一次的红脸和寻常红脸大不相同。伊觉着有一种特别的滋味发生在伊的心里——十七年中从没有过的滋味。伊在家里过了几年"白天做针线、夜间睡觉"的生活,伊那真正的感情,从来没处去表示。这回听见伊姨母那句话,那有生俱来,却又深藏了十七年的感情忽然剧烈地发现出来。全身的血液仿佛万马奔腾;那颗心突突地乱跳,好像要离开腔子;眼前一黑,晃一晃身躯,几乎栽倒;赶紧扶着桌子坐在那里。姨母和母亲见伊这个样子,只说伊有点儿害臊——女儿常态——倒也没大注意,又慢慢地谈到别的事情上面去了。

到了"吉期",这一天伊的灵魂早已离了本壳:木偶一般,任凭人家摆布。直到花轿到门,伊才觉得事情有点儿不妙;趴在母亲怀里,呜呜地哭,再也不下来。一家子人哄小孩子一般,才把伊哄上了轿。

全身披挂着,头上顶上了大红"盖头",上了轿,封了轿帘,伊觉得天昏地暗,简直和地狱差不多。好容易云里雾里,熬得轿子落了地,开了轿帘,掀起"盖头",一阵子"拜四方",伊又几乎晕过去。接着"坐帐","闹房",姑娘的心,眼看就要呕出来。

一直到了十一点左右,"新房"里才清静了。一个人也没有了,连伊带来的老妈子丫头子也通不在跟前。但是清静得未免可疑;鸦鹊没声的又有点儿令人怕起来。伊自己呆呆地坐着,正在有点儿不得主意,忽然脚步声响,一个人走进来。伊不由得抬头一看——不看时万事全休,一看时见眼前立着一个十七八的少年,四只眼睛正对了光,伊不暇看仔细,早又羞得面红过耳低了头。伊虽然没有见过,但是心里早已明白:"这就是所谓的'他'了。"伊觉得周身不合势,站起身来就往外跑。"他"偏乖,一进屋,早顺手把门带上而且闩上了。

伊于是得又坐下了。他也凑势坐在那边床上,说道:"请安歇吧!"伊觉着不好答应什么,只好低了头。他也觉得有些发趄;便拉过那个绣花枕头来,遂身一歪,合着眼倒在那边床上。伊在这边,动也不是,不动也不是,膀子依在墙上;只一会儿摆弄摆弄那条小手巾,一会儿低下头看看自己鞋上那两撮红绒凤头儿。时钟"滴答""滴答"地走过去,打了一点。伊也有些儿倦了,抬起头来看看那边床上的他,依然合眼睡在那里;于是伊也顺势歪下了。

歪在那里,也合上眼,心里觉得舒服得多了。但是脑子又作用起来——"怪不得姨母那天对母亲那样说呢!……方才一进来的时候,虽然不曾看仔细,但是他的眼光是怎样的饱满而又光明啊!……他坐在那边床上时,我低着头只看见他的两只手垂在那里:手指是怎样的细长而又柔嫩,皮色是怎样的滑泽而又可爱啊!但是——他的面儿终究不曾看清楚,此时再也想不起来了——仿佛也是聪明、慈善的……"

伊想到这里,再也耐不住;翻过身来,微微地睁开眼睛看时,他依然睡在那边。灯儿明亮亮的点在桌子上;可是他的脸儿,有些笼罩在灯影儿里呢。听了听，窗外一点儿声息都没有；窗纸上也看不见什么唾沫湿的小窟窿儿；于是伊欠起半截身子，轻轻地把灯往前挪了一挪。灯光直射在他的脸上了！他还是合眼睡着——她看见他的面庞了！两道斜眉，斜行入鬓；两颊丰赪，映着灯光，透出红晕，想是睡得正酣呢！

伊不知道什么叫作"爱"，只是舍不得不看了。尽望着，……但是又耐不住了。装作理鬓，起来走至妆台前面，取出一面小梳子来，对着镜子，拢了拢头；便倚着桌子，立在那里，又看起来。他那隆准垂直的鼻子里，出入气息极匀，似乎微有齁声呢。伊放开胆，又凑了两步——可惜他不曾醒着，看不见他那饱满、光明的眼光啊！

窗外"听房"的人们嗤嗤地——似乎是忍不住地——低声笑出来。伊正有点儿着忙——伊看见他那光明、饱满的眼光了！伊极力想避开他那眼光的注视，正如方才想着看见一样；但是伊好像受了催眠术，自己的眼连眨都不眨了慢说是避开。两个人就这样的对瞅着，窗外的笑声轰然了。伊听见正如顶上打了一个焦雷，才赶紧倒退了两步，红涨了脸坐在那边床沿上。窗外似乎有人说："好大方啊！不要……"说到这里又好像另有一个人把说话的人的嘴捂住了。伊听了头只低挂在胸膛上，为难地滴下泪来，哭了！

他第二天早上出去，遇见的人，没有不怄他的。他本来年轻，脸皮子热，实在有点儿磨不开了。他恨极了伊那样的"无耻"——在洞房第一晚灯下偷看自己的丈夫。并且他听得旁人背后谈论伊，说伊一定有些不大……不然，怎会第一晚上就那么大方呢？他又气又恼，从此永不进伊的房，见伊的面——夫妻们"反目"终身。

伊也深悔自己的"不该"——在洞房第一晚灯下偷看自己的丈夫。后悔到伤心处，便自己咬着牙，掐自己的肉，甚至于流血。但是伊每一想起洞房第一晚那幅深刻的印象——他那红晕、丰趁的两颊，斜行入鬓的剑眉，高高的鼻梁儿，方方的红嘴唇儿——仿佛又得了极幸福的安慰了。虽然丈夫永不进伊的房，见伊的面，伊却就用这样"安慰"，很平和地（不自杀，不过度地伤心）去过那苦痛的"反目"生活，一直到老。

一九二三，四，十三，在济南

立水淹[1]

离家还有一里路,在脚车上早望见了楼。喜得心里扑通扑通地跳!

晚间同父亲母亲和妹妹在灯下谈话——

父亲说:"我想你早该来了。学校里不是早放了暑假了吗?"

我道:"我晋京来着呢。在京里又遇见甲和乙,谁知一住就是十来天下去了!"

妹妹笑道:"不知道怎么哥哥总是像没笼头的野马一样。近一月里面,咱爹整天价想你。每天爹睡晌觉的时候,总同娘说,'我正睡觉的时候,那傻小子回到家来,才有趣呢。'偏爹今日为晒麦子,没睡午觉,谁知哥哥今日竟到了家了。"

母亲笑着说:"可是的!你爹从来不这么着。自打去年起,才每逢寒暑假,总天天盼望着你赶快家来。"

父亲也笑着说道:"人老了,大约都这样吧。当日你祖父也是

---

[1] 1923年9月作于山东济南,刊于《民国日报·文艺周刊》第41期,1924年8月19日。初草时曾名《乡居》《乡居纪事》。

这样。"

我同妹妹都笑了。

但我在灯火底下,看见父亲的胡子,又有几根白的了。

晚间我独自在屋里看了回波多莱尔的诗集,便熄灯睡了。

刮拉拉!……天塌地裂一般,我从梦中惊醒,以为是新盖的楼倒了。披着睡衣,跳起来看时,哗哗的……响成一片,大雨翻江倒海也似的下。闪亮处,看见楼还矗立在那里,——接着又是刮拉拉!……刮拉拉……

我依旧倒在床,继续着睡。

天明起来,雨已停止。我一出大门,就听见村头上嚷嚷。远远望去,土崖子角上黑压压的一堆人——本家烧鸡二爷,狗皮三叔,烟汤二哥,街坊王赌鬼,白丸李七,金丹张八之流;连我家佃户陈五麻子、张三破头也在其内,正在说什么。

我过去看时,——土崖子下边,原是一条南北大道,如今成了一条运粮河;再往东看,一片白茫茫,直顶到东庄根下。田间的高粱穗儿都在水面探着头飘摇呢。

我心想:"这雨有趣不过了!"

"轰隆!"我吓了一跳。

靠崖子一带住家的土墙都倒了!从墙倒处看去,往日黑暗的家庭都公开了!张家黑翠二嫂子——外号"上半截"的——正光着膀子露着又大又肥乌黑的两只奶子在院里枣树底下裹小脚,大约是"晨妆"未竟。伊又吃惊又害臊怕我们看。说时迟,伊手带着裹脚布,赤着两脚连跳带爬;那时快,钻进屋去,哗啦!便闩上了门。

于是崖子角上轰雷一般喝一个大彩。

神经衰弱的我,嗡的一声,头大了好些,半天才恢复过来。

等到吃早饭时,母亲问道:"怎么样了?"

父亲道:"立水淹了,菜园子四围都被水围起来了……过不去人,顶好是把那只破船抬出来,粘一粘放在水里。"

船!我想起来了。车门旁边那五间收藏东西的大草屋原有两只大船。往上数上十年,祖父常常指着船告诉我说:"这是十几年前,常闹运河水灾的时候用的。撑着去载高粱头,往邻村去赶集,或者打鱼……"

当时我听了,不免纳闷:

"爷爷,为什么如今不淹了呢?"

祖父只笑着拍我的头顶一下,道:"哼……这傻孩子!"

但是那一只大的,在民国九年大旱的时候,被佃户劈着当柴烧了。如今只有那只小的还用许多麻绳横七竖八地捆着,吊在那五间草屋的梁上。

我同兄弟听了父亲方才那句话,都高兴得了不得,"哼!那敢则好!今天下午就叫张三破头们抬出来放在水里吧!"

父亲道:"那可不行,缝都裂了。放在水里不散也要沉的。"

兄弟急了问道:"那怎么好呢?"

"叫洋人五爷来给粘一粘吧!"父亲说。

洋人五爷亦简称洋五爷,因为他长的卷发,深而且高的鼻,所以得了这样的徽号。于是我同兄弟都不曾吃饱,便急着上街上去找洋五爷。

粘船敢则是极累赘而且麻烦!

先把石灰用桐油和了，再掺上麻。于是把遍船所有的缝，都用这种材料去抹了；又怕不严密，再用斧头丁丁地细锤它一过。

起初我同兄弟也帮洋五爷的忙，一同下手。后来烦了，又急于把船下水，而且在太阳底下晒着，做这样平板无聊的工作，实在是烧焦得令人不耐烦。看洋五爷时，他依然是慢慢地和石灰，慢慢地抹缝子，慢慢地去丁丁地锤。

好容易一天半的工夫，又把陈五麻子叫来帮忙，才抹完了缝子。我同兄弟脸上都有了笑容。

兄弟道："这可好了！"

我道："今儿晚半天，可以下水了！"

洋五爷哼了一声道："早哩，早哩！明儿拿桐油把船身遍涂了，再晒上两天，就不大离了。"我们还闹，偏偏父亲走来，询知原委，便说："这么着下了水，你俩坐上，再也不用想上来了！"我同兄弟听了，才垂头丧气一声儿不言语了。

好了！船下水了！而且是父亲撑着。因为我们这地方，有二十多年没闹水灾了，只有四五十岁的尊长，才有撑船的本领。

洋五爷也会撑。因为他粘船粘得太慢，并且粘好之后，又把船白白闲晒了一天，不让我们下水，我们兄弟恨极了他，也不教他坐，也不教他撑。

父亲撑船撑得真好，用了一只木篙，拨弄得小船箭一般往前进，左旋右转，无不如意。水打得船头啪啪地响。只有一件，觉得苦恼：就是兄弟太高兴了，在船上连跳带蹦；船又小，我怕他掉下水去，处处要照应着他，不免又有点儿头晕。

船围着村子绕了一遭，从村前出发，又从村后回来。这时合村的炊烟，袅袅地上升——坐着船在远处望着，正如泊在海港里面一只大火轮一样。

这样的景致和乐趣，在我们这大平原里，是不可多得的。所以晚间我躺在床上，深深地感谢"立水淹"不止。

感谢自是感谢，也只是自己脑里想想而已。第一，对着父亲便不敢说。因为父亲曾说过：这次淹，我家的农田，被淹没了二三十亩地的豆子。所以我知父亲一定不欢迎立水淹；虽然他老人家也曾说风不错，而且还撑着我们去逛"湖"——我和兄弟都这样称呼围村的水。其次，对着街坊也不敢说。一说，他们便要怒目而视，或者在背后骂我"败家子"；咬文嚼字的乡先生们，又要指头画着圈儿说我"不知稼穑之艰难"了——其中当然以乡前辈李二先生为最。

李二先生种了二亩西瓜。天气一天一天地热起来，瓜也一天一天地大起来。但是这次立水淹，瓜地里上了水了。他只得教长工们涉着水去连瓜秧一齐拔了家来。于是冰盘大的、茶壶大的、碗大的、铜元大的未熟的西瓜，堆积在二先生的小当院里成了一座瓜山。内中有一个最大的——不过也是不熟——便是俗名叫作"老鸹翎"的名色的。洋五爷在粘船的时候告诉我，李二先生抱着这个西瓜整整地哭了一昼夜，水米不曾沾牙。我似乎有一天看见他的那两位少先生（都不过十岁上下）拿着两个杯子大的小西瓜儿在街上当球踢呢。

我的本家狗皮三叔和二先生最谈得来。他提议把这些瓜都腌成"西瓜豆豉"。法用黄豆蒸熟发酵，将西瓜削去外皮，嫩者即不削亦可，切成四方块如豆腐干大，拌豆入坛：每豆豉一斤用盐三两；两三月后便可取食。其味鲜美异常。

这个议案，二先生似乎也很赞成。但是想了一想，便立刻摇头表示"不然"。一来没有那么许多坛子，二来也吃不了那么许多豆豉，三来也太费盐。于是狗皮的议案也就搁置了。嗣后又有人建议是喂猪——因为二先生养着十来个大猪呢。猪的肚皮很宽，比坛子还要能装，这座西瓜山当然吃得下了，而且又不用加盐。这个办法比较的以为最经济而且省事了，但也没有实行。

二先生种瓜，他自己是一口也不肯吃的。对人总说自己脾胃不好，夏天一吃了西瓜，到秋后便要闹肚子的。就是他的大少先生在日，也不能公然对着二先生吃瓜，时常教长工们半夜里偷着搬来吃。他的脾胃倒好，轻易不闹肚子。但他在十四岁上忽然霍乱死了，二先生以为是吃瓜吃得太多的原故。所以对于现在生存的这两位少先生，最严格的"禁止食瓜"；还时常告诉他们："西瓜性寒，伤脾，不可食！"然而他依然种瓜，并且卖瓜给旁人吃。这样卖了可以赚银，自己都舍不得吃的好东西，现在都把来喂猪，未免有点儿"暴殄天物"。他几次要喊长工搬出西瓜去喂猪，话还没有出口，看见那些瓜圆溜溜地在太阳底下放光，心里早痛惜起来，有时继续着流些第一次哭瓜未尽的馀泪。

六月的天气是如此之热，又以多雨的原故，是如此之潮湿，竟使二先生的瓜山发生了特别的臭味。他于是决心教长工搬去喂猪了。但是长工回说，这样的瓜，抛在猪圈里，猪也不喜吃。二先生听说又默然了；半天，长出了一口气……

这回狗皮的主张是：便是猪不吃，也是抛在猪圈的好，因为瓜烂在圈里还可以制造肥料。李二先生居然采纳了这个主张，便指挥着长工实行了。

李二先生向来是主张"不怨天，不尤人"的，而为了"西瓜事件",也时常说"天丧予！天丧予！"了。哭丧着脸，有好久的时候，他说起话来，鼻子里总带着伤风的声音。

我若同他讲起立水淹后的风景是如何如何的好，真是对着癞痢头夸辫子，不像话了。李二先生一定要骂我："……非吾徒也！小子鸣鼓而攻之，可也！"

以此类推，村中其他的人，也未必见得欢迎立水淹。后来我坐着船村前也不敢到了。因为土崖子角上常有一些人，看见我坐船，仿佛都不以我为然——不应该如此高兴。

船不能坐，书又不能看，天气又非常之热，依然是无聊；于是天天上楼远眺，虽然看不见兄弟信上说的什么四外地里的青麦子，然而围村的水，依然是可以看得见的！

等到水要干而陆地又逐渐恢复旧观的时候，暑假已竟完了；学校里催我到校的信，也来了。

失　踪[1]

　　第六时——自一点至两点——是三年级的音乐。音乐教员是一位浙江人，也就是T城交际界中有名的刘渡航女士。

　　她照例要迟到十分钟的，等到别级的教员都上了班，教务处空无一人的时候，她才姗姗其来。这天下午，他跑到教务处去躺在躺椅上看报，眼看着一个一个的教员都夹了讲义、点名簿、粉笔盒，走到班上去了。十分钟之后，刘照例地来了。因为是初冬，虽然并不甚冷，她早已暖袖、肩巾的披挂上了。似乎一半是应时；一半是装饰。紫云霞缎的长旗袍，在她蹬蹬的高底皮鞋进屋门的时候，恰是雨后青天上的一道长虹。

　　她并不慌，慢慢地卸下了肩巾、暖袖，搭在围着长案子的一把椅子上，整理好了点名簿、讲义、粉笔盒，却又不去上班，蹬蹬地

---

[1] 1923年12月作于山东济南，刊于《浅草》1925年第一卷第四期，署名顾颉。收入鲁迅编《中国新文学大系·小说二集》。

又走到茶桌旁边,斟了小半杯茶,头微微地一仰咽了下去,又把那只杯子扣在茶盘里。这才夹起东西走了。

他们两人仿佛谁也不理会谁。但她走后,他随手把报纸扔在地下,三脚两步跑过去,就用方才冷眼看准刘所用过的那只杯子,满满地斟了一杯茶,一口气咽下去,——四顾无人,他又把这杯子用嘴吻了又吻,才扣在那里。当他走向那边打字室去的时候,他又顺便很急遽地把脸埋在红色的缚的肩巾里,深深地呼吸了一口生发油、芝兰水、凡士林的气息。

他打起字来,札札的几声,在纸上是这几句——

> The modest, retiring, virtuous, young lady:
> For our prince a good mate she.
> (窈窕淑女,
> 　君子好逑。)
> He sought her and found her not
> And waking and sleeping he thought about her.
> Long he thought; oh! long and anxiously;
> On his side, on his back, he turned, and back again.
> (求之不得,
> 　寤寐思服,
> 　悠哉悠哉!
> 　辗转反侧!)
>
> ——苏曼殊《汉英三昧集》

几句话翻来覆去地打,尽lady这个字,一连气就打了十来个。

和打字室正对着的是教员休息室，里面墙上挂着一架四尺高的镜子。他向来不知道是什么作用的，而且也不曾留心。一点钟的工夫，被他一阵洋《诗经》匆匆地打过去了。刘第一个先下班来，披起肩巾、暖袖，又闪了一道虹光霞彩，蹬蹬地跑过休息室去。对了镜子，轻轻地撩一撩鬓边，端详了好久，——她忽然自己笑了。

他隔着窗子望去，隐隐绰绰地望见了刘的形情，于是停了打字，大张着嘴，眼光再也撤不回来。刘好像觉察出来，或者是在镜中望见了他，脸上的笑容忽的收敛，在两腮上泛起两点红晕。回过头来，却正见着他那种"呆瓜"的样儿，她的脸愈越红的娇了；同时又用了编贝的牙齿，咬住了荷包牡丹似的下唇，似乎是忍不住笑；一面闪起电光，蹬蹬地走出去。

他的眼直送她转过了屏门，怅然地罩上了打字机，长出了一口气，一些教员，——他素常称作教育界苦工的——都下了班了。他又惘然地走到休息室去，借着吸烟，装作无意地立在镜子前面，就是方才刘站着的地方。

——呵！鱼眼，皱脸，眉际常蹙，弯腰屈背的一个二十七岁的青年啊！

两行热泪挂在他的脸上了。

这天晚上（十点钟），他又就着花生米下酒，喝了六个铜子的白干。一两支雪茄，一杯极浓的绿茶，使他鼓着勇气从箱子里又搜出了十年前所照自己的小像。——这是他不醉时所不敢取出来看的。这样的大眼睛，并且这样丰润的辅颊，两个小酒窝儿在像上还可以认得出来呢！

十年前，亡过的她在一天晚间卸妆的时节，用胭脂拍在他脸上，又用纤手轻轻地拧着他的脸儿一下，说："呸！乖！这么爱人，像什么呢？像……你好好凑过来，让我吃它一下。乖！"

他似嗔似喜地说道："少麻烦！……你真爱我么？"

"为什么不？！乖！"

"你还是同你的令表弟N上客厅院里捉蝴蝶去好呢！"他不知怎么终于把这话说出口来；一面又留神看她脸上的神色。

由她那样放诞，也不觉得鬓角都红了，说道："你说的……是什么呢？"声音也有些颤动了，虽然她极力装着镇静的样子。

"哼！还问呢！街上都嚷满了，只差没有给你编出戏来！还有脸问呢？！不害臊！"他原前还带点玩笑，这回有了气了。

她直瞪着水汪汪的两只眼睛，半天滚下泪来，抽抽咽咽地道："你教我说什么呢？……"

"你对着灯，说'这是谣言'吧！"他怜惜似的想着开脱她。

但是想不到的是她哭着跪趴在他怀里了，呜咽着道："你把我打死吧！"

"你……你……为什么同……"他一面又想拉起她来。

她趁着这一拉，躺在他的怀里，说道："你把我杀了吧！不！……就请你饶了我吧！你晓得，我半年不见你，我是多么寂寞呀！……乖！……你还让我叫你'乖'吗？我真心爱你。可是你要知道你走了以后我是多么寂寞啊！"

这尤其出乎他意料之外了！这样的直率和大方的一个十八岁的少女，他以为如果不是可爱，至少也是很有趣的，无论如何，还不至于该死，讨厌！

"起来吧！唱花旦的，说哭就哭。……吸完了那两个烟泡，睡吧！我困了。"

她轻轻地起来，一缕头发披散在肩膀上，髻又歪在一旁。她全不觉得，又瞪了他一眼。

"慢点嚷啊！……我这鸦片还未'奉明文'呢！"

"我知道，明天就批准了！"

她歪着头，斜飞了他一眼。"好！谢谢你。要不，你也吸一口吧。人家说吸一口好……"

"打嘴！"他倒觉得不好意思了。这也许是"无辞若有憾焉，其实乃深许之"。

他们两个并头躺在一个长枕上。他烤完了烟，装上，递给她，（他虽然不大吸，烤得好呢。）她吸完了，喷出一口馀烟来，将腿搭在他身上——方才的事情，仿佛在她完全不曾发生过似的。

"你在外边有时也觉得寂寞么？"

"没有！"他不大高兴地说。

"真个好，你们男人的心，好像场园那么大的。"

"你们女人的心，真好像客厅当院那么大呢！"

抽的使了一个猛劲，她撤回了腿，扭转身去了。不一分钟的工夫，她的肩背耸动，好像又在那里哭了。于是他用力扳过她的身子来。她还用手掩着眼。

"你看！这是谁！？"他从口袋里掏出一张四寸的小相片来。

她又被拿开了手，犹如一个淘气的孩子，眼里含着泪，又早在那里玩起什么新鲜玩意儿来了。

"这是谁？'前刘海'。弯眼睛，好像我死去的姊姊呢！"

"你说！有这么个人做伴，还寂寞么？"他玩笑似的说。

"哼！你好！"

"你比我还好呢！"他有意无意地说了一句。她又哭了。

"别哭，别哭！这是我的同学啊。"

"我不信，同学会有'前刘海'？"她半信半疑地眼里衔着泪问。

"是留着新式头的。……你说漂亮不漂亮？是我的把弟呢。"

她忽然醒悟了，皱起眉，撇着嘴角，指头画着脸，羞他道："羞！羞！不害臊！"

他微笑着。

他不晓得为什么原故，也要做一个孩子的父亲了。——是一个女孩子的。

孩子的啼声，和刀子一般从他的耳朵里直刺入心中。他不由得火烧油煎起来。

产后而重病的她，是一朵零落而开败的蔷薇花。这样的花，在红而且甜、香色俱全的时候，自然是案头雅玩；无论是插在瓶里或养在盆里。如今不但令人不快，而且一见，便发生了厌恶与憎恨。

他依然去吃酒，去打牌……在酒场、牌场里，他被家里的用人，三番五次叫了家去。他皱起眉头，按住心火，去到她的床前，问一问：好些了么？吃了些什么呢？或者吃过了药觉得怎样？诸如此类之话。她于是委屈地不禁放声哭了。他以为无论如何音乐的声音，在哭时是刺耳的。泪是明珠，但是在有声的哭泣中滴下来的，尤其以泪乞人怜的时候，便成为蒺藜了。这哭声不但不能赚得他的怜悯，反而更加厌恶与憎恨了。

他不知是听见谁说，也不知是在什么书上看见的：甘草忌唤甘遂合用，是名断肠草，可以杀人。中医似乎成了一种习惯：无论治什么病，开什么单子，照例要用甘草。他在自己家里所开设的药店里，趁人不觉的时候，偷出了一撮甘遂。等到老妈子煎药的时节，他又瞧不防，将那一撮甘遂游戏一般的下在药吊子里面，她此时似乎是睡着。他看了看她，心里似乎也稍联想到客厅院里捉蝴蝶的事情，便溜出去，跑到一个朋友家里，胡吃混碰，胡乱打了一夜牌。

天将黎明，已竟是早上五点左右，他心里正在忐忑。抓了一张牌，当看的时节，上面却现出"甘遂"两字。这时他家的用人不知道怎样找到了这里，气急败坏地说道："少奶奶不好了！"他眼前一黑，手里抓着那张"四万"，连人带椅子仰翻过去。

"可怜！可怜！他疼得竟要跟了她去呢。"旁人都这样说。谁能疑心到药的上面去呢？她的确是嘴唇青紫，鼻子里流血，而且临咽气的时候，满床上乱滚！

他在殡她之后，大病了一场，整整的三个月。病起之后，他完全是另一个人。寡言，沉静，善睡，牌酒都戒了，同友人谈起话来，也是和平而且柔顺，他要求学。他自中学毕业之后，因为她的原故，不曾升学。他的父母问他：能行么？他慨然地承认了，并且说精神一点儿也不坏。他的父母又以为读书可以减少他的悲哀，便也应允了；但是要同他谈起再娶的话来，他却又说：身体不好，最好是保养着，不续弦的好。

他厌恶女性。大学里面的女生，——男生们以一交谈为荣的——他正视不顾。偶尔在班上坐得近了，或在街上遇见，他总是先低了头，眼看着地，似乎比女子还要羞涩。他爱看戏。有一次同朋友们看戏出来，一个人说：到什么地方坐坐喝茶去吧！他以为左不过什么茶楼饭庄之类，便随着一同去了。等转了两个弯子，在到一个巷子里面，他看见了招牌上面的字，他大叫一声——中了魔似的——晕倒了。他有时作悼亡的诗词，于是旁人说他是为亡妻守贞。他只是苦笑着并不置辩。

她坟上的白杨的叶子，已经能哗哗地响了。而他的女儿，也七八岁了。这也都不在他心上。他自从大病之后，对于什么都不能感受。他机械似的毕了大学的业，机械似的做了T城女学的教员，终于是机械似的生活着。他许终身是机械似的生活着，假如不是遇见刘。

他又重生了；——追忆起以前努力忘却的种种。

第二天他上班的时候，七八十对眼望着他。海水映着天空净无纤尘而且还不曾染过一点世俗气的眼睛发出的光，似乎照妖镜一般使他寒栗；他打了一个寒噤，从讲台上倒栽下来！

他这病是大家都知道的，也还不十分惊慌。

第三天他失踪了！失踪之前，他同校长A先生说：是要到医院里去。这天终于没有回来。一天一天地过去，结果仍然是没有回来。

他住的屋子里，什么都不短少。只瓶里插着的两枝折枝菊花——一黄一白——不见了那枝黄的；再就是墙上那幅不到半尺高的Venus的油画也不翼而飞了。其馀一切衣服书籍什物等等都丝毫不曾动。

人们是最善于忘却的；一个人也最容易被忘却。这样失踪的事，虽然在T城喧嚷了一时，或者造出一些异样的解释来。过了些时，便渐渐的少有人提及了。即使有新到T城的或者好事之流，偶尔取出谈资的谈及；而老于世故的人也只是冷冷地说道："哪！这是几年以前的事了！"似乎还不如历史上的秦皇汉武关系的较为亲切些，距离的较为近些！

T城认识他的并不多；忽然有人传说P城祥庆茶园的唱小丑的极像他。这也只是像他，究竟是他不是他，也无从考察。

有一年，T城女学校校长A先生因为一件公事到P城去，到一个澡堂去洗澡，忽然瞥见一个搓背的走过去，后影极像他，待看前面时，又不像了，因为一只眼睛已竟瞎了，而且老得也不像样子，头发竟全白了。

A先生洗着澡，叫搓背。却来了另一个人。A先生无意中形容着方才瞥见的人，问道："那是怎样的一个人？倒有点怪呢？"

"怪！怪！"搓背的似乎是不禁不由得喊出来。"他本是一个唱丑角。后来瞎了眼睛，来到这里。又聋，人家说话，他一点儿也听不见。他平时一句话也不说，喝醉了说些醉话，我们也不懂是什么意思。时常说，'搓背是……搓背的人是……'我们都不懂，仿佛是说搓背的很好。只爱喝酒，又不能喝。喝不到三杯便醉了，醉了便大声唱。老爷听，他又唱起来了。"

A先生听时，在隔壁不知是哪个房间里，发出哑哑的学谭的声音，惨怆地唱着："我本是，卧龙冈……"

A先生再想问时，搓背的已经做完了活去了。

等A先生再往那里去洗澡的时候，这个一只眼的瞎搓背的已经不见了。

乡　愁[1]

　　我从N城[2]到海上[3]两个礼拜了。

　　将近三十的我，第一次见了海的庄严和雄壮，不禁要叫起来。但是南风吹着翻花的巨浪，只是吼，我听了立刻又哑了叫不出来。街上往来的人极少。街市中的红房子，隐在一望无际的森林里面。树上的知了，即是在阴雨里面，也要叫。因为在这半月里面三天倒有两天是阴雨；知了如果仅等着晴天才叫，那便轻易没有叫的机会。

　　寓所是建筑在山坡树林中的一座楼，虽然不算低，却是被树包围着，海固然看不见，山也一并看不见。推开窗子只能看见树的枝

---

[1] 1924年8月作于山东青岛，刊于《读书青年》1945年第二卷第三期，署名苦水。
[2] N城，指济南。
[3] 海上，指青岛。

叶，或听知了的叫声。夜间又遍山响着聒聒儿和蛐蛐儿。

这颇有点儿近于故乡的风调。

但是故乡在夏间并不如此之多雨。而且在雨中叫着的知了，聒聒儿，或蛐蛐儿的声音，一听了，便像是用了蜘蛛的网将心络起来一般的不舒服：这也是在故乡不曾有过的情绪。

在夜里蛙也时时阁阁的鸣。虽然没甚么悦耳，却还同故乡的蛙鸣差不多，倒也没什么讨厌。

从N城到这里来，目的是为的避暑。在第一个礼拜里面，对于下雨，倒也欢迎，又凉爽，又没有尘土。一个礼拜之后，又不免觉得讨厌了，早就邀好同居的马君说是日夜去看海。看看月圆的时期已过，阴天总是打不开，不要说月夜不能实现，就是星夜，大约也很不容易看见。

在N城时，每天经过了挥汗如雨的下午，晚饭后雇一只小船，泊在湖边芦苇丛中，衔着烟卷，饱看流萤忽隐忽显，忽远忽近，湖水倒映着星光灿烂。虽然心里有点烦躁，总比现在的潮湿强些。回想起来，又颇后悔不该随随便便的离开那一住三载的N城了。

两天，雨，都不好作什么，而且什么也都不想去作，歪在床上，只是吃烟。同居的马君和两个C君——江南人——谈起文学来，谈起周译"日本小说集"，谈起加藤武雄的《乡愁》。

末后便认真谈起"乡愁"来。

马君首先说："我是没有'乡愁'的。您两位呢？"

"我们也都是没有的。"

马君是生长在沙漠般的一个城里的，来到这环山抱海的森林里，没有乡愁，倒也罢了，那两位C君生长在江南温山软水之乡，倒也这样的乐不思蜀，大约此时不是"杂花生树，群莺乱飞"的时候；若到那时，怕他们不"愁"哩！

我自然也没有什么"乡愁"。十岁便在外面漂流，到现在也小二十年了。每年回家住上三二十天，倒好像旅行里面，住一次栈房。

"乡愁"还算是文言；译成故乡的土话，便是"想家"。父亲曾经发着怒说过："年青的人，出了门还想家，没出息！"也许我就是一个有出息的青年吧！

父亲这一句话，是因为我一个表弟而说的——

我这个表弟，名叫长岭，比我小着两岁。是我的姑祖母的第二个孙子。姑祖母面瘦，白发蹀躞，矮小驼背的老太太，后来她家里因为经商不利而破产，长岭的父亲便给我伯父家作佃户，带领着妻子和两个儿子住在我家后一个破草园子里面。

长岭的母亲，据说还给我吃过乳。但在我记事的岁数，她的两腿已竟得了瘫痪的病，镇日躺在一间黑暗草房的土炕上。面貌我早记不清楚了，只记得头发蓬松着，脸上有两只大黑瞳孔的眼睛，就如长岭一样。

我的祖母待遇他们很严厉。现在已想不出是什么原故，仿佛是以为他们住着我家的房子，却给我伯父家去种田，是不应当的；也仿佛是祖母初来我家作媳妇，姑祖母同她处不来，时常故意刁难她，所以后来祖母这时要拿他们出气。记得我六七岁时，有一次不知道在什么地方得了一把极锋利的裁纸刀，很高兴的跑到他们住的园子里，将几棵小槐树的皮都刮去了一块，露出雪白的木质。隔了两天，祖母领我去到那园子里乘凉，看见了，便一口指定是长岭刮的，骂起穷骨头，不会干一点有出息的事业，只会"祸害"。

长岭的母亲在屋里听见，分辨了两句，好像说是刮树皮的是我——并不是长岭，我刮树皮的时节，她隔着窗子看见了。

祖母越发生了气，说："没有的话！我的孩子，不会干这样的事，他刮这树皮做什么！？一定是长岭那下流不长进的小行行子！"

底确我刮那树皮做什么？我到如今还说不上理由来。但是长岭刮了，又做什么呢？这也是一个不容易解答的问题。

平时我就很惧怕祖母，比怕我的父亲还厉害。因为父亲打骂我时，祖母时常要庇护，等到祖母打骂我时，父亲却绝对不敢庇护的。当时我的弱小的心里，万分惭惶；就是现在想起来，对于长岭，还是十二分抱歉。然而当时却死也不敢承认刮树皮的是我而非长岭。

以后便有好些日子不敢再到园子里去玩。

一直到秋天，我在外祖母家住了大半月回来。觉得家里处处都很新鲜，信步又跑到园子里来。槐树的伤是已长合了，只不过有几处像疤痕的样子。长岭的母亲正在屋里提着名字骂他。我跑进屋去看时，长岭不知在地下蹲着鼓捣什么。他母亲见我进去，便叫我递给她一根秫秸，我随递给她。她便轮起来要打长岭，长岭早一溜烟的跑出去。不知道是什么心理，我也随着他出去了。他的母亲隔着窗子还直喊，好像教我把他拉回去。他老远的站着，张着大黑瞳孔的眼睛望着我。我吓的赶快跑回家去了。

不久他的母亲便死去了。等我在城里小学上学的时候，长岭已经有了一个黄短头发，满脸雀斑的小继母了。

长岭的父亲，是一个每顿必醉、每赌必输的老实人——脖子老是歪在右边，好像是抗在右肩膀上，眼里满长着红丝络。他本行八，诨名却叫作红四。因为他有一次喝醉了酒同人打牙牌，管着一张人牌——俗名叫作红八——叫作红四，所以得了这样的徽号。

长岭自从有了继母以后,时常挨打,饭也不得吃饱。他的大哥虽然也受着同等的待遇,但是自己已经能给人家作短工,挣几文钱,比长岭自由多了。有一年我暑假回家,看见长岭一发瘦的可怜。漆黑的枣核样儿的脸上,只剩了两支大黑眼睛。他的脚尖是都向着内方的,走路两腿本就有些拐。经过继母虐待之后,披散着短发伶伶仃仃的,越显得像一个城隍庙里小鬼儿似的。但他却不肯因此而减少其游戏的兴味,凫水捉虾蟆,上树去掏鸟雏,下地捉蚱蜢儿,都非常的敏捷。

一个暑风扬尘的下午,长岭的继母吃过午饭,同着几个农家妇女在园子门前两棵大槐树底下乘凉,让她亲生的已经会跑的小儿子和别的小孩子光着身子一同在土地里打着滚玩。我在崖头上立着,眼看着长岭从北边大道上拐呀拐的走来——小褂儿揉成团,夹在胁下,好像是急回家赶吃午饭。他才走近园子门,他的异母弟便赶向前来向他喊着:

"哥哥!蚱蜢儿,我要。"

"今儿没有歹着",长岭支吾着说。

但是那小孩子却乖,他知道长岭平常收藏蚱蜢儿的地方,扑上去伸手便把长岭胁下的小褂一拉,褂子落在地下,五六个绿油油的蚱蜢儿立刻从里面蹦出来,四下跳跃,长岭呆立着,一声儿不响。他的小兄弟便四下里赶那些蚱蜢儿。赶上的便用手去捕,一个不小心,被一个蚱蜢儿咬了他的指头,他便"哇"一声哭起来。

长岭的继母,早已看得眼里出火,连摇肩膀带晃屁股的扭过来,一只手抱起孩子,——

"我教你这养汉老婆下的小杂种!"

一只手在长岭的麻子盖上劈拍、劈拍的打。长岭顾不得地下的小褂子撒腿便跑，她还在后面抱着孩子紧紧不舍的追，口里一面骂着：

"小兔羔子！我看你跑回你死妈肚子里去！"

长岭拐啊拐的跑，她嘴里飞骂着，扭呀扭的追。两棵槐树底下的妇女们便在后面指点着笑。长岭转了两个弯子，到了村头上，回头看，他的继母还在后面追着，扑通一声便跳下水去，一直凫到对岸，爬上去，又攒入高粱地里捉聒聒儿去了。

我在崖头上看着，心理寻思：大约长岭今天没有吃午饭的份儿了，而且晚饭也不敢说能吃呢。

长岭的继母在水边上骂了好一会，才抱着孩子骂回来。

她在路上捡起了长岭的小褂。坐在槐树底下时放下孩子，嘴里千"兔羔子"万"杂种"的不知咒些什么，把那件破小褂儿撕得一条条儿的。这时其它的妇女都怕讨她的没趣，不敢笑，只你看着我，我看着你的大家挤眼儿。

我去入天津一个专门学校肄业那年已是十九岁。长岭也十七岁了。第一学年暑假回家，别人告诉我长岭终于受不了继母的虐待而逃走了。后来又听说是在邻县城给一个馒头房里打水烧火。工作虽然苦一点，没有多少工钱，然而颇可以吃饱饭了。据说不但有衣服也有了鞋袜穿了，在冬天也不至于像在家时那样常是跣着足去踏雪了，因在外面很享福，所以也不想回家。以后便有两年，不见他的影子。

我在专门学校毕业那年的暑假回家不两天，午饭后，跑到崖头立着闲眺。柳树底下早已坐着一个黑瘦的少年，背也有些驼，好像是害着肺病。我细看时，却是长岭，光着膀子，赤着脚，只穿着一条七穿八孔的紫花粗布短裤。我不禁问道：

"长岭吗？多咱回来的？"

"才回来。不几天。"他没精打采的回答。

"听说你在外面很好。怎么又想起来回家？"

"病了，怪想家呢！"这几个字懒懒地游丝一般从他的鼻孔里发出来。

我听着倒觉得有点"怅然如有所失！"不好再答话，便默然了。

他也半日不言语，双手抱膝的坐在地上，眼睛往下直瞧着眨也不眨，好像眼光直透入地里，已经发现了什么似的。好久，好久，他仿佛是倦了，慢慢的放翻身枕着自己的手蜷曲着睡在柳荫下，恰如一条狗一样。

这时故乡正闹土匪，我的叔父时常购买枪械，结识了许多镖师。内中有个姓李的，住在邻村，原是耍枪棒卖膏药出身，同叔父很谈得来。每逢我村的集期，他一定来找我叔父闲谈。或者带两支手枪来问要不要。这一集，他又来了。他很高兴，因为他带来了一支手枪，叔父买了。一直谈到将近黄昏，他才走。我同叔父送他出门时，斜阳影里长岭正孤零零的一个人坐在崖头上。他望见了李，便喊道：

"李师傅！"长岭虽然勉强用力的喊，但仍然是坐着不起来。

"什么事？"李抬起头来问他。

"你有贴肚痞的膏药吗？给我一贴。"

"有，有。下集给你带来吧。"

"我还不知道能等到下集不能等到下集哩！你还是早些点儿给我捎来吧。"这两句话，长岭本是低声说的。但是我听着，觉得真同月下霜露中叫着的蛐蛐儿一样，声音越细，听着越响，越凄凉。

李本是矮个儿的胖子，四方身体矮粗得像个水牛，说起话来连珠炮般响。但是他听了长岭的话以后，一声也不言语，也没有同我们作别，低着头一直去了。

过了两天，一个清早，红四同着本家烧鸡二爷来见我父亲说长岭就在昨夜死去了，求我父亲给红四两捆秫秸好把他卷了去埋。

父亲皱了眉头，不言语，半响才慢慢的说道："街上棺材铺里，有的是破碎的板，你们说给何二滚子，就说我说的给那短命的孩子打个匣子，把他装起来，葬了呢！"

父亲这几句话是低着头说的，说完了，头依然低着。

红四的络着红丝的眼睛，也有些水汪汪的。

烧鸡二爷叹息着说："说起来也怪。这孩子出去二年多，从没有说过想家。一病了，便吵着想家，非回来不可……"

"年青青的出了门，还想家，没出息！"父亲一半怜惜，一半责斥的说。

"……不回家也许死不了。可是谁说的定呀？算他有福气，究竟算死在自己家里，不枉了他想——走！"他回过头去看着红四说："……找何二滚子去吧！大热的天，早一刻是一刻。"

说着两个人便一齐走出去了。我目送他们，直到看不见他们的背影，下午照例的出去站在崖头上乘凉，我又看见红四，烧鸡二爷同着伯父家两个佃户，扛着一把铁锨从北边大道上走来。我立刻晓得他们是作什么工作才回来。在崖头上再也立不住，鬼赶着似的跑回家来。

到了集期李师傅有事没亲身来，托了一个人把膏药捎来。我对那人说："你那膏药再捎回去吧。病人早已好了，用不着了。"那人倒也听话，又把膏药捎回去了。

回想起来,已经是七年了。七年里面,长岭已是平安的长眠着,我依旧奔走外乡,依旧没有"乡愁"。从"漠漠风沙"的北京,飘流到"家家泉水,户户垂杨"的N城,飘流到"云烟苍茫"的城市——没有乡愁?如果不是不生"病"的原故,也许就因为是一个有出息的青年的原故吧?

孔子的自白[1]

孔子南游于楚的时候,有一天,楚国的叶公居然向子路打听起孔子的为人来:

——你们的先生,孔仲尼,到底是怎样的一个人物呢?为什么你们大家都甘心给他老先生赶着车,困苦颠连地跟着他东西南北地跑啊?

这问题使子路有些恼了。倘使在他年轻的时节,他会当面给他一顿抢白吧。然而他现在的确是老了,跟着先生周游了几年,软钉子,硬钉子——便长沮、桀溺、丈人、晨门诸人的话——吃得也着实不少了。他的气质也和平了许多,锋芒也收敛了许多了。抢白叶公的话,已竟来到嗓子里,又用力地咽了回去。

子路想起这叶公就是相传有着好龙的奇癖的叶公。他的居室的

---

[1] 1925年12月作于山东青岛,刊于《沉钟》1926年10月第五期,署名葛茅。

墙上，所使用的器具上，都雕刻着大大小小各式各样的龙——有的喷云吞雾，有的仅露鳞爪，有的蟠屈不伸。他镇天价在屋里盘旋，赏鉴着龙的图像；或卧在床上，幻想着龙的神奇夭矫，于是叹息着祷告似的说：

——假使我能够看见一个活的天龙啊！那便只是一次也好！

于是天龙们被他的至诚所感动，居然有一条肯从半空中落在叶公的家院里。它把头伸在窗子里，把尾巴放在他居室的外间。于是满院子烟雾氤氲，屋顶上闪电鸣雷。龙的角，龙的须，龙的眼睛和鳞甲，龙的每一部分，都闪着火光，喷着烟雾；而且每一刹那间，龙都在变化着，大了又小下去，小了又大起来。身体的活动是大江一般的浪滚涛翻。然而它又是善意的，友谊的，仿佛一个伶人或演技者，把全身的本事和解数，都施展出来，让看客们赏鉴。

但想不到的是叶公，吓得面无人色，一头扎在床底下，紧闭了眼，又把两手来下死劲握住两只耳朵；浑身战栗着，泪和鼻涕流满了他的面颊，又沾湿了他的胡子。

龙于是伤心了，一个焦雷，震破了屋顶，它乘着云又回到半空去了。这个焦雷，据说不是龙的怒吼，乃是龙的叹息。

龙去了，家人们从床下将叶公拖出来，从此他脸上老带着青色，请了医生来看，说是吓破了胆，胆汁泛溢的原故。他的手拿起东西来，他的腿走起路来，从那时起直到他死，永是战栗颤动着。而且告了许多日子的假，不能去上朝。

这询问"孔子是怎样一个人物"的叶公，便是好龙而被龙吓坏了的那个叶公。

——他这样好名而不务实的懦夫，也有打听圣人的为人的资格吗？子路这样想。

——他也许曾听说孔子知道在齐国跳舞的那只一条腿的鸟儿叫作商羊——他知道季桓子掘井掘出来的那只怪物叫作羵羊——他知道吴国伐越得的那块一辆大车刚刚装下的大骨头是属于防风氏——而且他知道楚昭王渡江得的那个巴斗大的又圆又红的劳什子是浮萍结的果子，并且吃了可以得天下。当时诸侯凡得着一桩不能了解的奇闻、异物，谁不差人到鲁国问他老先生！在叶公心里也许觉得这位身长九尺六寸，儽然若丧家之狗之老头子，有些异样；所以要问一问的吧！

——抱着这样的好奇心，来向我打听圣人的为人，我是不答复的。

子路于是装作没有听说，昂然地走出去。

叶公的青脸几乎变成铁色，手脚似乎战栗得骨肉都要散开了的样子。他是愤怒呢？还是羞愧呢？那只有他自己知道吧。

一个清秋的早晨，金黄色的太阳照着逆旅庭院中那棵银杏树的金黄色的叶子。而且那叶索索地抖着，仿佛太阳的光线在上面跳舞。

在这样的晨间，孔子早已起来盥漱了多时了，他正在楚国逆旅的屋子里伤感着呢：

——老了哇！真是老了哇！有好些时候，不曾梦见那位老圣人周公了！真是老了哇！梦也没有了呢！而且……而且……这趟南游，又是白跑了腿啊！回去吧！回去吧！不是有些天资极好的徒弟么？回家去把他们好好地教育起来。行我的道的如果不是我自己，一定是我的徒弟们，或是徒弟的徒弟们呢！

孔子想到这里，他觉得眼前分外的光明。他那为了读《易经》

写《春秋》而老花了的眼睛炯炯地注视着对面的墙上,似乎看见一种东西——环绕着侍立的弟子们所不能看见的东西。

子路蓦然说起话来了:

——先生!像叶公那样的人物,也要向我打听先生是如何的一个人呢。

孔子把注视着辽远处的眼光立刻收回来,在弟子群里找到了子路。

——你同他说了些什么呢?

——我同他说些什么呢?无论如何说,像那样的人,是不能了解先生的伟大底人格的。我昨天什么也不曾同他说哩!

孔子有些怃然了。

——由呀!你总是这样的执拗。你便告诉他又有什么妨害呢?你大概也觉得他那种好龙而又被天龙吓得生了病,有些滑稽,所以才厌恶他的为人么?他好假的龙,岂不比那用了笼子里装着的鸟儿或手牵着的小狗儿的人们强得多吗?你们有谁不是发现了人世的真实而觉得恐怖呢?由呀!你是太执拗了!你宿在石门的那一夜,那晨门曾讥讽过我了,你也不曾同他辩驳;长沮桀溺在你问津的时候,也曾说过许多不满意于我的话头,你对于他们也不曾说过什么:那都是对的。因为他们——晨门,长沮,桀溺——都是深知道我的人们,都是了解我的主义和行为的人们呀!便是前几日,此处的接舆不是也在我的车前唱着"凤兮,凤兮!何德之衰……"的歌儿跑着过去了吗?我当时虽然想着同他说话而不能,然而我是不懊悔的啊!我不能使他变为我,犹之他不能使我变为他。而且……便是卫灵公的爱妾南子,我不是也见过的么?当时你同我争执得还很厉害哩!我而今是第一次来到楚国,很愿多有几个人知道我的心迹。由啊！你为什么不答复叶公呢？他是一个富于好奇心而且不知道我是怎样一个人的人呀！

子路被了先生的抱怨，心里有些着慌了：

——同他说些什么呢？先生！

——你说：我们的先生是——用起功来忘掉了吃饭；欢喜起来忘掉了忧愁；而且不晓得什么叫作"老"哩！

孔子说这句话的时节，眼睛又从子路身上挪开，仍然注视着对面的墙上，又看见那种众弟子们所不能看见的东西。

但是子路听了方才的话，却分外地替先生伤悲。先生周游列国已竟二十年了，到处受人家的欺侮与嘲笑。还用得什么功哩？欢喜从何而来呢？但是"老"的确来了——先生的两鬓和胡须实在白得令人恐惧，便是颜面也干枯得有如树皮了！但是先生还不知老，也许是先生不好照镜子的原故吧？

孔子的眼光，仍然注视着对面的墙上，看那弟子们所不能看见的东西。

废　墟[1]

这是一个秋天,平原的乡村间一个秋天。高粱已"杀"尽,谷子也割了,在地里长着的只有白薯、花生和残余的棉花。然而它们的叶子全黄了;棉呢,还开着未尽的白花。

房五背着粪篮子,顺着大路,转了几个圈子回来。因为秋收之后,人和牲口都轻易不出来了的原故,他很少捡着粪的机会。所以转了几个圈子之后,粪篮子依然是空空的。

——我入娘!干鸟么?

他在秋收极忙碌的时候,他给人家当短工,每天可以挣得百十文老钱,拿去买白干儿和才炸出来了的热"麻糖"。然而现在是完了,谷子高粱都收割了,花生还不能筛,白薯还不能刨。

——我入娘,干鸟么?

---

[1] 1926年11月作于天津,刊于《沉钟》1926年12月第十期,署名葛茅。

他背着粪篮子立在村边的崖头这样地想。

——看杀人的去！五儿！

他回头看时，丁四兴冲冲地在崖子下面走着，而且仰着脸唤他。他心不由己地从崖头上跑下来，同丁四搭伴儿一齐走。嘴里谈着简短的会话：

——哪里有杀人的？

——西关外。丁四答。

——真的？哄人的是孙子。

他一行走，一行拄着拾粪的叉子，就仿佛都市的绅士们拄着一条"文明棍儿"。

——真的！哄人的是孙子！你不见前面走着一队一队的鸟人？都去了。晚了，还怕赶不上看哩！赶快"穿兔子鞋"吧。丁四说着竟跑起来。

房五拄着粪叉子也加紧地在后面厮跟着，背在背上的空粪篮子一上一下地颠簸。

为了村子去城不远的原故，他们不久竟到西关的空地上，那里早已围了许多人。嚷嚷着，苍蝇似的。房五背着粪篮子不便往里挤，只站在众人的背后。丁四早不知钻到哪里去了。

远远地望去，场子的北面，扎了一个小小的席篷，里边似乎摆了公案，坐着一位"老爷"之类的东西。离席篷百步开外，法标底下跪着一个人。这个人的辫子，早叫"牵牛的"紧紧地拉在前面。他不得不伸着脖子等着。

不知道从什么地方走过一个人来——披了红，倒提了一口明晃晃的刀。他走到篷外面，单腿儿跪下，举起刀来：

——请老爷验刀！

老爷早已走出篷来，上了轿，四个人抬着如飞地去了。

那提刀的人——自然是刽子手——爬起来，踉踉跄跄地走向法标的跟前。他早喝醉了。

刀光一闪！

房五的眼睛不禁重重地一眨。等他再睁开眼时，鲜红的一道光，在太阳底下显得愈外地鲜明，正从一个东西两膀的中间往外直喷，落在两丈开外的地方。那"牵牛的"正把那颗血淋淋的圆东西，掷向房五站着的这边来。

那圆东西一落地，它的嘴把地下的土"咯吱"咬了一口。两只眼睛也向着房五眨了一眨。

房五背起粪篮子来便走，也顾不得招呼丁四。他不住地回头看，看那颗血淋淋的圆东西是不是还在跟着自己。幸而没有。然而他依旧不放松了脚步。

房五自从看了杀人的之后，夜间还依旧住在一间小屋子里，（他是给人家"住闲房"的，）白天也依旧背了粪篮子去捡粪。

"咯吱！"咬了一口土！

两只眼睛，还眨了一眨！

他也依旧听得见，看得见，无论在什么时候。

在他吃晚饭的时候，他在粥碗里看见那两只向着他眨了一眨的眼睛，这使他不禁跳起来——"我入娘！"粥碗掉在地下，碎了；还溅了他一身稀粥。

晚上他躺在土炕上睡觉时，蒙眬地合着眼，他的耳边隐隐地响了一声"咯吱！"他忽然惊醒，大睁了两眼；眼前漆黑的什么也没有。

"咯吱!""咯吱!""咯吱!"声音依然继续响着。似乎是在门外响着,隐隐地从门缝里被初秋的西风送进来。

——怕鸟么?!有鬼了么?!他一骨碌爬起来,衣服也不曾穿地开门出去。村边的树梢上挂着将圆的明月,银光照着他的裸体——青年的,健康的,仿佛野蛮人一样没有受过一点儿拘束而发育完全的乡村农夫的裸体。他痴痴地立在户外,遍体发着紫铜一般的光辉。四围静悄悄的,什么也没有。这真正是天下太平的时候,一只鸡也不叫,一只狗也不咬。他正要转回身到屋里去睡觉——

"咯吱!"

他陡然又转回身去,天西边两只眼睛重重地向他眨了一眨。他定睛看去,"呸!"原来是两颗大明星。他终于回到屋里的土炕上很舒服地睡到天明。

第二天的早晨,也还是和平常一样的早晨。房五背了粪篮子转了两个圈子。道旁的草,馀绿未凋,带着露珠,在旭日中闪烁。田地里耕起来的土块,发散着地母亲的幽香。在走过白薯地与花生地时,他闻到烧白薯与炒花生的香味;他咽了几口唾沫。远远地望去,躺着的是地,平铺开……直接着蓝天。站着的是黄土的茅舍,是村庄,是树木……树梢上绕着炊烟。这天早晨的一切都与他未看杀人以前的每天的早晨一样。

然房五确乎有些异样了。

他每逢在一个人的后面走着时,他老是注视人家的脖颈。乌油油或者毛烘烘的一条辫子在后脑瓜子上垂下去。这有点儿碍事。将这辫子拉到前面,——拉到前面的时候……

——哼!……他不禁笑了。

然而当人家在他身后走着的时候,他又觉着两条冷冰的眼光也正射在他自家的脖颈上,这眼光有时是两条冰棍似的;有时又是烧红了的烫热的铁条似的。不大的工夫,他觉得他的辫子直竖起来,又有什么东西冰凉地在脖子上切下去,……嗖的一下!——他的头不知飞到哪里去了;"咯吱!"一口土,两只眼睛眨了一眨,他只运着他那没有头的身躯往前走着。

这有点儿异样!

他伸手摸一摸他自己的头,它却牢牢地长在脖子上。他真不敢信这是真的。

而且一到吃饭,粥碗里又是那两只向着他眨了一眨的眼睛。但是这回并没有跳起来,当然也不会摔碎了碗。他一口一口地喝了那碗粥,甚而至于把那两只眼睛也喝下肚去。不过那两个圆东西在肚里总不肯老老实实地静一会儿;滚来滚去的,有如王五爷手里玩的那两个"铁蛋"。

而且一到睡觉,耳边又响着"咯吱"。他有点儿恼了。

——干什么?"挠"吗?你"咯吱"!我也不起来看。

翻一翻身,才待睡去,什么人在喊他哩!

——房五!ㄕ[1]!……

他又一骨碌爬起,一丝也不挂地开门出去。什么也没有。树梢的将圆的明月,依旧照着他的裸体——地下是一条影子。

房五,ㄕ!……

这声音依旧响着——清楚地朗朗地响着。在前面百步之外,村西头庙前一棵老空了心的槐树底下。他赤着身子跑过去找时,任什么也没有。他站在老槐树的前面,睁大了眼,向那树的"空膛"

---

[1] ㄕ,旧国音字母,读作shī。

里看,漆黑的也看不见什么。用手拍一拍树身时,梆!梆!梆子似的。

——空的!任么也没有!睡觉去!

当他刚一转身,又分明地听见:

——房五!尸!……

这回这声音是在村东头的井台上。他兔子一般轻快地跑了去。站在井台上,四外地看。月光下是"白"地,远处的村庄一个一个的都像一只野兽在卧着熟睡。天下仍然很太平。他俯下身子去向井里看看,黑洞洞的。他拾一块砖头抛在井里:砰!

——房五!尸!……

又在村西叫起来。仿佛开玩笑似的。

——入你娘倒好的!房五真恼了。他骂起来。等跑过去看时,却只有空心的老槐树在月光里巍然地立着。夜半的凉风一吹,几片落叶打在他的身上,嘲笑他的无能。

——房五!尸!……又是村东。他气急败坏地跑去。只有井张着嘴在等他。他张皇地四顾——

——房五!尸!……又是村西。

总之是如此:房五跑到村东,那声音便在村西;他跑到村西,那声音便在村东。往来奔跑了廿几趟,他喘了。紫铜色的身上,遍是汗。他坐在自己的门前,高声大骂:

——入你娘倒好的!尸!尸你娘的什么呀,尸——

那第三个"尸"的声音还不曾完,不知从哪里——好像合世界上起了洪大的应声——天塌地陷般响了一声:

"丫[1]!"

房五一惊,抬头看时,当头正照着一轮明月。这明月冷森森地,结实实地,团团地,似乎正是"丫"字声音的本身。同时"丫"字的馀音未尽,正如洪大的钟声,嗡嗡然的响开去,渐渐地散开分布于无边的旷野。这馀音也正是明月的普遍的光。房五的生人的、平常(虽然有点儿躁怒)的"尸"字的声母,接着这不知从何而来的,伟大的"丫"字的韵母,"拼"成了首尾不相称的"杀"字,兀自在他的耳边轰轰地响!

——"杀"吗!好呀……房五不自觉地笑出声来,眼里同时放出喜悦与愤怒的光:只有野兽扑倒一个活的食物时,眼里会放出这样的光。

狗咬起来,一只,两只,三只,……无数只同时咬起来,全村里的狗都在咬,全世界的……

——刀呢?房五的脑子里电一般的一闪。主人家的搁放农具的屋里有一口铡。

房五的主人家搁放农具的屋子,在一个破园子里,是离房五的居室不远的地方。他猴子一般轻轻地爬过破园子的墙,走到屋子的跟前。门是锁着的。他"落"开了门。借了月光的馀威,他寻到铡的所在。

当他提着卸下的铡刀光着紫铜色的身子站在村头上时,狗咬的声音,忽然渐渐地岑寂下去。他略一迟疑——两眼依然不转瞬地注视着那口放光的刀,迟疑着……

房五!尸!……这回竟是从老槐的空膛里发出声来。那井也张着

---

[1] 丫,旧国音字母,读作a。

朝天的巨口在和着：

——房五！尸！……

他又怒了："入你娘！又尸你娘的什么！"尸——

——丫！接着又是轰然的一声！

天上是明月，是"丫"字的本身；地下是月光，"丫"字的轰轰的馀音。

狗咬！一只，两只，三只，……无数只……全村的……全世界的狗都在咬！

房五趁着"丫"字的馀音未尽，在月光中犬吠中赤着身子凶神一般提起了铡刀。丁四家的"走了扇"的大门一刀便劈开。丁四睡在一扇支着的屋门上，似乎是因为白天的工作疲乏，睡得正熟。房五猫似的走过去，觑得正准，铡刀一落，丁四的头便滚下那扇门来。

"咯吱！"一口土。

两只眼睛还眨了一眨。

房五好像清清楚楚地看见了。热血直溅在他的脸上和他的裸体上。这比在三伏的炎天热得汗交流的时候跳在"坑"里洗一个澡还舒服，还轻松。

"啊哈！"房五大声地叫。

这声音惊动了丁四的妻子，使她从里屋的炕上跳下来。

——哎呀！她看见了带血的房五。

一铡刀劈下去，从这妇人的头上直劈到她的小腹，她向后张倒了，直张过里屋里去。从她的肚里滚出来的是六个月的时期的成形的胎儿。想不到这东西竟使房五吓得倒退了一步。他睁开了眼睛看——血从他的眉毛上、睫毛上一点一滴地往下落。那东西——胎儿——在血泊里还蠕蠕地动。也许是房五要报那一吓之仇,也许是完全出于不自觉,他也砍了它一刀。因为它已经卧在血泊里,不知道被砍之后,它是否也曾流出些微的血。

不满意似的,房五扛了那铡刀走出了丁四家的大门。同样地走进了第二家去杀。男,女,老,幼……

于是乎第三家,第四家……

他还不过把村中的人家杀到一半,月亮不知什么时候已落了;天色也已经发了鱼肚白。正东方有几片红云,表示旭日不久便要出来。但是狗咬的声音,愈发厉害,有些狗竟围着他咬。自然,没有一只狗敢近前的。这时王五爷为了要"赶集",起了个"早儿",而且狗咬的声音特别凶,他以为有什么小偷之类,出来看一看。才站定在街心,他看见了在血海里洗过澡一般的房五,倒提了血刀从邻家走出而且向他奔来。

——杀人了!一个跑,一个追。

一大帮"起早儿"的人们都出来了!

房五杀了大半夜,本来有点儿疲乏,但一看这许多的人,像从什么地方得了"神力"似的,提起铡,便向人多处跑来。众人发一声喊,撒脚便跑。内中的一个,绊了一跤,忽然跌倒。房五早已赶上。那绊倒的人,便跪在地下大喊其"大王饶命!"他叫房五是大王,因为他吓昏了,而且"浴血"的房五也实在难以辨认。

——跪好了!低下头去,伸直了脖子!房五气喘吁吁地嚷。

那人便真的跪好了,而且低下头去,伸直了脖子。

毛烘烘的一条辫子在他的脑后拖着。

这有点儿讨厌。房五这时才觉到需要助手;但是四周一看,并没有一个人。

——你自己把你自己的辫子扯向前面去！

那人又中了催眠术一般真的自己用手向前扯着自己的辫子。他的头落下地去了。

"咯吱"一口土。

两只眼睛还向房五眨了一眨。

——哈哈！他双手拄了铡刀大声地笑。血从他的全身上往下直流。他这时觉得需要休息。

正东方，秋天的晴明的太阳出来了。

关于此后房五的下落没有一个人知道。

村里的人全被杀死了。没有死的也都搬走不敢再在这村子里面住。

我十三四在城里小学上学时，曾经亲身到过东关外去寻过房五的村子——碱地上除了一片瓦砾可以证明这是废墟之外，什么也没有。我已经好多年不回家，不知道现在那废墟还有些许痕迹不？怕连碎砖烂瓦也没有了吧？

佟 二[1]

佟二是有名字的。他的父亲说他叫佟直;然而村里人都叫他佟二,虽然他并没有大哥。和他亲昵一点的或者同他开玩笑的人,却叫他二佟。叫他佟直或老二的几乎没有。

他并没有和别的村农不同的地方。颜面和全身的皮肤,是一样的被风吹日晒成为紫褐色。体格也并不较别人更为高大,但令人一见了,便觉得他的筋肉与骨骼格外地结实而韧固,仿佛是有弹性的金属物。在脸上又放射着擦亮了的紫铜一般的明光。

村农们在夏夜往往在村头井台上的柳树下乘凉,在晴暖的冬天,又常在村中间的关帝庙前晒暖。许多旱烟管的铜斗里在夏的黑夜里闪着流萤似的点点的光,而烟管里的烟油子也被吸得吱吱地响。只要周四老头儿在场,而且说着孙悟空猪八戒的故事时,所有

---

[1] 1933年作于北京,刊于《辅仁文苑》1942年第十、十一期合辑,署名苦水。

的人便鸦雀无声地静静地听。只有在听得有趣的时候,——类如猪八戒过子母河,喝了河水,肚子里怀了胎又哼哼地叫——大家才哄然一阵地笑。倘使他不在场,大家多半是打闹,而且秽亵地骂着玩。在这时,佟二始终保持着沉默,和听周四老头儿说古时一样的沉默。他本来不吸烟,这时他间或向邻近的人用了沉甸甸的嗓音说:

"借光,二叔!抽一袋!"

于是便打着火慢慢地吸。

倘使有人打趣他——自然,这样的时候也很少——他只说:"别胡说!"倘那人还滋闹不休,他便抓住他的胳臂,略一用力,便轻轻地将他扭过来,又微微地向前一叉,那人便踉跄出去好几步,甚或跌一个嘴啃地。大家看了,又哄然地笑。然而他依然沉默着或继续地吸他借来的烟。

他不爱笑。然而出奇的是他从来不会哭,不知道什么叫下泪。在他的父亲死去的时候,亲戚族人都往他家里去吊孝而且哭。他只是跪着却并不哭,眼里也没有泪。他的叔父便同他的族长商议着用一条门闩打他,以为打得他疼了,他自然会哭的。这计划实行了,他的叔父恶狠狠地打他。他忍受着,然而究竟还是不哭而且没有眼泪。致使他的叔父放弃了这计划,终于停止了手。这也算是他被人取笑的一件口实。小孩们甚至于顺口编了歌来唱:

"佟二小,没有泪,不会哭,只会睡!"

然而佟二却并非只会睡的人哩。他在十八岁时,便已学会了全套的庄稼活。他出去做短工,或替他的父亲在地主家工作。人家便不把他当作"小工"看待。在五六月里,风丝不透,把人都会给蒸熟了的蒸笼一般的高粱地里锄地,他领头锄。炙在七月里的烈日中,而且长久地弯了腰,仿佛脊骨与腰背都要折了似的去割谷子和豆子，他领头镰。而且耕地、耙地、扬场、撒种，样样儿他都拿手。又精细，又勤快，又不惜力。他的父亲生时见他这样能干，自然高兴，即在临死时，也还安心，以为自己的儿子总能经营自己祖传的三五亩地，且能接自己的手在地主家当一名佃户的。

是的，佟二并不辜负他父亲的希望，真的那样做了。

佟二的村子里，农人们的习惯，是不大种玉蜀黍的。因为那东西太容易被偷，而且人们也爱偷。拾柴的、砍草的小孩子们在玉蜀黍才成了棒，有了粒儿还未成熟时候，便擗下来夹生地吃；待到成熟时，他们又会将它烧了吃的。况且俱都是小孩子们，并不能成立偷盗的罪名，也不便毒打；倘使只是骂或赶散了完事，他们会对骂，而且不久他们会瞅你看不见，又重来下手偷吃了。不仅只小孩子们，即使是穿长衫的人们也会擗的。他们明明地拿在手里，便是遇到地主，也只说是稀罕东西，擗两个拿回家去哄小孩的，幸而他们还顾体面，还体恤人情，不肯多要——不能说是偷——然而人多了，积算起来，损失也就不在少数。就因为这，所以石村的人轻易不肯种玉蜀黍的。

有一年，春雨下得晚，种高粱有点过时，佟二便毅然冒了险种了玉蜀黍。等到有了"棒子"之后，他自然加紧地巡逻看守。一天的早晨，他刚走地边上，便见一辆单套的轿车从地边驰过。忽然车子停住，车里的长衫先生便指挥着车夫擗棒子。佟二老远地大声地喝：

"怎么偷我的棒子！？"

"偷"字喊得特别响而且高。长衫先生立刻脸上泛出不屑的神气，仿佛在说：擗你的棒子，算是瞧起你哩！给你脸不要脸！然而他也看出佟二的来势汹汹,以为或者有些来头。倘不,决不会这样大声叫喊,因为向例穿长衫的掰人家的棒子,是不能算作偷的。长衫先生顾忌似的没有把心里的话说出,只捺住气慢吞吞地问:

"怎么啦?你自家的棒子么?"

长衫先生这样地问,并不是疑惑佟二或者多管闲事,乃是想着探询他还是自种的,还是给有钱有势力的人家种的,然后再定对付的办法。

"我自家的——你别下手!"佟二一面张大了眼睛回答长衫先生,一面又看见那车夫毫不以为意地正在下手掰下一只棒子,他喊了一声,一把把车夫用力地拉向了一旁,那车夫是一个瘦小紧趁的小子,脚上还着了青皂布的抓地虎靴子,也许他力小,也许佟二用力太大了,几乎栽在地下。长衫先生立刻沉下脸来。

"你自家的!——这并不算偷。我家里没有这东西,瞧着稀罕,掰两个。这有什么?你别这么小气,不懂情理!"

佟二不言语了,走过去便去解缰绳要卸下辕里的骡子来,长衫先生愕然了。车夫走回来,拦住他。

"干什么卸牲口?"

大的苇笠下的佟二的脸上却泛着稀有的笑容。

"这么好的骡子,我家里也没有这东西,瞧着更稀罕哩!你也别小气,不懂情理!"

暂时间他们——长衫先生和他的车夫都哑了。长衫先生忽然怒了,大声对着车夫说道:

"给他的'棒子'!赶着车走!"

佟二接过棒子,无语地让过一边。车子风驰电掣地走开了。车里还说了一声,"不懂情理的东西!"不过车轮声、骡子的铃声正混合地响成一片，佟二也终于没有听见。

然而在一晚上，他睡醒了一觉再去"看地"的时候，他真的捉住偷"棒子"的了。那贼被佟二追上，而且抓住了辫子。佟二遂即一拳打在他的背上。

"我教你；小狗头！怎么偷我的棒子？"

"我没'吃的'。饶我吧。"

佟二才看出那人是一个同他一样的，三十来岁的壮汉。

"为什么不去做活？"

"没有人要我！"

佟二松开抓住辫子的手了；同时又在那人的背上拍了一掌。这一掌，说是爱抚吧，用力却重了；说是打吧，用力又太轻了。

"去你娘的吧！再来，我敲断你的狗腿！"

那人头也不回，撒腿就跑。月光下，佟二清楚地看见那人手下还拿着两只"棒子"。他虽然心疼，也只是默默地看着那人在庄稼地边上，转了几个弯子，便不见了，也并不想追上去再把那两只棒子夺回来。

过了两天，佟二又遇见那人在偷他的棒子。他追上去，抓住他，便利用了那人的辫子，捆了那人的反剪的两臂。那人自然挣扎，但敌不住佟二的伟力，终于就绑了。于是佟二便拉了他到邻近的一家坟地里，又解下那人的腰带来将他绑在一棵柏树上。待到了佟二捡起了一块半头砖，当真要"砸断狗腿"的时候，他忽而稍微一迟疑，却把砖头抛在地下，低了头，一言不发地走了。

那被绑在柏树上的人，一直到第二天早上，才被下地的人看见，给放开了。

佟二这两件事，对付长衫短衫的偷棒子的事，渐渐地流传出去，又增加了他的威名。至于那并未被"砸断了狗腿"的人，据传说竟成为勤恳力做的短工，而且后来又渐渐升为人家的长工了。

佟二在他父亲死去的那年的冬天，忽而觉得心里不舒服起来。他并不识字，知识思想又简单，他绝不晓得这不舒服就是文人所谓的空虚、寂寞与无聊。

他也会赌博，也爱吃酒。但这两项事，在石村这偏僻的小乡村里，只有在腊月二十以后和正月十五以前，才被认为公开的享乐。倘在其馀别的时候，大家都要说是不务正的小伙子干的事，一齐都看不起的。佟二虽然没有读过书，他也颇觉得他的父亲才死去不久，自己去干这样的事，不大好看，而且他自己的要好的心，争强的心，又不允许他去干的。

他父亲活着的时候，每到冬天，他捡粪、拾柴的空里，他便约会了三四个要好的人，去到背风向阳的地方踢毽子。他踢得也真好。毽子似乎永不会在他身旁落地。即使别人踢坏了一着儿，那毽子跑到场子外面去，看看要落地了，只要是在佟二的周围，他总赶上去，箭一般的，一腿将它救回来。他在场子里，前蹿后跳，使出一身的本事，那毽子便流星似的缠在他身上，直到他把它踢给下手才算完事。这时四围早站了许多人看而且喝彩。便是他的父亲来叫他吃饭的时候，也忍不住立定了脚出神地看他的儿子踢，甚至于忘掉他自己是为什么来的；因为他父亲在年青时，也是爱踢毽子的，只是没有他儿子踢得这样好而且花样多。待到佟二继续着踢完了一两个时辰，遍体流了汗同他父亲回家吃饭的时候，他的身心分外地轻松；家里的窝头、辣椒、咸菜和红高粱面子的粥吃着也分外地香甜。

但是佟二的父亲死去,却剥夺了他的踢毽子的权利了,因为在石村,踢毽子虽然不算"不务正",然而也只限于没有当家或没有正式给人家做佃户的人们。佟二既死去了父亲,他便算是一个当家人而且又是正式的佃户了,自然不便在街头上半天半天地踢毽子。他捡粪、拾柴归来之后,他的壮健的精力,似乎在他的筋肉里,血管里,骨骼里,火一般的在燃烧,毒蛇一般的在咬,使他一刻不得安宁。因此,他极欢喜人家教他去帮忙推磨,碾米。但这种机会也极少:因为在石村,只有寡妇家里没有成丁的男子——才请人帮的;而佟二却又是个孤身的壮汉。

冬天日短。在白天,他还可以容易地消磨过去。最可怕的是夜间,那漆黑的长夜。他点了灯坐着,又怕白费油,而且那两间草舍显得比原先又大又空落。他取出他父亲的旱烟管来吸着,也还是不济事,尽吃又太费烟了。街上王四牛的茶馆里,虽然彻夜有人而且颇热闹,但他知道那地方不上"好鹌鹑"的,去的人不是赌博,便是吸金丹。佟二当然不肯去。

周四老头儿有一天向他提亲了。因为他知道佟二的父亲给佟二留下了八十串大钱的积蓄,存在地主的家里。佟二以为周四老头儿向来是说话随随便便,所以这次也没有当作正话听。但搁不住他的同伴七嘴八舌地劝他:

——佟二,你该娶老婆了。不是已经三十好几了么?

——娶了,有人又给你做饭,又给你做伴儿。

——便是明年活忙的时候,你一个人怎么也不行:又要下地又要做饭,又要刷锅洗碗,怎么能忙得过来。娶了老婆多方便,她做好了饭,给你送到地里去吃,省得你来回地跑,又累,又耽误事。

——不是缝缝连连的也好得多吗?你们看二佟的棉袄上的扣鼻

子已经豁了好几个了。有了老婆,决不能这样。"

周四又说他给他提亲,是看他中用,能成才;不信,那几个不务正的小伙子们,跪着求他给说老婆,他还不说哩。他又决不图他的媒钱,只希望到成亲那天,教他痛痛快快地喝两壶,他就心满意足了。后来佟二的叔父也说是应该早早地成家好,做活也有帮手——因为在石村,妇女们虽然都缠足,农忙了也能下地。

亲成了。周四给说的是邻村一个二十几岁的寡妇,又能过日子,又能下地的。在佟二的这县份里,寡妇的改嫁,比较地自由一点;聘礼既不多,而且又不必郑重其事地用花轿去抬,只借辆牛车把她拉来就可以成亲。

成亲这天,他打酒买肉请戚友和帮忙的人吃喝了一顿。周四老头儿直喝了个小辫朝天。佟二自己也喝了不少,脸上虽不见得满堆了笑,看神气,总是高兴的。从此,他可以在外面尽量地捡一上午粪,或拾一下午柴,不必赶着回来张罗吃的。那屋子也不再显得大而且空落。晚上他们睡得有时迟一点,自然也还要点灯,但是他从此又不大吸旱烟了。

佟二的妻,倒是一个头紧脚紧的女人,看样子也像有力气,可以下地。只是她太爱吃,常常为了吃同丈夫拌嘴,他却保持着老样子:沉默。待到过了年,正月里面她又为了吃,同他吵。这回她可是闹得太凶了。因为她指着桌子上供的那张粗刻的木板印的祖先像骂了一句。佟二忍不住了(但仍旧是不开口),站起来,只一拳,便将她打倒在炕上。她爬起来,想同他支撑。他又揪住她的头发将她按在地上,狠狠地打了两拳头。她知道自己不是丈夫的对手了,便坐在地下哭号起来。

"由你!"

佟二坐在一边又吸起旱烟。不过她真能号，号得佟二坐不住了，因为是正月，他在铺底下抓了百十枚铜元到赌博场里去了。说也奇怪，他本一肚子没好气，没心绪猜宝的，但随手下上注，却总是"红"。他渐渐高兴起来。腰里的铜元愈积愈多，而且还赢了一块大洋。待到晌午将近，他兴冲冲地走回家来吃午饭。一进门，他听得他的女人还在号。可是他不知道她是从他出去后，一直号到现在，还是听见他回来，又重新号起。这时她可是伏在炕上，不是坐在地下了。饭自然没有做。佟二觉得早晨打得她太重了，便和气地同她说道：

"别哭了，做饭吧。你看我赢了钱了。"

说着，他便将钱取出来，都放在炕上，又拉着她向着锅灶的地方。

"做饭吧，别哭了，我来烧火。"

"砰！"佟二吓了一大跳。他的女人瞅他不防，顺手拾起一块砖来，把锅砸了。

"入娘的！"

佟二到这时才骂出来。接着便跳起来，只一推，她早已又倒在地上，但也还是"爹""娘""天""地"地号。佟二也不知道自己是一种什么心理，一手提了她的脚，一直将她拉出了大门外。那女人仍旧号，不住口。佟二无意识地而且不自觉地拉了她在大街上飞跑，她的头发披散了，沾着地上融化了的残雪的春泥。脸上头上，上身的衣服上，也通是泥。正月里闲人多，又正在过午不久，立时聚集了许多人跟着看。有的便上来解劝，有的便在前面拦。

"算了吧！大正月里，你们两口子打得什么架？"

有年纪的人们便教训似的好意地说。

佟二只一推，便推开了他们——或她们——还是拉着他的女人飞跑。待到拉到了村边，她早已号骂得声嘶力竭，有气无力了。他回头看了她一眼，略一迟疑，又拉进了村里，及至又拉到他自己的家门前时，不知她是把嗓子号哑了呢，抑是被地下的砖头和石头磕碰得头晕，昏过去，竟自不作一声了。佟二把她拉进了家里。许多人——男女老幼——争先恐后地往他家里挤。

"都出去！"

佟二放了手！就让他的女人直挺地躺在院里的潮地上，顺手把闲人一齐推出，又闩了门。但许多小孩子还从门缝里往里张望。好事的女人们又有好多上在邻近的草房上去看。

佟二把他的女人拉进屋里，放在地上，不管了。她的脸上一点血色也没有了，又沾了一些泥，头发披散着，恰如一个泥鬼，合了眼躺在那里，一动也不动。佟二也动也不动地坐在炕上吸旱烟，半天，忽然觉得饿了，才想起今日没有吃午饭。看他女人时，却仍然死尸似的躺在地上。他取出了冷干粮和过年吃剩的冷熟肉吃了；又拿过酒瓶子来嘴对嘴地喝了两气。这才又取了钱到王四牛的茶馆里去押牌九。他蹲在那里，只顾押，一声儿也不言语。在场的人也都知道今儿他同他的老婆打架，他正在气头上，也不敢问他，然而这回他输了。

他输完了上午赢的钱，又倒赔上二百枚铜元之后，天已不早了。他才起了身回到家里来。屋里漆黑，什么也看不见。划着洋火点上了灯看时，地上却不见了他的女人。他一回头，却正见她蒙了被睡在炕上。他放了心似的又取出冷熟肉就了凉酒，大吃大喝了一气，才放倒头睡下，一觉直到天明。

破的锅自然换了新的。佟二的女人也从此不再同他吵，虽然他们打架后,有好些日子不曾交谈。夏秋两季农作最忙的时候,这女人也真能干,不下于她的丈夫。

他们平安地过了三五年,而且还添了两个孩子。

然而天下却一天比一天不太平,生活也日见其困难了。

起初是在这僻小的县份里,也有了成杆的土匪。但这在佟二却没有多大关系。他既不怕被抢,也更不会被绑的。因为他只算有吃的人家,连小康还够不上。只有一次,秋天里土匪占据了邻近的一个村子,下了命令,凡周围卅里地以内,所有的高粱,一概不准收割。在他们原不过意在保留着青纱帐预备和官兵乡团开火的时候,有险可守。但在佟二(因为他的地也在这卅里范围之内),就要蒙了重大的损失。他眼看高粱都已成熟,倘不收割,一遭了风,那粒子会从穗子上往下落。再遭了连绵的秋雨,那粒子就会在穗子上生了芽。幸而土匪也还通情理。经四乡的穷人们举了代表,带着礼物(五十大盒哈德门烟卷,三十斤冰糖)去求情时,当家的却便说:原说不准砍倒高粱棵的;穗子熟了尽管折下来,只留着高粱棵在地里就是——但叶子可不能撇。于是代表们满意而归;佟二听说也不像先前之灰心丧气。不过穗子已经剪下来,高粱棵长在地里,白白吸收地里的养料。佟二对这也不满,但也遂即就放下了。

待到民国十六年,土匪之外,官家又预征起钱粮,而且又要什么"讨赤费"。县官带了班役每十天下乡来催一次。"地方"又不断地挨板子。县官还说要教地方把不肯早交费的人名开出,好按名捕了来,打了再下监,几时交上才放出。这一来可真糟,官家是说不进话去的,农民们又不能举代表带了烟卷和冰糖去求情,而且也没有人敢去。加之,春天只是不下透雨,麦子的收成,不用说是十分坏。

好容易待到四月里，才下透了雨。秋苗也种上了，长得倒十分好，满地青青，眼看秋收是有希望的了，却不料又遭了蝻子。那小东西们是成群的，盖地而来，排着队似的一跳一跳的，自西往东。佟二抓起一个来看时，是小小的青色的或褐色的寸许长短的一个小虫，捏着肉腻腻的，软软的；和平常在地里所见的一模一样，也爬不快，也跳不远，决想不到它们竟会成了灾而吃尽了人们的粮食。所幸他的地是在村东，还没有上蝻子；但这不过一半天或三五天的事。等村西的庄稼吃光了，它们自然是会到村东来。果然，不到两天，蝻子的先锋队便杀到了。响午，佟二他女人到地里给他送饭，他皱了眉对她说：

"坏了！上了蝻子咧！"

前几天她早听说发现了蝻子的事，但因为没有看见，而且蝻子还没有吃到自家的地里，倒也不在意。现在听她男人说，又见地里果然疏疏落落地有些个，她带来的那五岁的孩子正在赶了捕着玩，她便说道：

"这不要紧，才几个咧。"

"怎么！几个！嫌少么？你等着吧。大队在后面哩。村西都扫光地了；过不了三天，一准也给咱们吃光。今年的秋里，又没有指望了。可是往后也没活做了。回家睡大觉去吧——等死！奶奶！"

佟二向来不曾一连气说过五句话的；这回也许是真急了，不觉冲口而出，说完了，又长出了一口气，但也不尽为的发愁，一多半是因为说的话太多了。他无精打采地拿起饭来吃。他的女人忽然头西脚东地跪下了，嘴里还念念有词。

"入娘的！你那是干什么？"

"我祷告祷告蝗虫爷爷，教他别让蝻子上咱们地里来呀！"

"入娘的！"佟二又骂了一句，他虽然也有点迷信，但似乎觉得他的女人的办法不好，不过又说不出所以然来，便低下头去自顾吃饭。待到吃完了干粮，自家搂着盛稀饭的瓦罐伸着脖子喝稀饭时，他忽然有了主意了。他吩咐他的女人赶快回家去拿镢头和铁锹来。她问他要那些东西干什么。

"刨坑！"

他的女人直瞪了两眼瞅着他，疑惑而且吃惊。他早吃完饭，又扛起锄来去那边锄地去了。她默默地收拾起饭篮子和瓦罐带了五岁的孩子自去回家，不到半个时辰，果然又带了镢和锹来。

佟二记得他的父亲曾说过：倘使蝻子不多，围了地刨上半尺宽一尺深的长壕，那蝻子便不会跑到地里去。他向他的女人说明了这意思，便下手。她却以为这办法不好，怕得罪了蝗虫爷，更了不得；但也只是想想，不敢驳他。

他们连夜刨了坑。接着蝻子的大队也到了，果然它们都跌落在坑里，爬不上来。别人地里的秋苗，被吃得七零八落，佟二的却保留住了。夫妻们的脸上好几天总泛着笑容。后来，凡是地里没有上蝻子的，也学他这方法。有人夸佟二能干，但有人——自然是他们的地里庄稼都教蝻子给吃光了的——说不中用，这挡不住飞蝗的。不到一个月，又来了飞蝗，这回是自南而北，遮天蔽日地飞来。地里的庄稼本已被蝻子吃得不剩什么了，飞蝗这一来，又给刷洗得只留下光秆。后来连野草、柳树的叶子也统给吃完，有的竟连水坑里的芦苇的叶子也吃。它们是能飞的，佟二的坑也拦不住；不用说，这回他的庄稼真的吃光了。夫妻们终日哭丧着脸。有的聪明人还笑他刨坑是白费力，刻薄的又说他不喂蝻子却喂飞蝗，给飞蝗套他什么交情。便是他的女人有一次也埋怨他坑害了蝻子，得罪下蝗虫爷了。

佟二正没好气，开口便骂：

"狗入的！你知道什么！他们没刨坑的，庄稼不也是教飞蝗吃得蛋光了么？"

她才不敢言语了。

此后，地方又时时来催交"讨赤费"和钱粮，佟二向来不会说向人求情的话，只老老实实地告诉地方说没有钱，又瞪起他的大黑眼睛来看着地方的小三角眼和秃头顶。但地方却不说强硬的而向他诉起冤来。

"没钱，我也知道你没钱。这年头，谁有钱呢？有钱的早已搬进城去住，不在乡下种地了。可是你也得想想我活了五十多岁了，干这个也干了小三十年了，好容易金命水命熬到了中华民国，算是不打屁股了。你看，今年又打起来。你也得替我打算打算，我这个岁数不同前几年，还搁得住这么敲打吗？钱又不是我要，我何苦来逼你？不是官家催得上紧吗？我是为的咱们爷儿们不错，不好意思把你的名字开上去。不信，你试试！上午开上你的名，下午就会把你抓进城，打了不算还要加上镣，又下在大狱里。那时剩下你的老婆孩子，可没人管。没钱，谁说你又有钱来？你总得想法子变钱去。"

地方知道对付佟二不能用强的，所以只同他讲情理，怜爱似的又教训似的坐在他屋里，向他滔滔地说，佟二痴痴地站在那里听，地方的秃明顶在晃悠时，他的眼睛也就随着地方的头顶转；地方的两手在比画时，他的眼睛就随着地方的手转。忽然他眼睛不见了秃头顶与手，耳朵里也不再嗡嗡地响，他才知道地方早已走了。但他的简单的脑子里装不下那么些话，遂即忘记了大半，只结结实实地记住了"剩下老婆孩子，可没人管"，"得想法子变钱去"。他也知道自己得变钱去；然而怎么变呢？他又想不出来。他只知道钱可不是容易变得出来的东西哩。他呆呆地坐着，仰望着房顶。房顶是用高粱秆子铺的，有的秆子还带着叶子，被炊烟熏得乌黑，往下垂着，又在摇摆，仿佛是一条绳，……他不敢看了。顺手抓过酒瓶来——自从飞蝗吃完了他的庄稼以后，他时时喝酒——嘴对嘴地一气喝了个罄净，一头扎在炕上睡了。

他的女人也没敢叫醒他吃晚饭。他就一直睡到明天。

但他一醒来，地方向他说的话，便全消失了，只剩下"变钱"两个字。吃早晨饭时，他忽然向他的女人一看，哪知她一只手搅了那不会跑的小孩子，一只手端了粥碗，也正在望着他，而且那眼光像将被屠的羊一般的眼光，又是害怕，又是乞怜，又是绝望。佟二向来不曾见过有着这样的眼光，他觉得有一条虫子正在咬他的心。

吃完了饭佟二就去找周四，托周四向地主去说，想把自己的地典给他一块。周四去了，傍晚他到佟二的家来说，不成，地主说不要，还说这年头，要地干什么？又惹土匪眼红，又收不了粮食。周四又说他哪里是不要？他怕典契不长久，要买你个死契呢。佟二听了，哑子似的，不作一声。自去酒铺里赊了酒来——还是他第一次赊哩。他喝了一个泥醉，又一觉到明。但佟二却想不到周四又来了。这回又说那块地须得典一半卖一半，人家才肯要，佟二倘不答应，事情便算吹了。佟二一半怕被抓进城去，一半也怕地方再来向他诉冤，他的女人又直用了异样的眼光抱着孩子看他，他只得答应。况且便不为这些，他也典卖地，因为他家里早已没有存粮，他应得"变了钱"籴粮食吃了。

然而他做梦也想不到的,是在周四老头儿走后,他喝得大醉,鼾睡如泥的那一夜,他的女人曾经由周四领着带了五岁的大孩子又抱了那个小的去地主家里,哭诉,哀求,跪了半夜。那时地主仍一口咬定说,不要,手底下没有存钱。周四又从中极力说合,才说成一块地,半卖半典。她还再三嘱咐周四不要把这事告诉他。

这年的夏末秋初,在这县份里,却发现了红枪会。

起初有几个村子里的不大安分的闲汉,私自设立了坛场,秘密地练习。他们并没有什么大目的,托词功夫练习成了之后,可以抵御枪炮,好去防备土匪。但是因为秋禾都被蝗虫吃尽了的原故,没有农工可做,大部分的壮汉都闲着,所以入会的日见其多。县官是在河南一个红枪会最盛的县份做过一任的,又曾被会众围过县署,几乎失掉了性命;一听见红枪会,便亡魂丧胆。他一知道这县里也有了红枪会之后,便首先嘱咐班役,不要到有坛场的村子里去催钱粮和讨赤费;倘若贸然去了,因之而吃了亏,甚或丧了命,他们只好自认晦气,他决不给做主,而且也没法子做主。这些话本是保守秘密的,但不知何以忽哄传得尽人皆知。况且事实俱在,人们很容易看得出来的。不到一月的工夫,红枪会便大有蔓延到全县境内之势了。

这时不知从哪里来了一些兵,坐着船南下。邻河的村庄里的会众见了,便鸣起锣来。登时聚集了大队,把邻河的几个村子严密地把守着,枪的红缨子,飘拂在初秋的太阳下和微风里,鲜明而且威武。缨子的上面,便是明得耀眼的一尺多长的枪头子。会众一律全副武装着,而且袒了前胸,露出赤红的兜肚子。腰间又插了一把七寸长的尖刀,刀把上也系着尺许的红布或红绸子。半空招展着大旗却是黑的,相衬着一片红,一发显出腾腾的杀气。

兵船中有一只小船靠岸了。岸上的大众发一声喊，天塌地陷似的；又都举起长枪来向着那只小船。船头上站着的小军官，身上并没带着枪械，极力地镇静着恐慌，向大众说明了来意之后，便由十来个会众，簇拥着去见师傅。小军官极小心又极和气地说，军队在此路过，开发前线；绝不敢骚扰。只求师傅允许他们在这一县的沿路上，能够上岸来买吃的。那小军官再三地声明是现钱买现货，钱货两交，公平交易。

"不行！"牛师傅板了黑得出油似的脸，威风凛凛地坐在大圈椅上说。

小军官木然地立着（他一进来就没敢坐下）。但略一迟疑，随即又说起话来。这次几乎是恳求师傅可怜弟兄们的辛苦了。说话时，小心和气之外，又加上一番诚恳，心里虽然有点慌，说得却极流利，这足以证明他是个会说话的。

牛师傅仍旧板起脸，威风凛凛地坐在那里，因为他实在不知道说什么。小军官却以为他有意答应了，正在要再说几句，不料他竟决然地喊出极震耳的三个字：

"推出去！"

"挑了吧！"小军官周围有几个人低声地说。

小军官也曾经在河南驻过防，知道红枪会的习惯语："挑了"就是用那有长的红缨子的枪扎死的意思。他的两耳内嗡了一声，那低语的声音，在他竟同焦雷一般的响。

但牛师傅虽然生长在穷乡僻壤，却懂得"两国交兵，不斩来使"的大道理。他只一摆手，又说了一句什么，这时小军官正在发昏没有听见。接着那十来个人便把小军官推搡出去。他的脚步这次未免慢了些，于是又有两人架了他的膀子，直跑到河岸上，才一推，他便倒在小船里。

从此河道里陆续着过了几天的兵船，但没有一个兵敢上岸的，骚扰更谈不到了。

这红枪会的第一次的旗开得胜，不独增长了会众的勇气和信力，而且取得了全县的好评。坛场便立刻布满了各村庄。在中秋节这一天，牛师傅率领了大队进了县城。这又是第二次大胜利——再增加了会的威风而且更取得了一般农民的信仰。据说他们一进城便占领了各机关如商会、农会、实业局、教育局。绅士们事先得信，都已"落荒而逃"。县官大开仪门把牛师傅请进了花厅，并满口答应了牛师傅的提议——即日取消预征和讨赤费，而且全数释放了以先因为交纳不上钱粮和讨赤费而下狱的农民们。会众们又说本想把小官儿揪出来挑了的。但因为他们"听说"，他又和牛师傅拜了把兄弟，所以也就饶了他。

这之后，便是大捕本地的绅士。凡是逃不脱的都抓了来，砸镣，下狱，就补了释放了的农民的空。跑掉的呢，就抄了他们的家，会里又说以先县里用了强来催交钱粮和讨赤费的原故，完全是他们绅士的主意，这回须要好好地处治他们一下哩。

一天的晚间，佟二便将在关帝庙前听来的这以上种种的消息，报告给他的女人。又高兴地说，这许就好了咧？

他的女人也很高兴，拍着睡在怀里的孩子，望着丈夫的脸答道：

"可是的，这许就好了咧……咱们的钱粮和讨赤费不是都上完了吗？不知可能发还咱们哩？"

"可是的……"佟二说不下去了，脸上立刻又罩上了愁云。他第二天在关帝庙前问周四老头儿，他说不知道。问别人也都说没听说。石村在半月前也设立坛场了。王四牛就入了会。佟二就走去问王四牛,他也说没听见牛师傅说过。佟二低了头闷闷地走回家来,告诉了他的女人,她也闷闷地低了头。但她忽然一抬头却看见她丈夫脸上处处都起皱,便安慰他似的说:

"你可不能说没有指望哩。"

佟二也觉得有指望。于是他们——佟二和他的女人——就等候着,然而一个月过了,依旧没有消息。这时会里忽而也按地亩敛起钱来了。据在会的说,八月中秋节那天大队进城,只馒头就吃了一千斤;把守河岸那好几村子,一共费去了五天的工夫,吃去了的馒头共是一万二千斤。这是为全县里消灾免祸的事情,钱可不能由他们坛场里和在会的人身上出。

佟二打听得在会的人可以不出这笔钱。他便由王四牛和其他别的熟人的引进,终于也入了红枪会。他也预备了长的红缨子的枪,和七寸长的尖刀。这使他竟费去了五元上下的钱。在晚间他吸着旱烟,看着竖在门后的枪头子在油灯的暗弱的光中,闪闪地发着光,他不自觉地骂出声来:

"狗入的!"

他的女人不知道他为什么要骂,和骂的是谁,她又不敢问,抱着孩子赶忙睡下了。

佟二入会之后,不久县里红枪会和天门会便起了争执。

这原因县里有几个村子联合起来,不交红枪会征收的费用,会里派人去催,村子里的人便说:凭什么来这里要钱,你们是红枪会,我们是天门会;你们会里用钱,我们会里也用钱;我们不管你们,你们也管不着我们。

这人便进了城回来报告给牛师傅。

"挑了他们！一个不留！"牛师傅一座黑塔似的（他近来更黑更胖大了）坐在大圈椅上威风凛凛地说。他又立即传令召集各坛场的师傅们，开了会议。两天之后大队便出发了。

那几个村子早就得了消息，也都有了准备。凡是村子里通着路的巷口，都堵死了。所有的壮丁都上房，他们也是长枪尖刀，而且还有快枪和老抬杆。但是自从占领了县城，收了警察局和乡团的枪械之后，红枪会却有快枪了。他们远远地把村子围住，又一步一步地逼近。村子里房上的人早看见了他们呐喊，鸣枪，进攻，但只静静地伏着不动，待到他们离村子不到半里远的时候，房上的人们便发一声喊，快枪的清脆的响声，和老抬杆的轰然的爆发，同时俱起。佟二夹杂在红枪会的大队中，听得耳边头上枪子嗖嗖只是响。一方面又是喊声震耳，夹着秽亵的谩骂与恶毒的诅咒。远远地望去，红枪会在前面的人们有的正似吃多了酒似的跌仆在地上。看时，左右统是人，背后的会众在长枪林中潮水一般的拥上来，仿佛要淹没了他。在这性命交关的时节，他的简单的头脑忽而有了联想——而且多么可怕的一个联想啊！他想今年夏天发生的蝻子，也是这样的纷乱而又整齐，疏落而又严密，散漫而又团结地前进，曾经吃光了地里的庄稼！他旋转了回头。

佟二在出发时，心里就有点儿忐忑，他扛着红缨子枪出门的时候，回头看了一看，却见他的女人抱了孩子又用那将要被屠的羊一般的眼光向他看。他更觉得不坦然。但他在此刻，仿佛受了那喊声和枪声的催眠似的，完全忘掉什么叫害怕；只随着潮水一般的大队往前移动。

红枪会因为是取攻势，而且敌人们又都在房上，居高临下，容易瞄准，他们死伤倒也不在少数。但他们的人数究竟多，村子里的火药子弹也有限，终于枪声渐渐稀少，红枪会的大队也逼近村子的跟前了。然而战争也益发剧烈。房上的砖头、石块，雨点一般的投掷下来；村里的男子们虽然方才在房上有的中了枪受伤或死去，年青的女子们这时也上了房一齐下手。佟二这时候也攻到了一堵墙的前面，他想着爬墙过去，——至于去做什么，在他的简单的头脑，和在这间不容发的时候，他是想不出的。在他，仿佛以为既然随着大队来，就得攻；攻到了墙的前面，就得爬过墙去。就在他爬墙的工夫，头上不知挨了从哪里飞来的一砖。幸而不甚厉害，但他也随即滑下来。又一跌，方觉得要晕。在半意识中，他觉得——不知是谁，被他的腿绊倒了，直砸在他的身上。接着他又觉得一只脚登着他的头，又有一只脚跐着他的脊梁，似乎那谁，正借了他垫脚，也想爬过那墙去。因为两只脚才一用力，又幸而都走光着的立即就离开了头和脊梁。但接着又有一个重东西，在他身上。似乎那人也受了伤跌下来。佟二这才真的昏过去了。

他反醒过来了，似乎时间并不甚久。合村的房舍正在冒着浓厚的黑烟和旺盛的火。他听得村里妇人和小孩的哭号之声，虽然他的耳朵里还在嗡嗡地响，而且头目又不清楚。他慢慢地倚着墙坐起来。他首先发现身上是一个死尸。死尸的头就淹在红的血与白的脑浆里面。他记起自己的头来。慢慢地举起了无力的手去摸时，一种既不是痛楚也不是麻木的感觉，立时就传遍了他的全身。他撤回了手，那手上，也是红的血与白的脑浆，但他不晓得是自己的头上流出的呢，还是沾染了那死在他身上的人流出来的。

他捡了他的长枪扶着立了起来。走了没有几步，一阵西风吹来，他闻得一股子他平生没有闻到过的气息，腥，臭，焦煳……他想恶心，想吐，但仍旧支持着走。待到走近了大路，他忽而觉得脚下踏到一个软软的东西，脚底一滑，几乎跌倒了。他立时立定脚，支住了全身。看脚下时，却是乌黑的一根。他细细地辨认，又用了长枪挑了一挑，他才认出是一条胳臂。两步外便是一个死尸。大约是被老抬杆轰死的，赤膊的上身都被火药烧得焦黑。仰卧在地上，土布的裤管下露出了两只脚。十个脚趾微微地散开着，排列着，向着天。那一只连在身上的胳臂，手里还紧握着并卧在身旁的红缨子的长枪。

佟二不能看了，抬起了头。但眼光似乎非常的清楚了。不远一个，不远一个，仰着的，俯着的，挺直了的，蜷曲了的……仿佛是工作得倦了放翻了身睡在地上似的。佟二几乎要走近了他们的身旁，将他们又一一地唤醒。

"起来呀！"

佟二想倘就和平素一样，这样地喊一声，再向他们身上或头上踢一脚，于是他们或者哼哼着翻一个身，或者慢慢地坐起；接着一骨碌爬起，或跳起来；各自扛了锄，说笑着，骂着，唱着，走到地里去做活。

——现在就踢他们一下试试吧！

佟二正在这样地想着时，却被一阵呼喊哭号的声音惊醒了。远远地望去，西面一带，三五个村子同时都起了火，天色渐渐地昏黑下来。但是人声却听得更真切，火光看着也更分明。那火光宛然是从沸腾澎湃的人声的大海里钻出来的一只怪物：黑烟压着火光，火光顶着黑烟，搅扰着，纠争着，突然火光打破了黑烟，直蹿到天空，吐着长的红舌头。旧历九月初十以后的渐圆的天上的月，也给映得通红。佟二只是这样想：假使人用手去摸那月亮时，一定是热得刚出炉的烧饼似的咧！

黑夜逐渐张开了浓黑的幕,包围了他的全身。但远处的火光,却落在他的身上和脸上,又焕发着铜的光。

　　他扶了枪挺然地站着,有如一株树,尽望着怪物一般的火光,听着海潮一般的人声。那枪直立在他身旁,又似在大树干边长出来一株小树。枪缨子飘拂在秋夜渐凉的西风里。

　　他忽而又晕倒了。

　　这回他醒来之后,却看见自己是躺在家里的炕上。身旁是他的女人:红肿着两眼,抱了孩子坐着,她告诉他人家把他抬回来的。他忽地坐了起来,但他的头一晕,又躺下了。

　　直待十来天之后,他才痊愈了;关帝庙前又有了他的踪迹。但大家都嗤笑他,说:他没有真心,心不诚,神不灵,所以被天门会的人砸破了头,幸而是砖头,倘若是枪子,可不送了命吗?人家王四牛也去来,并没有受伤,枪子打在他身上,都碰回去,或者落在地下。身上打着的地方,不过是一个红点儿。他们曾去看来。但王四牛还算不得真行。牛师傅能闭住敌人的"火门",他们对着他扳枪机子都扳不响。那才真是真行哩!

　　他闷闷地回到家来。他的女人却又向他絮说了一些事。

　　她前日到集上去,看见王四牛家也提了篮子赶集,手里还提着两只烧鸡。人都说王四牛这次去打天门会,着实抢了一些东西来:光洋钱就是好几十块,此外,还有一包袱布和一包袱衣裳。佟二的女人,临说完了,又找补了一句:

　　"你可是白受了伤回来了——血淋淋的,又不知是死是活,那时,你不知道叫人看着多么心痛哩!"

　　末了这一句,大概是她看她丈夫脸上忽然变了色,怕有什么变故,所以转了口锋变成想要讨他的好的口吻了。但佟二却并不理会那些，只默默地一瞥那竖在门后的长枪，骂了一句：

"狗入的！"

他的女人仍旧不知道为什么要骂，和骂的是谁，也就不敢言语了。但佟二却并非骂她也并没有与她致气的意思，吃完一筒旱烟之后，就默默的睡下。

钱粮不纳了，讨赤费不交了；然而佟二的生活却并不见比以前容易。会里的开销大，后来便是入了会的，只要不在会里占有重要的位置的，也得按着地亩摊交会费了。而且他在石村坛场里的名誉，自从那次大战天门会受了伤之后也一落千丈；人不是说他心不诚，就是嗤笑他傻，不知道钱物有用。他又听周四老头儿说，那几个村子里的走脱的人们，已经到河南去搬兵——大队的天门会，武艺好，枪械足，人又多——不久，就前来报仇了。于是他的心里又压上了一块几百斤的大石头。

待到过了旧历的新年，红枪会却得了第四次的大胜。又是不知从哪里来了两营兵，说是要驻扎至县城里，被红枪会知道了，便调动了大队。两营人团团被包围了，会众便把他们全数缴械遣散，两个营长和连排长们一个不剩全挑了。但隔了没有两天，大队的官兵赶到，首先占领了县城，接着便架起了大炮把三十几个村子——都是红枪会的发源地和根据地，又是会众最多的地方——打了一个土平。牛师傅据说是借"土遁"，又有人说是借"火遁"逃走了。全县的坛场这时自然都消灭了。幸而石村是个小村子，不靠大道，离城也较远，会众又不多，而且又没有出名的人物，官兵还没有来剿。佟二知道风声不好之后，先把红兜肚子烧掉，又在黑夜间，将枪头子和尖刀都抛在井里；那枪杆子就截短了当作锄杆把。

这之后，佟二心里反倒轻松得多了。春天里雨水又勤，麦苗子芃芃地往高里长,直要没了人的腰,而且也秀了穗了。佟二的心思便专注在麦子上,梦想着将来的丰收,他可以好好地吃一顿白面了。

军队要开仗了。同谁开仗,佟二不知道;他曾经听周四老头儿在关帝庙前说过,但他遂即就忘记了。他想:开仗就开仗,穷人们怕什么呢?横竖没得可抢——而且麦子不是眼看就丰收的吗?然而军队要掘战壕了。县官出票子责成地方:限大村于三日内,出壮丁五十名,小村三十名(不用老弱),由军队指挥,挖掘战壕。佟二也就是本村公推出参加掘壕的一名壮丁。他本来想不干的,但他听说掘一天有一天的钱,而且又管饭;此刻农活还不忙,他又是一个闲不住的人;所以也就答应了。

佟二也并不晓得掘战壕是怎么一回子事。日期到了,一个小军官骑了马,带着几十名小兵到村里来。地方和村正便集合了预先挑好的三十名壮丁,都扛着铁锹和镢头,交给军官检验。军官略看了看,便带了他们到村外去,而且立即指挥着掘。壮丁们也就一字儿排开,开始工作;小兵也下手,同时又指导、督催着壮丁们,教给他们怎样掘。

掘战壕原是这么容易的事咧!

就仿佛河水涨得要决口子的时候,他们挡堰一样:先把地上的土掘起来,随后就把那土筑起,这面——下面——越掘越深,那面——上面——就越筑越高。而且又不是要多么高深了,只是一二尺来的就足够了。

这样的战壕,只挡挡蛹子罢咧!连飞蝗都挡不住,也好打仗吗?佟二又联想到去年的事了。但是天哪:佟二清清楚楚地看出这战壕是要通过他的麦子地,而且小兵们指挥着他掘起所分配给他的那一段地，也正是他自己的地哩！"入娘的！"

这时临近战壕的各村的壮丁们也都一字儿排开了。东西着连续起来，宛然是一道人的墙。当他们这忽而弯腰、忽而直起地工作着的时候，又恰似此刻地里的麦子被风吹得摇摆出了波浪式的姿势。小军官们骑着马梭似的往来，手里倒提了马鞭，预备着教训那些掘得懒惰的或不合法的。

但佟二却扶了铁锹，痴痴地立在那里，眼望着自己的麦子，入了梦似的一动也不动。

"妈拉八子！怎么不掘？！"背后大喝了一声。

许多壮丁们都回头看。佟二仍旧立着不动，也并不回答，仿佛并没有听见。

"啪！"马鞭落在他的背上了。

许多人都吃了惊，停止了工作看。佟二脚生了根似的，一动不一动，又咬了牙不出声，哑子一般的。

"啪！啪！啪！啪！……"马鞭雨点一般地落下来。佟二的紫褐土布夹袄背后，立时便似苏木水浇透了似的泛出殷红的颜色。他要逃，然而兵们把他围住了。他左右躲避，那马鞭便没头没脸地打下来。他紧握了铁锹要举起来："入娘他的！"——忽然一个女人抱了孩子从人丛里挤过来跪在那小军官的面前。这是他的女人，正杂在村里的妇孺内，来地里看掘战壕的。

"大人！可怜我这个傻男人吧！他不会说话的，怕得罪了大人。这是我们的地，今年的麦子又长得怪好的，他舍不得下手。大人，别打了！他掘就是了！"

那"大人"在她一跪在面前时，就不打了。一则因为是一个女人跪在他的脚下；二则他的手也酸了。他看着她流着眼泪说完了之后,长满横肉的脸上浮出恶意的笑。

"这么回事,为什么不早说?"

他略一沉吟之后,便大声地喊:

"李得胜!王有功!"

两个小兵慌忙地跑来,在他面前立正。

"去那边把几位排长请来,说我有事。叫他们骑了马快来!快点去!"

两个小兵一东一西,又慌忙地分头去了。

这时小军官才看见附近工作着的许多"壮丁"们都停止了工作,围了看。

"妈拉八子的!你们光看吧!也不用掘了!"

于是"壮丁"们便仿佛在睡梦中被一个焦雷惊醒了似的意识到自己的地位,立即将身躯弯下直起地工作,手里的镢头和铁锹也随着身躯一起一落。

这时那小军官才吩咐跪在他脚下的佟二的女人:"起来!"

几匹马驮了另外几个小军官飞驰而来。他们又下了马向原先那个小军官立正,仿佛问:"什么事?"

"你们骑了马在这一块麦地里跑两趟!"那"妈拉八子"俨然地说,而且同时又摆一摆手。

后来的那几个小军官也真服从长官的命令(那"妈拉八子"大概是个营长),也并不问他为什么事教他们这样做,立刻都跳上马,驰到地里;他们几匹马走马灯一般,马头追着马尾地在地里来回盘了两趟。不到十分钟的工夫,一地的麦子东倒西歪,绿得地毯似的平铺在地上了。那"妈拉八子"又打一个手势,几匹马才渐渐地立定了脚。

"李得胜，王有功！"

两个小兵又在他面前闭着气立正。

"牵了马出去溜一溜，等会儿就在这块地里再放一放！"

"喳！"小兵带了精神，很响亮地答应。

"小子！你这该放了心了吧？——掘吧！"

那"妈拉八子"对那痴痴立在那里的，看得眼睛要出火的佟二这样地说了，又在他背上打了一鞭子，（但这回却不曾用力，仿佛只是引起他的注意似的，）跳上了马，自去上那边视察去了。

"小子！掘吧！"

那几个小军官似乎是警告他又似乎是威吓他，也学着那官长这样地说了，慢慢地走开。只有一个，立在佟二的背后监视着他。

佟二真地下手掘了。虽然背上的鞭痕仍在痛着，火燎着似的，但他工作得沉着而迅速。没有人看出他那有力的铁钩子似的十个指头是怎样地箍住了那镢头的木柄，而且两只巴掌几乎将它捏碎了。没有人听见他的牙是咬得怎样吱吱地响。更没有人知道他的胸中是郁着怎样的一团火，渐渐地烧遍了他的全身。

佟二只是掘。虽然正午的太阳，悬在晴明的天空，他的两眼都已茫然看不出掘的是什么了，但他仍然掘。

远远地夹杂在看的人们里，立着他的女人，抱着孩子，眼里流着泪。

一字儿排开的"人的墙"也身体随着铁锨、镢头一起一落地工作。几匹马安闲地享着盛馔——嚼着他们自己方才践踏倒了的麦子。

完了！在佟二是什么都完了！他没有了麦子，也不复再梦想着白面。在渐渐地起了夏风的四月的一个清早,他用了二把手车子推着他的女人和孩子,带了简单的用具和几件破烂被褥衣服,偷偷地离开了石村。他们要去"下关东"了。

这之先,他也颇费了不少的踌躇。走呢?不呢?倘走,哪里去呢?战壕早已掘好了,眼看就要开仗。村里宣传"鬼名军"的大队已开进了县境了。石村的居民,凡是自觉得性命还值钱一点的,都已走开,进了城,或者到外县去。但佟二又听说城里的人也有的搬到乡下来住;而外县的人也有的躲到他们的县里来避难。周四老头儿的意思是"在劫难逃"。又说该活的死不了,该死的也活不成:逃,往哪里逃呢?

佟二虽然觉得周四老头儿说得似乎有点道理,但他又知道军队的大炮厉害,因为他们在剿红枪会时,曾经把几个村子打了一个土平的。打仗定要开炮。石村紧挨着战壕,将来也难免个打个土平。城里的军队又时常抓人。况且麦子没有了,接着天气便旱起来,秋苗又没有希望,佟二没有地里活做了。

石村常常有人穷得在本村里住不下,便去"下关东",还有的竟在那边发了财。于是佟二终于也带了女人孩子"下关东"了。

是佟二在"下关东"的程途中的第四天吧,他忽然觉得身上有点难过起来;像是疲乏,又像是有病。然而这两种事情他平生是没有经验过的,他不知道什么叫疲乏,也从来不生病。他以为那不过是懒人的托词想着去睡一觉或者吃点什么可口的东西而已(在乡下,农民平常都吃粗粮,只有有病的人才有时借口吃不下去而吃麦子面的)。然而在"下关东"的道上他许是真的病了吧。二把手车子在他竟似乎异常得沉重了。偏巧又正走到一片沙地里,以至于他仿佛就要推不转那车轮子了。他的女人下了车,抱着那不会跑的孩子在地下步行;他只推着一个五岁的孩子和简单的用具,破烂的衣服和被褥。然而他还是喘息而且流汗。

"入娘的!"

"怎么了?——要不,歇一歇再走吧!"

佟二虽然不愿意,然而也只好"歇一歇"了。他放下了车子,蹲在地下,又取出旱烟来吸着。一管旱烟还没有吸完,不知怎的他忽然想躺一躺。他将旱烟管顺手放在身旁,放翻身便倒下去。细的黄沙被初夏的正午的太阳晒得正热,他觉得沙地上是又温暖,又松软,感到向不曾受过的舒服。他合了眼蒙眬着了。

他不知蒙眬了多长时间,——其实也不过半点钟,——忽然听得孩子们啼哭声,他一骨碌爬起,却见十几个小兵正包围着那辆二把手车子和他的女人。简单的用具,如小铁锅、木勺、炊帚、黑瓷碗之类,都已俯仰歪斜地散布在地上。有几个兵正在打开那破烂的衣服包和行李卷儿。又有两个正在摸索他的女人的腰间,大半是看一看身上有没有钱。有的,佟二把盘缠曾分作两份:一份他自己带着,那一份就在他女人的腰间。那女人拼死命抱住怀里呱呱地哭着的孩子,因为一个兵不知为什么要夺过那孩子来。大的孩子也哭叫着抱住母亲的腿,而且用了小拳头去打那欺侮他母亲的兵。那兵不耐烦似的一脚将他踢倒在地上。

"入娘的!反了么?"

佟二睡了一觉,仿佛病早已全好,又恢复了精力,这样地喊了一声,便扑上去。他揪住踢他的孩子的那个兵的领子,只一甩,便将他甩在几步开外的二把手车上;致使那小兵竟碰破了鼻子,又磕掉了两个门牙。佟二看也不看他,就又在摸索他女人的一个小兵的后心上，只一拳，——然而是多么厉害的一拳啊——那小兵一个踉跄，趴在地上，又吐了血了。佟二又扑向那一个兵去。这是一个颇为强壮的小兵，而且他已看见佟二打倒了他的同伴，心里有些提防，所以当佟二扑上前来的时候，两个人竟互扭住了；虽然这兵并不是佟二的敌手，但他拼命地挣扎，佟二急切也按不倒他。别的兵们也哄地围上来，但又不敢开枪，因为两个人正在扭成一团，怕伤了自家的人。

一个在旁看着的小兵，忽然瞅好了机会，从背后，抱住佟二的脖子了。佟二疯狗似的，也并不迟疑，低下头去，一口咬住了那只胳膊。那小兵叫了一声，立时便想撤回手去。但佟二并不松口，那兵用力地一撤，竟留下一块肉在佟二嘴里。

鲜血从佟二嘴里流出来，但他并不曾吐出块肉；咬了牙一努力把方才扭住的那个按下地去。他撤出拳头来要打——有别的一个兵用了枪把在他的背上给了重重的一击。佟二吼了一声，仆在地上死过去了。他张了嘴，那块肉便自自然然地掉出来。

不知是佟二的饱满的精力未尽，抑还是他的预定的死期未至，他终于又苏醒过来。小兵们都不见了，他的女人也不见了。大的孩子躺在沙地上，很安静，仿佛睡在那里；佟二过去用手摸时，早已断了气，大概是自从被那小兵踢了一脚之后，便死在那里了。

简单的用具和衣服、被褥，也都零乱地散摆在被太阳照得闪闪发光的沙里，散漫而死板，无力气，仿佛也被那些小兵们污辱了，掳掠了，而且取去了生命。

佟二又看见沙地上划得有许多的脚印，这脚印中又有两道颇深的沟，他想一定是他的女人被两个人架着，而她挣扎着不肯走，所以被拉扯得脚挨了地又划出了沟。他依着这踪迹寻去。待到将近一丛果树林子的时候,他忽然看见几十只乌鸦在一棵枣树的上面,左右前后地盘旋着飞,又呱呱地叫。树枝上似乎挂着一件什么东西。他走近了看时——那树枝上挂的却分明地是个孩子哩!他好容易盘上了树取下来。幸而那孩子还穿着衣服,肢体并不曾被树枝子挂烂,但自然也不免有几处被枣树的棘针擦伤。那脸上头上已经被乌鸦啄得稀烂,生着眼睛的地方是津津地流着血的两个鲜红的窟窿!

离那棵枣树不远,四围是大大小小的果树,中间是一块较为宽阔的地方,就在那里赤裸裸地在日光下仰卧着他的女人。头发披散着。脸上是指爪挖破的带血的伤痕;大概是她自己挖的,因为她的十个指甲上都带着血。高高地耸起的乳上,早已没有了乳头,没有人知道是被人咬下的,抑是被刀子割下来的,还是被乌鸦啄去的。那两条肥的圆的腿在沙地上向着天空,直挺挺地"八"字地摆开;胯下仍然继续地流着血。身上脸上都显着被乌鸦啄破的痕迹,两只眼睛也同他的小儿子一样是津津地流着血的两个鲜红的窟窿!

佟二抱着从树上摘下来的死孩子,走向他女人的尸前。

他用手遍体地抚摩那死尸。他觉得依然温暖。他不知是太阳晒的,却还以为他的女人尚未死挺,还可以复活。他摇晃她又大声地呼唤:

"醒醒来,看看咱们的孩子!"

这声音回旋在黄昏时候的沙地的林中,简直是鬼啸一般的凄厉。

不知可是真的——大半是佟二的眼花。但他分明地看见那两只眼睛——就是两个鲜红的窟窿里,在他住口之后,却流出更多的血。

"醒醒来!看看咱们的孩子!"

他更加用力地喊,听去也更不像生人的声音。这回他以为他的女人真要活了。因为她张开了嘴而且答应出来声:——

"呱!呱!呱!呱!"

那是几十只乌鸦在他头上叫哩!

她死了,真的死了,完全没有苏醒的可能!

"怎么死的呢?……是被小兵们……"

佟二的泪——生平第一次也就是末一次的泪——流下来了。许是他一生的泪,都要在这一次流出来,所以才这样的多,泉一般的涌出,顺了他两颊往下淌;又滴落在他的女人的脸上、嘴里,而且流满了那两个鲜红的窟窿,又成为血水流出来,浸到沙地里。

太阳落下去了,接着是黄昏,又是黑夜。远处的村子里有狗在叫,枪声又响起来了。

佟二茫然地抱着孩子,蹲在他女人的尸旁,一动也不动,夜色严密地遮盖住他和他女人的尸体。

佟二却骑了马又回到石村来;那是在他为了"下关东"而离开了他这小世界的第六日了。

他的腿上中了枪,所以一下马就几乎不能走路了。但究竟支撑着走进了自己的家门。屋子空落落的,什么也没有了;比他父亲死去的时候尤为空虚。他一头张在没有铺席的炕上,又用了似乎因为几夜没有睡觉而熬得通红的眼睛把这屋子巡视了一遍,便又合上,不再睁开了。

村里的人都觉得奇怪,

——他怎么会骑了马回来呢?

——他怎么腿上又中了枪呢?别是偷马教人家打的吧?

——还有他的女人,她到哪里去了呢?别是教他卖了吧?

——他的身边可有钱吗?

大家都想知道这新闻。许多人便都拥进他的家里。周四老头儿还问他:

"你的女人呢?"

也许因为当初成亲,是他的媒人,所以他才这样的关心,显然想把以上那些疑问一一解决,便首先问他的女人。但佟二只合了眼躺着,并不开口。再问,也照旧不作声。人们疑惑他是死了,但摸他的身上,却是烫手的热,而且他嘴里还在呼吸。众人都以为他是哑了,才渐渐地散去。有几个人便站在院里看他骑来的那匹马。马虽然肥,又像是能走,但也疲乏得不像样子,通体是水洗似的流着汗,卧在那里,仿佛也要死。

佟二的叔父守着他直到夜深。佟二忽然说话了,像是告诉他的叔父,又像是自言自语:

"我想着在这屋子里……"

并没有说完,他就又不言语了,任凭他的叔父怎样问。他的叔父也猜想不出他是想着在他这屋子里干什么。

天刚明,佟二就死去了。

佟二的叔父把马给了他的地主,换了一具"重五"的柳树棺材,当天就盛殓起来,抬出去埋了。他的地暂时就归他叔父种着。等候着万一他的女人带了两个孩子回来之后,再行归还。

从此石村的关帝庙前和井台上便不再见有佟二的踪迹。但他的名字却挂在众人的嘴上,谈论起他的骑了马回来,便都以为是难解的谜。而且他的女人到哪里去了呢?这更是石村的居民谈话和辩论的材料。周四老头儿以为准是那女人同别人"相与",被佟二看破了:哪里是去"下关东",简直想法子诓出她去,治死,就是了。但是她同谁往来呢?大家讨论得更有趣味了,不过又总没有结论。而且那两个孩子,难道也被佟二治死了吗?这便是周四老头儿也难以推测了。

待到两月以后,大家都讨论得厌烦了的时候,被军队抓去赶大车的王四牛回来了。晚上他在关帝庙前乘凉,有人又提起佟二来。

"佟二怎么样了呢?"王四牛问。

"死了两个月多了。"

"怎么会就死了呢?——你们不知道那家伙有多么凶哩!"王四牛又怜惜又赞美地说。

大家都以为他知道佟二治死他女人的情形,神经过敏的人还以为他是同佟二的女人有些不干净,便一齐抢着问。

王四牛瞪了眼,比手画脚地说:

"我们是五十辆大车一齐出发的,刚到了山东界,有一夜没赶上宿头,就住在慢坡里,当夜便偷跑了一个赶车的。天明了,才知道,军官们就骂小兵们都睡死了,偷跑了人都会不知道,就教一个兵赶着车。那兵又想着躺在车厢里睡觉,不愿意赶。待到走到了一个沙河里,就看见了佟二独自一个人推了二把手车子走着。一个兵便揪住他教他赶车,他不答应,就闹起来,还说:'不会赶车!'

"一个连长正躺在车厢里睡觉,听见吵闹,抬起头来,便说:

"'妈拉八子!老百姓么,还说不会赶车!'

"佟二一听,又看了那军官一眼,似乎是怕了;真个就接过鞭子赶着车走。一个小兵还问他那二把车子上的东西,还要不要。他只一摇头,什么也没有说。兵们都笑他傻。他也不言语。

"走了不到半天,佟二赶的那辆车子的辕骡子,卧倒了。车辕条就砸在骡子腿上。好些小兵都起来轰那骡子:拿枪把打,拿刺刀扎,骡子还是不动。卸下了套,又把车子抬起来,骡子还是不动:死了。这工夫,佟二只白瞪着眼儿瞅那匹骡子。我偷偷地问他:

"'你瞅什么?'

"他说:'看它多瘦!'

"'又不吃它的肉,管它肥瘦干什么?'

"'不知道它挨过多少鞭子。'他又说。

"我就问他:'你的女人和孩子呢?'

"他又不言语了,还是瞅那匹骡子。我知道佟二又犯了痰迷,不答理他了。这时一个小兵早在半里地外一个不靠大道的村子里牵了一匹骡子来;另外还有一匹全副鞍鞯的马。那小兵就骑着那马把骡子牵来的。方才坐车的那一个连长就说那个小兵:

"'妈拉八子的,你倒会想法。正好!我坐车坐腻了,就骑这匹马走吧。'

"这工夫,佟二忽然扬起手来,骂了一句'入娘的!'一鞭子就把那个连长打得倒在地上了。他跳过去,又在那连长腰间踹了一脚。又一跳,便跳上了那匹马,回头又骂了一声:'入娘的!'那马就开了腿了。小兵起初是都愣了,接着有的便开枪打,有的便追,但佟二到底跑没影儿了。"

王四牛自以为把这故事说完了,其实也就是说完了,因为他所知道的"下关东"的佟二的消息,也就是这一点。但众人还怔怔地往下听,以为王四牛总要说一说佟二的女人的下落的;甚至于有的人以为他一定知道。

他也看见众人都还想听,便又找补了几句:

"佟二这家伙真凶。那一鞭子便抽瞎了连长的一只眼。又踹得他害了半拉月的腰疼。可是我来的时候，连长已经好了，又升了营长了。"

"为什么抽瞎了眼又升了官呢？"一个听的人好奇地问。

"因为挂了'旗'了！"

"为什么挂了'旗'就升官呢？"那个人更糊涂地问。

"因为挂了'旗'就是'鬼名军'了！"

"为什么……？"那个糊涂人还问。但周四老头儿不耐烦了，他只想知道一点关于佟二的女人的事，便赶快插嘴：

"你可知道佟二家哪里去了吗？"

"怎么，佟二的女人也到底没影儿了吗？我不知道。"

众人虽然知道佟二是怎样骑了马回到石村的事，但仍旧不满意，觉得有缺陷，当夜便陆续地散去了。

只有一个人发现过佟二的女人和两个孩子的尸体。那便是那沙河里的果树林的主人。有一天，他想在那块广阔的地上再栽一棵树，用了铁锹掘不到二尺深时，便看见尸体了。他不知道那就是佟二的女人。他又不敢报官（怕打人命官司），又不敢告诉人；所以一直到现在，石村仍然没有人知道那女人的下落。

乡村传奇

——晚清时代牛店子的故事[1]

在北地大平原中僻小县份的乡村里,那冬天真像个冬天:寒冷而且寂寞。围绕着村子是空旷的白地,摊开去一直到邻村的脚下。白地里和大道旁连一根草茨儿也没有。便是枯草也没有,那是早已教拾草的小孩子们用了镰刀割剃和钯子耙梳得精光的了。三五只老鸦在远远的白地上啄食着人们遗剩的粮食粒与草种子。但又忽然呀的飞去了,并不是受了什么惊,而似乎只是失望的叹气,于是又落在另一块地上重新去啄食那难得的谷粒和草种了。路上行人出奇地少。偶尔有一两个拾粪的背了粪篮子,扶了粪叉子走过去,但粪之难于发现并不下于草种子和谷粒。而拱肩缩背的人较之老鸦尤其没精打采。望去也并不像是真的活着的人,而是能行动的木偶。

村四周,稀稀的也有些大大小小的树。那不过柳、槐、白杨之

---

[1] 1946年作于北京,刊于《现代文录》1946年12月第一集,署名顾随。

类，人可以一望而分辨出来的。自然，所有的树都没有叶子。然而柳树的枝子是柔弱地摇摆在呼呼地吹着的北风里。槐枝则黑黝黝地怕冷似的蜷曲着。至于大叶的白杨，自从赤膊膊之后，一直是挺起了身子，举起它们的瘦长的枝子上指着默默无言的天空。鸟之类极少见。间或有几只家雀落在树上，没气力地"即足"一阵之后，又哄然地飞到不知什么地方去了。倘若村头上有个结了冰的水坑，在早上和晚上便有一群孩子去打蹚子，或者是单独的，或者是三五个牵了手，先是发脚跑上几步，等到气势蓄足了之后，脚底下按劲一蹬，接着便溜下一丈开外去，迅速得有如离弦的箭。然而这游戏究竟花样少，天气又是那么冷，不到点把钟，他们也同家雀一样的哄然散去了。

至于村中所有住家的房屋，一律是黄土泥的墙，房顶是用黍秸铺的，上面也一律泥了黄土。很少有一两所砖墙瓦屋。大门一律是白板的门扉，但已被风日雪雨侵蚀得昏暗了，使人很难辨出它们的质地来。门是敞着的，并不关闭，但很少有人出入。也许有一条狗之类在旁边卧着，但又一动也不动，因为很少生客的来临，所以它轻易也不叫。而且那狗又多是黄色的，人们见了，总以为也同房子一样是用了黄土筑成的。倘若有一只大的金背红公鸡在墙头上伸了脖子高唱一声，那寂静的空气便被打破了。但鸡鸣的声音一停止，又恢复了寂静，一如水面偶尔投下一粒小石子，暂时皱起波纹，但遂即又一平如镜了。

人们呢？老年人有许多是终日卧在烧暖的土炕上不起来。壮丁们多趁了冬季农闲奔走到他乡外埠经营着小生意。而妇女们则是闷在地窨子里纺织或坐在灶下烧火，炕头上缝纫。小孩子们不会少的，然而小些的离不开母亲，女孩们大些的在帮了母亲工作；男孩子们大些的是早已出去拾粪拾柴,淘气些的也因为冬天的严寒,要找一个避风的僻静处所去打眙或张鞋底硌了。

总之,在小乡村里,那冬天真像个冬天:寒冷而且寂寞。牛店子当然不会例外,虽然它是这一县里较大的村镇而且村里有着许多瓦房,街上有着许多铺面。

人们或以为在这样的村庄里,一定是太平的吧?但是牛店子并不然。一到日落时,村南的土地庙里,便听见争吵的声音:

"怎么着?那不行。"似乎一个年轻的尖着嗓子嚷。

"不行也得行。"一个老苍的声音又像在呵斥。

"就凭你,不行定了。"

"放你娘的狗臭大驴屁!"

"你骂谁?"

"骂你是好的,小子!"

"算了吧,你们俩。"有谁哑着喉咙在劝了。

"我今儿非揍他不可!"老苍的声音。

"算了吧。算了吧。都看我。"哑喉咙又劝。

"动一指头看!你狗养的!"尖嗓子的声音。

"我不敢打你!"

"噼!啪!""噼!啪!"听去是巴掌打在脸上了。

"噼!啪!噼!啪!"的半天不断。合村里没有一个人出来看。向例有人打架,看的人一围便是一个罗圈阵,小孩子或淘气地喝着彩。然而这时出来看的一个也没有。他们都晓得这是比亚比扬在温习他的日课。

比亚比扬四个字是应该依了反切读作两个字的。起了这样的名字的原故,据说是他父母怕他不长寿。因为阎王爷出票子差小鬼去捉人的时节,那票子上必得写上被捉的人的名字的。这样的名字没法子写,所以也就没法子去捉,人便可以长寿了。果然有效力,白痴的比亚比扬从二十来岁花完了家业——其实是被人哄骗了去的——之后,便讨了饭,一直到此刻,须发苍然,还不曾死去。

他自小就爱"鬼嚼瓜",且能模仿两个人以上的语声。从讨了饭,便一直住在牛店子村东头的土地庙里。每逢各处乞讨归来,大嚼一阵白日间所得的食物之后,他就坐在庙前白杨树下温习他的口技,从不曾有一日的间断。起初是颇有些人来鉴赏的。但日子一长,他又总是那一套,于是鉴赏的人们先是减少,终于没有了。他倒是满不在乎地每日必演:先是学两三个人吵嘴,继而是劝解,然后是动手打起来。那噼啪的声音,是他自己左右开弓地打着自己的嘴巴。这之后,再学狗叫,大狗,小狗,哈巴狗,呜呜,汪汪,哇哇,听去不知有多少条。结果是狗也打起来,煞尾是"吱哟!吱哟!"的声音渐渐低下去,像是有一条狗咬败了,夹着尾巴越跑越远。起初村里的狗一听也跟着吠;但后来熟习了,分辨出是比亚比扬的摹拟,便不再跟着吠了,虽然人们听来依然是许多条狗的声音。

但牛店子也许很太平,假如大麻子不一天一天地增长了他那光棍的名气。

大麻子在他的魁梧的躯干上,戴着一个簸斗似的头。那黑的大脸横里竖里扩张得全没些规则,使人联想到一个幼稚而拙劣的雕刻匠所造的木像。铜钱大的黑麻子重三叠二五地麻遍了整个儿的脸,而且一直麻下去,麻过了脖子,麻到了脊梁和胸膛。老是充了血的大眼睛,络满了红丝,与其说是醉汉的,不如说是疯狂的野兽的眼睛;而且又老是半开合着,当他睁开了,去注视人或事物时,与其说是射出两道红光,不如说是喷出两条血的光,于是凡被他所注视的人或物便立刻洒遍了血腥,永不会洗干净的了。

他酗酒。他骂街。他讹诈财物。在交秋时,他明取了人家的庄稼。在冬天,他随便搬取了人家的柴火。当了面,没有人敢说个不。他是这个村子东半壁天的皇帝。他只对两个人有面子。其一是四先生,本村第一个读书人和绅士。其一是二牛鼻,村西头的久已成名的光棍。然而他对他两人的有面子的动机并不一样。他觉得在二牛鼻的面前,他本能地自居于后进。至于那位四先生,他的未出五服的一位堂叔父,他总以为识文解字的人不知在什么处所有点儿神秘,不好轻于冒犯;但又抱了儿童的好奇的幼稚心理,总想着试探那神秘一下,看究竟有多深浅。

四先生的确有点儿神秘,言行往往出乎大麻子预料之外。有一次,那是在去年的冬上了,他喝了一阵酒之后,忽然一直走到四先生的书房的小院子里来。也许是酒壮了胆,要诈点儿钱吧,他自己也意识不甚清楚。总之,是终于走进那小院子里来了。但待走上了台阶要掀开竹帘子进屋子里去的时节,他踌躇了……在帘子的中间镶着一块手掌大的玻璃,所以四先生早已看见他。

"大小儿,进来不咱。"

大麻子掀开帘子进去了。四先生正坐在堂屋当中的八仙桌旁上把椅上。桌上陈设着文具和茶具之类,桌后靠北墙的翘头长几上,正中是一面大的穿衣镜,镜的两旁又是一对大的瓷花瓶,馀外便是一排一排的什么书籍。墙上是一幅耄耋图,两旁又伏侍着对联。屋顶是扎得四平八稳的苇席的顶篷。地下则墁了方砖,洒扫得干干净净。大麻子忽然忐忑起来,觉得似乎走进一个他不应该走进的处所来了。

这觉得，是四先生用了细长的眉毛下那两只细长的眼睛只一瞥便看出来了。

"怎么了，大小儿？这几天又上李庄去赌输了吧！？"四先生注视着他的脸又和蔼又郑重地问。

大麻子耸然了。他想：究竟念书人聪明！他会知道我赌输了。其实晓得他的赌钱原用不着多大的聪明。他素性好赌，而赌的本领却又不高明，每赌必输。他虽然是牛店子的半壁江山的皇帝，然而却是邻村李庄赌博场中的正直的君子。只要输了，决不赖账。现钱输光，欠下了赌债，过些时只要讨债的说明了是哪一天，在什么地方，和什么人，是哪一场，而且只要他不是酒醉得失掉了记性，而腰里还有钱，他一定立刻就交款。倘没有，他便睁开了红丝眼说："过几天再说。"这时讨债的如果识趣，顶好客气地走开。倘仍然叨叨地讨，大麻子铁锤一般的大拳头就要上身了。不过即使打过架，过些时，如果再向他讨，倘使他没有钱，仍旧说："过几天再说。"假如有，他又慷慨地立刻付款了。此刻他奇怪四先生之何以晓得他赌输了，倒是他自己的糊涂。

"啊，啊，真是，真是……"他站在四先生的面前讷讷地说。

"大义儿！"一声之后，就从东里间走出来一个十四五岁的清秀的学生来，恭恭敬敬地站在四先生的跟前。于是大麻子的眼前又一亮，他想起自己的儿子如意儿来了。他方才来的时节在街上还看见他同一群孩子在坑里冰上打蹉子。比较起来，如果说大义是娇嫩的水葱儿一般的东西，则如意儿是大道旁边野生的权权丫丫的一棵树之类了。

"啊，啊，真是，真是……"大麻子心里在想。

这时四先生却对了他的儿子在说："到里院去，给你大哥哥拿一吊钱来。"大义儿答应着后退，接着掀开帘子出去了。

"大哥哥，我敢情是这水葱儿一般的孩子的大哥哥呀。"大麻子心里又在想。"还有一吊钱。啊，啊，真是，真是……"就在他这思想的起落之间，大义提着一吊钱进来了。四先生看着他，却又向大麻子扬一扬脸说：

"你就递给你大哥哥吧。"

大义就提起那串钱送到大麻子跟前。大麻子恍恍惚惚地接过来。大义却又迅速安详地退回东里间去了。四先生却又说了：

"你拿去先花着吧！往后短了的时候，只管来找我。当叔叔的多了不敢说，吊儿八百的难不着咱爷们儿。"

"啊，啊，真是，真是……"大麻子提着钱讷讷地说。稍一愣，他就掀开帘子出去了，一个谢字儿也没有，并不是大麻子傲慢，他活了将近四十岁，不用说作揖打躬，根本连谢谢两个字都不会说。

四先生隔着帘子望了那庞大的后影儿长吁了一口气。

但大麻子提了钱出了院门来到胡同口上的时节，有一团火在他心里烧起来。他不晓得那就是所谓愤怒与悔恨的火，但这火却只是燃烧着不肯熄。他抱了这一团火直走回他的家，那既好像鸡窝又好像猪圈的黄土的家。

"啊，啊，真是他娘的……他娘的真是……"他说着又将那一吊钱随手抛在炕上，哗啦，那钱就脱了串子散乱得一天星。

"酒！"他接着又大声地叫。

他的妻，一个高大的女人，蓬松着一头黄头发，撇着八字的鲇鱼脚，就赶快给他温了酒送过去。在这一带地方，喝酒是不讲究用什么东西下酒的。于是他就只是喝，喝，喝。而那一团火也就借了落肚的大量的酒在他心里只是烧，烧，烧。太阳落下去了。他许是想凉一凉吧，走出了他的家，来到村边的空场上。而那一团火仍旧在烧，虽然冬月里寒夜的冷风不住地吹。

"起了火了啊……起了火了啊……"他大声地叫了。

不少的人为这叫声所惊，走出了家门四外张皇地看。又彼此地询问：

"哪里起了火？"嘈杂得也分不出谁问。

"谁知道是哪里？"嘈杂得也分不出谁答。

"谁在那儿喊哪？"乱哄哄地不知道有多少人问。

"不知道是谁呀。"乱哄哄地又不知道有多少人答。

所有村里的狗这时也吠起来。但人们张望了又张望，四围无论什么地方丝毫不见有起火的样子。他们——人和狗慢慢也就静下来。

"起了火了啊……起了火了啊……"叫声仍在响。

人们终于听出叫声是在村东边的空场上发出的了。一窝蜂似的拥上去，黑影子里却见大麻子袒开了棉袄，用了大的巴掌抚摩着肚皮在那里叫。人们立刻安了心，但立刻也就感到对这怪物的无可奈何。大麻子仿佛丝毫不曾理会众人的到来，突然倒在地上，翻滚着大声地叫，或者不如说是嚎：

"起了……哼……火！了啊……起了……哼……火！了啊……"

第二天，大麻子忽然出现于四先生的住宅里了。那住宅是不大的一所三合，房子也不甚高，却是一律地扁砖到顶。上房的明三暗五，带着抱厦，屋门是安了风门，油漆得照眼正亮，带着玻璃。大麻子又是醉了吧，一溜歪斜地上了台阶。他为什么不简直地如同到了别人家似的，拉开风门儿进去呢？他自己也说不上来。不过他总觉得这院子仿佛有个什么看不见的玩意儿拦着他不让他那么做似的。于是他就一屁股坐在抱厦台儿上，恰巧附近放着一个洗衣用的大琉璃盆，他本早已看在眼里的，初意也想是让开它，不想坐下去的时节，身躯忽然一晃摇，一个不做主，恰巧就坐在盆上。一个盆让他坐是太娇脆了，哗啦！便粉碎得不可收拾。他哼了一声，双手抱了头坐在那里，两肘支在膝盖上。

屋里四先生、四奶奶、大义正在吃午饭。不用听那碎盆的声音，他们早已知道大麻子进来了。四先生看着四奶奶向门外努努嘴。干净利落的四奶奶便挪动了小脚儿走开了桌子，推开风门儿出来了。

"咿！我说是谁呢，大哥呀。屋里坐不咱？"

"啊，啊，不，不。"大麻子依然抱着头，肘支着膝地说。

"还没吃晌午饭哩吧！"但她不等大麻子的回答，遂即提高了声音喊，"老李，拾几个馒头，盛一碗菜来，要热的。"

东厢房南端那一间小厨房里立刻听见有人答应。

"啊，啊，不，不。"大麻子说，手离开了头。

"没什么，家常饭罢咧。……老李，你倒是快点儿啦。"四奶奶一面敷衍大麻子，一面又向着东南角儿上说。

"强将手下无弱兵"，伶俐的女用人知道女主人是教给大麻子端饭。紧接着就见她一手端了碗菜，热气腾腾的，那一只手还提着用了笼布包着的馒头，走到台阶前面，也不用再吩咐，一直送到大麻子跟前。大麻子一半是真饿了，一半是有点儿慌张似的顺手接过来，他将笼布摊在膝上，馒头的热气一直扑上脸来。而且那碗菜的香味也直喷鼻。他醉眼模糊地看出那是一碗肉丝宽汤熬白菜，夹杂着宽粉条。

"你就凑热吃吧。"四奶奶又殷勤似的劝。

大麻子略一迟疑,她们为什么不给他预备一双筷子呢？但遂即不再去想,拿起四两一个的大馒头来狼吞虎咽地吃下去。一转眼便是两个,又一转眼,又两个。夹杂着胡卢胡卢地喝菜汤。粉条子时时三三五五地拖到唇下,抽抽地又吸下肚去了。吃完了,吧的将碗放在台阶上,又一掀,将膝上的笼布摺在一旁。这之间,四奶奶始终鉴赏似的瞅着他。

"再添点儿吧。"四奶奶好像很客气地在让。

"啊,啊,不,不……"大麻子说,用了大手把嘴抹一抹;还噎了气打一个饱嗝儿,他张了嘴咈地喷出去,抬起身来便走,依然谢字儿也不曾说。四奶奶望着他的后影又似轻蔑、又似厌恶地眨一眨眼。这之间,四先生始终不曾露面。

大麻子踉跄地走出大门。好像有好些多脚的甲虫之类在他肚里蹂躏地爬,一会儿忽剧地爬上了胃口,爬上了喉头。待走到胡同的中间,他觉得那虫们一拥地爬到嘴里了。他张开嘴,哇的一声,一道喷泉向前直射出去。于是早上喝过的酒和方才吃过的菜和馒头开了闸一般汩汩地吐出来。他不自觉地歪了头,好教那些倒扇不至于落在棉袄上面,边走边吐。这时不知从谁家大门里走出来两条狗跟了他沿途去吃那些反刍的东西。然而他终于走出了胡同,跟着也就吐完。他踉跄地到了家。剩下那两条狗在胡同里边走边吃,结果竟打起来了。

大麻子自从立志闯光棍以来,两年里面,所有他和四先生的交涉,大半都是同上文所举的两例一样,每次都使他感到胜利的失败,也终于测不透四先生的神秘有多深浅。直到今年初冬,他才觉得是失败然而是真的胜利了。那事情的经过是这样的:

有一天早上，大麻子走进四先生宅旁的闲院子。那里面是一垛一垛的黍秸、麦秸，本地所谓的"烧欶"。有几间土房子住着两家佃户，是负有看守之责的。他昂然地走进去，并没有吃醉酒。两家佃户之中，没有谁敢问他一声。他过去就在一个大的黍秸垛上去抽出两个黍秸。一个佃户早暗暗地溜出去告诉四先生。待到大麻子扛了黍秸走出了院子门口的时节，四先生早已迎上来了。大麻子坦然地向他身上投过去迅速的一瞥，那就是说"我不理会你"。

"怎么了，大小儿？又没有烧的了吧？"四先生注视着他的脸又和蔼又严肃地问。

大麻子扛了黍秸坦然地走着，不言语。

"以后多咱没烧的，只管告诉我，有的是柴禾。"四先生也照旧慢条斯理地说。

不言语，大麻子扛了黍秸直走过四先生的身边，又故意将黍秸的尾梢扫了四先生的衣服一下。转眼，他走过了屋角，不见了。

谁也不晓得四先生当时便即套车进城。

第二天，四个雄赳赳的衙役到了牛店子。他们先寻到了秃顶的老地方。他屁滚尿流地告诉他们这是苦差又说明了大麻子的为人之后，便率领着上大麻子家中去。大麻子正在家，地方是鼠一般的躲在衙役们的背下，不开口。

"朋友！跟我们进趟城吧。"衙役拿出了锁链。

"什么事？"大麻子早知道闯光棍必得有这一场，但又不禁要问。

"你自己明白！我们就知道凭了票子传人。是个好的，堂上和大老爷说去。"他们说着，锁链就套上大麻子的脖颈子。他虽然雄伟，面貌又那样地凶，但他们是四个人，而且是有经验的捕役，手里有活,也就不怕大麻子的抵抗与脱逃。不过他们也想到他或者要教他们费事的,不约而同地暗暗地留神着他。锁链竟很顺利地套在他的脖子上——但这也还不算出乎他们的意外的事。

"走!"倒是大麻子先坚决地说。

他们立刻放下心,但遂即感到不满。待到举了眼来看了看那黄土的家,除去土炕上有两床破烂被卧以外,在屋子的角落里,就立着一个褴褛的黄头发女人。地下连一张桌子、一张杌凳儿也没有。于是他们想到地方所说的苦差之不假,也就自认倒霉,不敢另有妄想,拉了他便走。地方又老鼠一般的尾随着送他们到村头上,直到望不见影儿才转来,秃顶在太阳下发着光摇晃着。

牛店子离城不过是点把钟的路程。大麻子被拉进城来之后,就锁着班房里。幸而县官这一次很勤快,禀上去,立刻就传伺候,坐堂。两榜出身的太爷,又是多年的州县官,有什么不圣明。大麻子一带上去,两边站堂的一声吆喝过了,老爷就撇着京腔开了口:

"小子,你先抬起头来,我瞅瞅你。"是用了沉甸甸的嗓音说。

"抬起头来!抬起头来!"站堂的轰然地接着嚷。

大麻子是第一次来到这样的场所,起初也未免有些慌张。但他跪在那里抬起了头向上一看时,就看见公案后面坐了一个穿戴了袍褂翎顶——他并不认识,只觉得花柳胡哨地——的老头儿。前额与下巴都向前突出,而长着鼻子的地方却凹进去。这样,就使得老爷的脸面成了一个立着的元宝型。薄片的阔嘴唇之上,两撇乌黑的小胡子,不见得怎样,只有细长的眉毛之下的两眼里却射出冰凉的光彩。大麻子觉得那光彩直穿过了他的皮肉。那老爷就用了这眼光看着他问:

"你叫什么?"

"牛世海。"

"大麻子呢?"

"那是别人送的外号儿。"

"哈,哈,哈……"老爷冷笑了。这笑声在大麻子很熟习,他记得土地庙前白杨树上在半夜里就时常有一只猫头鹰这样地笑。

"哈,哈,哈,哈。你这混账东西,老爷今日个要好好地教训你一顿。"略微一停之后,他又沉甸甸地说,"拉下去!五百!"

不知道是大麻子的无师自通,还是曾听人说过,他此刻也不用拉,就下去趴在当厅,褪下了裤子。老爷忽然扶了案子,探一探身,用有冰凉的光彩的眼睛只一看。

"啊哈!"他向着掌刑的一摆手。"还没有'花'呢!好小子。打二百。念其你是个初犯。"这位大老爷是决不放过最小的机会,而随时随地地大发其恻隐之心的。圣明的老爷!

"噢"了一声,掌刑的扬起了板子立刻又落下去。于是手里一起一落,嘴里"一来,二来,"的数着打。倘使大麻子肯喊"大老爷恩典",也许少打几十板。但他挨着打,任凭怎样的皮破血流,却始终不出声,所以就一直打到二百;掌刑的还换了三回班。这之间,老爷在公座上偏坐着,始终手托着水烟袋,由一个小跟班点着烟,歪着脑袋呼噜呼噜一袋一袋地吸,眼皮儿抬也不抬。打到二百,掌刑的便放下板子,向上跪了一跪,那就是报告:"打完了。"

"带上来!"老爷将水烟袋递给了小跟班。于是大麻子系上了裤子又上去跪在案前。

"晓得为什么打你么?"

"不!"大麻子的回答。

"回去问你们的四先生去。听明白了!记住,下去!"

大麻子就被吆喝着轰出了公堂。屁股上火燎油煎，血流下了大腿，他走出了县衙，走出了县城，回到牛店子他的家里来了。是日落的时节，"不行，不行！""我揍你！""噼啪，噼啪！""呜呜，汪汪，哇哇。"比亚比扬正在土地庙前的白杨树下演习他的日课。

晴明而无风的冬日，天气虽然寒冷，不能增加乡村的生气，但至少能使村中的居民更能感觉天下之太平。树枝一动也不动，落在上面的鸟雀舒展地站着，或从这枝上轻快地跃上了别一枝；它们都不大肯叫。而只是尽情地享受着日光浴。狗之类卧在门首向阳的所在。鸡三三五五地在墙根或篱笆的下面扒搔啄食。头上是蓝的天空无边的伞一般扩张开去，覆盖着。太阳普遍地散布在各处，不拘村舍与白地都一无偏私地给以以温暖和光明。

就在这样的一日，四先生的小书房里却坐着秃顶的地方和二牛鼻。四先生拿出酒来，三个人就在堂屋的八仙桌上喝着。地方瘦小得有如一只猫，而且猫也似的脸上却已被酒熏上了红润。二牛鼻，一个瘦长大汉，长长的脸是乡下人所少有的白皙，穿着又整齐，不知道的人乍一看见几乎误认作读书人。他和地方都是四先生本家弟兄，今日的出现于四先生的书房中，事先是约会好了一起来的。他们平日也常来这里闲坐谈天，但今天却是为了谈谈最近四先生和大麻子的纠纷。

"我敢说了；二百小板子，打得小子皮开肉绽的。"地方端起了酒杯，望着四先生说，又摇晃了他的秃顶的头一下，仿佛对于四先生的胜利，表示赞叹和庆祝。

"好！该！"二牛鼻干了一杯。

"我也没法子，平日总是担待他，教训他。愈来愈不成样子：竟敢当面偷起来。算是我把他惯坏了。"四先生脸上不但丝毫没有得意的样子,似乎反而不胜其惋惜地说。

"人原不应该太慈悲。'人善人欺,马善人骑。'"地方眨一眨眼,还耸一耸鼻子,又继续着说,"再说善门难开,善门……"

地方的话顿然停止,大麻子忽然出现于小书房的堂屋里了。

"大小儿,你来了?坐下喝一杯不咱?"四先生虽不曾预料到大麻子的到来,心里也有点忐忑,却依旧沉得住气,面不改色的说。

"好好,你就先喝我这盅。"地方说。

二牛鼻坐在那里照旧喝着酒,看也不看大麻子一眼。

大麻子直矗矗地站在当地,一声不言语。这使他们——四先生、地方和二牛鼻——不觉都僵在那里,僵得他们快要喘不上气来。但这不过是不到一分钟的时光罢了。这之后,出乎意外的大麻子常是半开合的眼睛大睁开了,射出两道血光来。"吧!"的一声,大麻子飞起了左脚,用了大的左巴掌在脚面上用力地一拍。左脚落下了,接着迅速地飞起了右脚,用了右掌又用力地一拍,又是"吧!"的一声。右脚才一沾地,随即又虚飞了一飞左脚落下来,紧接着右脚飞起,大的右巴掌这回是用了全身的力量拍在脚面上,"吧!"这飞脚的表演,起讫不过五秒钟。两只一尺二的大铲鞋上面所沾的尘土就弥漫在小书房的堂屋里,有如下了一阵雾。大义在套间里向外探了一探头,赶紧又缩回去了。

这表演不但使得光了顶的地方张皇得不知怎样好,就连素来喜怒不形于色、涵养功深的四先生,和平日总蔑视大麻子以为晚生后辈的二牛鼻,也都手足无措了。大麻子分明看出这情形来,他却出去了,嘴里嚷着:

"他妈的二百小板子,大麻子直当挠痒了。有本事今儿就教狗腿再把我抓进城去,左不过是打板子。你们有脸,大麻子我有屁股。"嚷着就一直走出了大门,他完全不理会昨日的创痕,一夜的工夫才有些长合,经这一番表演,重新绽裂,血又流过了大腿了。他感到二年来未曾有过的欢喜——胜利的欢喜。

书房里的三个人暂时都沉默着。

"哈,这小子真他娘的……"地方首先开了口。

"教他有一天尝尝我的厉害。"二牛鼻说,"方才若不是在四哥这里,我就一脚踢他一个狗吃屎。"

"是呀!"地方忽然又有精神了,"二兄弟的弹腿,别说在咱们村里,就是百八十里内几个场子里也没有对手。"

四先生终于恢复了素来的镇静。

"二兄弟,你犯不上同这浑小子……"

"四哥!"二牛鼻激昂得嚷起来。"你才叫犯不上。好鞋不跐臭屎。我没什么好鞋脚,也没什么犯不上。得和他干一干。试试到底谁行谁不行。"

"何必同他怄气?"四先生微笑着说,"我看他越来越疯狗似的。倒是二兄弟往后上东头来的时候,加点儿小心才好,省得教疯狗咬着。"

"怎么着?"二牛鼻说着就站起来,"他敢!他敢嘴略歪歪一歪歪,我把他的皮扒下来。四哥,你瞧着吧。……我走了。"

"再喝一盅不咱?"

"不喝了。"

"你等等。"地方说着也就站起来,又赶忙端起盅子来喝了一杯酒,"咱们一块堆儿走。"

四先生送了他们出去,回到桌旁掀开朱注大学章句,预备讲给大义听,那脸上仍然显不出丝毫愉快或愤怒和懊悔的表情。

然而大麻子却是愉快的。他自从出了四先生的门,就一直愉快了一整天,而且又喝了一个醉。直到天夕时他躺在炕上休养他的板创,才觉得有些不大得。天越黑下去,那不得就越发显著而且增加。他家里向例夜间不点灯。他的醉眼终于觉察出这不大得是有个什么东西在他眼前晃来晃去。他又记起这东西在今日白天是半天半天地不出来,一出来即消灭,不容易看出形象来。待到黄昏它才不住地在面前晃,他以为大概是个鸡蛋。等到天完全黑下来,那蛋便钉住他的眼睛,再也不肯走。

"他娘的有鬼了么?什么野鬼敢近我大麻子?"

他骂出来,吐一口唾沫。就跟着这一骂,那鸡蛋就转变成二牛鼻的长脸,带着时而是瞧不起、时而是满不在乎的神气。

"奶奶!"大麻子就跳下了炕又走出他的家。

村的南面有一个水坑。坑边有几间土房,住着三五户人家:虽然离村子不过几十步,但已好像是要脱离开,另成一个部落。其中就有个寡妇——合村都叫她七钱二,但有的也叫她豆腐皮。他的娘家姓马,也住在牛店子,算是个外姓,后来就嫁给本村牛皮筋,论起来,还是大麻子的本家祖父。在她没有出门子的时候,和大麻子曾经有过一阵往来。但嫁给牛皮筋之后,便算是大麻子的祖母辈上的人物了,住得既较远,牛皮筋防范得又严,于是就断绝了关系,她是今年夏天守的寡。不到三个月,便同二牛鼻勾搭上了。大麻子早有些耳风,但却也并不十分在意。

这一夜,大麻子居然来到这小部落。他把自己隐藏在一株大柳树的后面,等候着……而那个鸡蛋仍然不住地在眼前晃来晃去;待到他聚拢了眼神仔细注视的时节,它又消灭在黑暗中。他等待着……阴历二十左右的缺月自远远的地平线推上来,将暗淡的银灰的寒光洒遍了村外的白地和村里的屋顶。但坑里的冰却将这光反射上来,亮晶晶的照上这小部落的几间小房子。柳树的干照在地上,佝偻着正像树后的大麻子,而杈桠的枝影则如蓬松的发,他等候着……

他又看见鸡蛋在眼前晃。但当他注视时,却并未消逝,而分明地形成了二牛鼻的本人。他迅速轻遽地从一个屋角闪过来。还不曾等得大麻子拿定主意迎上去,他早已推开七钱二家的门,闪进去,又闩上了。分明她是虚掩了门给他留着的。大麻子想打门,想跳墙,但他终于决意要等二牛鼻出来,从他身后扑过去。

"这小子的弹腿!"大麻子心里说。

于是他等候着……他忽而嗅得女人的头发和身上的汗的气息了。不见得是因为冷,他全身都打起寒战来。他等候着……然而这等候却成了痛苦的忍耐了。

门终于开了。二牛鼻又闪出来,有如一只猫。一张豆腐皮在门前也闪了一闪,不见了;于是门在他背后又闩上了。大麻子停止了寒战,待到二牛鼻一转脸,背向了月光的时候,他立刻从柳树后面跳出,紧走了几步扑上去。二牛鼻究竟是"把式",他听出了身后沉重的步声;回头一看,月光之下认出是大麻子,他就急忙转身,先立定了脚。待到大麻子扑到了跟前,他的拳早打上大麻子的面门。大麻子一慌,不由举手拦护,二牛鼻下面就一腿将他踢倒。"呼通!"犹如坍塌了一堵墙。跌得既然重,且是冬天冻得坚硬的地,而况酒醉,板创,大麻子立时之间爬不起来了。他模糊地听得头上有"哼!哼!"冷笑的声音。

不知经过了多久,他扎挣着立起来。早没有了那鸡蛋。夜更深了。缺月是更加倍地将暗淡的银灰的光洒遍了村外的白地和村里的屋顶。七钱二家的门关得严丝合缝,结结实实地。

四周很寂静,一只狗也不叫。

"哈!哈!哈!哈!"土地庙前那棵白杨树上的夜猫子却忽而笑起来了。

大麻子走回家去,他直到此刻,才觉得自己的庞大的身躯是多么沉重。而且在他眼前晃来晃去的是多么大的一个鸡蛋啊!

在北地大平原中僻小县份的牛店子,那冬天真像个冬天:寒冷而且寂寞,但毕竟也逐渐地洋溢起蓬勃的生气来。是为了腊月的到来和年关的逼近的原故。只一看村塾里王先生的案头的红纸一天多似一天,便已令人感到新年的意味。那红纸是村里的小康之家送了来求王先生写春联的。而且一过了初十,还时常听得猪的被屠的叫声。这叫声是一只蠢无灵性的动物的最后的哀呼,却并不引动人们怜悯与同情,而只是送旧迎新的欢喜。这时那平素无声无臭的牛七把,也骤然忙起来,他手里的刀忙得不下于王先生手里的笔。一清早就有人来找。

"七把,今儿到我家去喝一壶,就把猪宰了吧。"

"不行,不行。"七把叼着旱烟袋摇着头说,"夜来四先生就约好了今儿个到他家去。"

"那么,明天吧。"

"明天?明天是二牛鼻定下了。"

"那么,后天呢?"

七把略略沉吟一下:"好吧,就是后天。"

牛店子养猪的人家大约有十来户。七把从腊月初十一直忙到二十以后,天天被酒灌得红光满面;到末后几天,他的眼神也有些异影了，仿佛任何生物，由他看去，都可以随意屠宰。

　　人们都喜欢看七把宰猪。七把从圈里拖着后腿把猪拉出来摔在地上，他的帮手就赶紧拿绳来捆，接着将猪按放在矮脚的案子上。这之间，猪不断地嗥叫。二尺半长的尖刀由七把那大的带黑毛的手不费力地刺进猪的喉下，猪最后一声惨叫，血随着拔出的刀哗哗的水一般流进预先放在猪脖子下面的盆子里。它不再叫了，只有艰难的气喘而且哼。血放完了，七把用刀在猪腿上拉一个二寸大小的口子，用长的铁条通进去。通好了，那帮手便捧了猪腿用嘴由这口子里往里吹气。一直吹得那死猪通身胀得有如一只巨大的河豚，四脚朝天。于是停止了吹，用一条小绳把那口子系好，然后用棍子遍体敲打。愈敲打愈胖大，圆鼓鼓的猪的尸身就变成一个想不出名色的东西。这时，木盆里早已备好了开水。七把同帮手把那圆鼓鼓的东西抬进盆里给它烫澡，烫透了，又抬上案子，用了刮刀嗤嗤地刮毛，转眼，那向来又黑又脏的猪就显露出雪一般的细皮白肉。于是乎卸头蹄，开膛。

　　不久，猪的主人家的小孩子们手里就有一个吹得滚圆的猪尿包了。那里面还放进了几个高粱粒，预备尿包干了之后，摇动起来，好哗啦哗啦地响。

　　人们虽然众口一词地称赞王老师的书法，甚至以为超过了四先生，但求了来贴在门上之后，却很少有人去欣赏那字迹，远不如牛七把杀猪的艺术能得到大众的欢迎——从大人一直到孩子。

　　牛店子又是这小县份里较大的庄村，每五天有一个集。一到集期，附近几个小村子里的老、少、男、女，步行，推车，挑担，提篮，背着褡裢，骑着驴马，牵着牲畜，做买做卖的便水流一般的注进了牛店子；将近黄昏，又都浮云一般散归各自的家。这一天，从早晨到日夕，街上的人不用说是摩肩接踵，而那嘈杂的语声就是一片人声的大海，又融混了，升到了空中被风吹去，一直送到村外，像是春日的大花园中有着过多的采集花粉的蜜蜂似的，听去什么也分别不出，而只有嘤嘤嗡嗡。卖吃食的挑子上，独轮车上，布篷里面，是挥发着引人食欲、甚至于流口水的香气。白的大馒头与烙饼，紫色的酱牛肉与有红似白的腌驴肉，才出笼的热包子与铛里吱吱作响的水煎包，锅里煮着的银丝一样的牛肉面或上下翻滚的水饺子之类，再加上悠扬的叫卖的声音，在具有健康的胃的乡人们，无一不是难于抵抗的诱惑。在村里或村外的旷场上则是各种的市：粮食，菜蔬，土布，牲口……在那里人们交易着，打着手语，说着行话，两个人时而忽握了装在袖筒里面的手说：

"这总行了？"这一个人不知在袖筒里伸给那一个人几个指头。

"不行，不行。得这个。"那一个人不知又对这一个在袖筒里捣什么鬼。

第三个人——是经纪吧——过来，将他们轻轻地拉开，他先将袖筒对着这一个人的袖筒，同时他们的指头也在那里面捣鬼。

"他说这个，没成儿。"卖主低声说。

经纪的阔嘴一咧，粗大的手指头一动：

"这个总行了？"

"不行，不行。"

"行了，行了。再说不行是儿子。"

于是经纪不管卖主的抗议，迅速地走过去又与买主打哑谜，做鬼脸。一样的不管他怎样嚷着"不行"，硬拉过来走到卖主的身旁，于是说：

"就那么着；谁再说不行都是我的儿子。"

倘若是粮食,他就捉过买主的布袋,伸开袋口让卖主量,大嘴一裂一裂的笑而且还不干不净地骂着——这骂就表示和解与亲昵,并不是恼怒与憎恨。

卖主和买主就都骂他是孙子。

这之间,从什么地方忽然挤出了两三个经纪的副手——小经纪,劫掠似的将粮从食笸箩里量进了口袋,嚷着,笑着,骂着。交易终于成功,卖主收到钱,买主伛偻着背起了粮袋。接着是经纪们再向卖主磋商那百分之几的佣钱,又是骂,笑而且嚷。

"拦住他呀……那个王八羔子!"一个老女人在人堆里艰难地挤着,气喘吁吁地忽而嚷了。她方才买的热气腾腾的一块切糕,看了看糕上面的枣个个都像对着她笑,而且笑得那么可爱;自己舍不得吃,预备带回去给她家最心爱的小孙子的;这时被一个攫街的攫去了。集上的人除去本村多半是左近三五里地内外各村的。那老女人随时随地都可以遇着亲友。攫街的又是个鸦片烟鬼,挤不动、跑不快的,不几步,便被老女人的熟人揪住了。老女人喘吁吁地也过来了。他"呸"、"呸"就赶紧向切糕上吐唾沫。揪住他的人狠狠地打他两个嘴巴,放了手。他于是向人缝里老鼠一般的一钻不知到什么处所去了。老女人不住地还骂着王八羔子。

"大娘,算了吧,这一块只当喂了狗。再去买一块吧。"那熟人劝了一句,自去忙他自己的事情去了。

老女人带着无可奈何的脸色,听从了那人的劝告。她弯了腰,将那白发结成的胡桃大的小头髻翘在脑后,就又挤到卖食物的一区去。待到将近切糕车子的时候,她看见正对着那车子,有一个高大身躯的汉子,穿着有补绽的裤袄,将脑后的辫子绾结成一个纽,努着眼,牙齿都露出来,手里拿着一把三四寸来长的小刀,向自己的顶上一划，一道鲜血就一直流出来，流过了眉心。卖切糕的忙了手脚，赶快抓一把钱给他。他理也不理，直立着，这时那血就流到了他鼻尖，滴在盖切糕的布上面了。

"又是他娘的拉头的！"她叹了一口气躲开了。

在附近那个杂货铺而又是酒铺的面前，有一个花白头发的半瞎的叫街的坐在那里，用了一块半头砖尽力地敲打着自己的胸膛，啪啪的声音，如同从一个空心的老树里发出来似的；张裂了大嘴一直到牙根，扯开了喉咙在叫，使人想到假使一个厉鬼在地狱中受着碓捣或磨研的时候也不过如此：

"可怜可怜这少衣无食的吧——善人呀——"

然而在他的脸上却丝毫不见有急迫、颓丧、困苦的表情；自然面色因为努力叫喊的原故而涨得如一件有绉纹的猪肝，但是那努力不过为了叫喊，这之外，好像并没有其他的目的。往来的人是拥挤践路无闻无见的在他旁边过来又过去了。老女人也走过去了，嘴里咕噜着，心里记念着那块切糕，特别是那一些笑得那么可爱的枣儿。

一到了一年最末的，他们叫作年集的那一个集期，就尤其有生气。卖年画的是在一个墙根下摆好摊子，许多铺在地下，又有一些则贴在墙上：其中有着"吉庆有馀"、"五谷丰登"等等的吉祥画，但围上来鉴赏的或购买的男人们所注意的则是那印着一出一出的戏的画，如"大登殿"、"拿谢虎"之类，其时他们就遥想着古代的英雄与美人而神往了。至于那些胖娃娃，或者整张画着一个大娘儿们的，就只有留与中年或老年的女人们去照顾了。不少的女人们一只手拎了篮子盛着，或提了包袱包着所卖或所买的东西，而那一只手里还擎着几朵通草花，大红大绿的，都插在一根秫秸上，她们不好意思插戴在头上；自然大多数是为了捎回家去给她们的女儿们，孙女儿们，或外孙女儿们的。

无论肉市里的猪牛羊肉是怎样的肥嫩，果子市里的核桃、柿饼、枣儿、栗子是怎样的甘美，但其热闹总赶不上花炮市里的有声有色。所谓花，是烟花盒子；所谓炮，则是爆竹之类。人们从外乡用了大车满满载了花炮来这里出卖。市则在村头上一个大的广场里，同别的市场与村民的住宅隔离开了，自成一个区域。大车一辆一辆地摆列开，彼此也保持着相当的距离。卖的人各登在自己的车上，肩头挂着千子鞭，手里又拿着两响、起花、麻雷子、烟炮，一边燃放，一边吆喝。在迷漫的尘雾里，在刺鼻的硫黄与火药的气味里，在噼啪、乒乓的爆竹声里，人们的脸上，泥一道汗一道地拼命地争着嚷：

"不怕不识货，就怕……"砰！一个麻雷子响了，"……货比货呀！……"

"放得多，卖得……"劈——吧！一个两响又点着了，"……多呀！"

于是一阵起花，一挂千子鞭，所有的人、车、货物，仿佛都腾起在上升的烟尘里，而地也在动摇。卖的人和买的人就在这种情景之下做着交易。

待到正午将近全集上交易正盛的时候，就出现了所谓讨地基钱的。在炮市里，四先生有着一段地基，但他却并不向占据这段地卖着花炮的人去讨钱。他早已声明将这权利让给本房的穷本家的了。大麻子和他是近支，于是历年以来就专享了这权利。但今年冬季，大麻子因为被二牛鼻踢伤了，所以派了他的儿子如意儿去讨。

大麻子不但是四远驰名,而且又真是见面胜过闻名的。当他来讨地基钱,谁敢道个不字?至于如意儿,则是后生小子,正所谓"语不惊人,貌不压众"。然而有些胆小而又机灵的商人,知道这一带地基钱向来是属于赫赫有名的大麻子,如今忽然来了这么一个毛头小伙子,一定也有些来历,所以只要讨价不过于离奇,便有里有面地打发。就这样,如意儿很顺利地一个车子接着一个车子讨下去。到了最末后的三五辆车,据说是一帮。如意儿开口要一吊钱。啊,一吊钱!在当时的乡下人是多大的一个数目啊。然而其时正是交易最盛的时候,卖花炮的掌柜们急于要交待过这一场,好去专心应酬买卖。于是由四百文、六百文,一直添到八百文。如意儿是一口咬定一吊,九百九十九个半也不成。双方尽管大声地吵嚷,然而在花炮的燃放中,别的人是看见他们脸红脖子粗,扎手舞脚地口张口合,说的是些什么,一个字也听不出。

"什么事?"二牛鼻子不知从何处恰来到这里了。

"二爷,这小子讨地基钱,张口就是一吊。"

"你们还他多少?"

"添到八百了,还不松口。二爷看着端一句吧。"

"八百,行了!冲着我!"二牛鼻子看着如意儿说。

"冲着你,九百九十九个半也不行!"那语声在燃放的花炮声音中倒不显得怎么样。然而二牛鼻觉得最可恶的是那嘴角和眼神,因为不但显出了反抗、仇视,而且还露出了不在乎。于是乎一腿踢过去,如意儿像一只皮球似的飞落在人堆里——因为人太多了,如意儿虽然受了踢,跌得却还不重。这之间,秃顶的地方又不知从何而来,赶紧搀住了如意儿,并且还一直搀出了炮市。如意儿不见得是昏晕,然而受了这一踢之后,始终不曾出一声。不曾哭,也不曾骂。

"二爷，干么和他一样儿呀？"卖花炮的人们一半是欣喜，一半是担心。

"半个大也不许给他。便是他老子来了，教他找我去。"这时的二牛鼻俨然是牛店子的惟一的主人公。

"是啦，是啦，二爷。"卖花炮的没口地应答。

"记住，半个大也不许给他。倘若给他半个大，以后我不许你们再到牛店子来做买卖！"

"是啦，是啦，二爷。"

年终于到了。小孩子们着了新衣走进走出于各家贴了朱红对联的大门口，时时燃放着大的两响与麻雷子。在三十日的早上，各家便分别供养了祖先和天地。黄昏时，大门前放好了拦门棍，地上又铺满了芝麻秆子。接着是到本支的各房的祖先像前去磕所谓辞年头，初一五更起来上供，叩头，拜年，放鞭炮，吃饺子。虽然年年如此，但因为一年只有这一次，人们过得也就分外起劲。

不过起劲的毕竟是些壮年与少年人，在过年后的半个月里，可以吃——吃些平素所不能吃的食品；可以玩——玩着平素良心与习惯俱不许可的娱乐。老年人则多半和平日一般的穿戴着破旧的衣帽，因了牙齿与消化的不良，吃着年菜也不是当年的滋味，玩则他们更谈不到，与其说是没有兴致，倒不如说是没有气力。于是每逢有人来拜年，他们总是抱怨，抱怨天气，抱怨收成，抱怨世风不古，抱怨子孙不长进，抱怨自己的牙齿与腰腿的痛楚，总而言之，无所不用其抱怨，抱怨，抱怨……

待到过了初五日，即是所谓破五日，青年人吃喝与赌钱之外，又有了新的乐子。那是预备着过灯节。牛店子虽然是个乡村，而历代相传，每到正月十五，也有着挂灯的风气。此外，又有所谓龙灯、笛鼓、高跷、旱船、狮保之类，总名为社火的，帮衬得如火如荼，再加之以花炮的燃放得沸反盈天，较之过年尤其有声有色。人们在过年时，心理上总有着敬天地、拜祖先的意识，于是就不免流于传统的呆板的形式。而过节则是青年人的喜悦的赏心的表演。

社火，牛店子的居民又叫他作子弟班。那是由一伙好事的青年人组合而成的。他们并不需要村人的报酬，虽然不见得不需要帮忙。他们有的是力气，所以不惜力气；又各称量着各人的家境而出钱，出东西。十分不济事了，才由社火的总头目向村中殷实的人家去募集。这位总头目必须是有着干才与热心，在事前能够公正地指挥分配每个社员的工作与角色；又必须抱着一两种绝技，在大会的演出时能够得到大众的喝彩的。

五年以来，每次灯节社火，总是二牛鼻充当总头目。他的绝技是高跷，尤其是龙灯的龙头或蜘蛛。在玩高跷，他能跐了一丈多高的跷在冰上演出种种惊奇的姿势。至于龙灯的龙头，则是龙灯全体的领帅；而蜘蛛呢，则又是龙头的引导，整个龙灯就随着它而前后、而东西、而上下、而左右的。在每次玩龙灯，二牛鼻不是龙头，就是蜘蛛，那矫健与敏捷，据说县城里的演者也不及他。而他那办事的干才与热心，是能使全体村众口里心里说不出一个不字儿来的。虽然，他并不是一个正直的君子。可是若但据每年处理社火中的事物而言，则二牛鼻的公正、廉洁，即便说是牛店子村中空前的正直君子也并无不可。自正月初六日以至十六日，十日之内，他是将整个的精力，不，命脉，全都交付与社火的了。此外，还讲究说不徇半点私，不赚一个大。若说他的品性，还不能使他如此；使他如此的乃是他的聪明。他很清楚地知道倘不这样，他纵然拥有高跷与龙灯的绝技，以他的年龄，他不会做到社火的总头目，被周围的人们"二爷""二爷"的叫得震天价响。

这一年的社火，人们较之往年更其起劲。原因是不但去年麦秋大秋两季丰收，而且冬季的雨雪又勤，眼看今年麦秋的丰收又是十拿九稳。所以子弟们于初五日晚半天便已三三五五地分头邀集，预备事先演习。自然又是请出二牛鼻来做总头目。第二日一清早，他便分派了人先行检查龙灯有没有破绽，高跷有没有损坏，以至于花船狮子之类，应修补的修补，应彩绘的彩绘。这些灯彩和砌末向来都收藏在村东的关帝庙里，由看庙的瘸拐李保管。现在就教他开了门，子弟们人多手众，不多时都搬运出来，摆满了庙里庙外。好在没大损毁，不一日，七手八脚地便鼓捣好了。当日晚半天，二牛鼻便分派了角色，决定于第二天起始排演。

虽然过了年，因为立春晚，六九的天气仍旧冷得可以。但幸而今年年后多是清明而无风，人们不由得舒了一口气而且挺起了脊背。一清早，村中便时时听到锣鼓箫笛和丝弦的和奏，中间还夹着子弟们的歌声。接着高跷、花船、狮保之类也都拣选了合式的地点，分头去演习。下午的时节，在高跷这一队里，就出现了绑了丈多高的跷的二牛鼻。

社火的演习，其目的原在重温一下每个人搁置了一年的旧技艺；所以也用不着卖多大的力气，和惊人的表演的。而在二牛鼻则不然：他的饱满的精力和要强的心胸使他在演习时一如在出演时的认真，是要把平生拿手的绝活一一显露出来的。而况围着看的人是那么多。有的少妇与少女甚或上到了屋顶上去看，而况在其中就有着那一张豆腐皮，在晴明的阳光下，脸是那样的白，而眼里又洋溢着喜悦与满足呢。

二牛鼻在丈多高的跷上摇摆着做出各式各样的姿态：二郎担山，苏秦背剑，丹凤朝阳，金鹅亮翅……不过他究竟是聪明人，第一他不想把自己弄得过于疲乏，第二他不想教此刻的观众将他的玩意儿看得太眼熟了，以至于在正式的出演时减少了惊奇。但突然间从场外过来一阵欢呼声，这不但使观众们一齐扭转了头，而且也使二牛鼻吃惊似的暂时停止了演习。跷上的他当然看得最分明：那是如意儿也载在丈多高的跷上摇摆而来，他的身后就有不少孩子们追着看而且欢呼。

这也不使二牛鼻觉得奇怪。说起来如意儿的跷法还是从二牛鼻学得的，近三五年来，每逢灯节，事前二牛鼻常常与他不少的指点，而在演出他是得了二牛鼻的允许而参加的。在牛店子一般人的心目中，他几乎是二牛鼻的极有希望的继承者。但他何以不另找一个场子而必得到这里来呢？机警的二牛鼻立刻觉察出这不是来观摩、来学习，而是来比赛。因为二牛鼻做出一种姿势之后，如意儿也一定照样儿必来一回。自然，二牛鼻有着较深的根底和更多的经验。但他的年龄毕竟大了，又不是长年练习，腿腰不免生硬，有时姿势也显得狼伉。譬如"仰面朝天"这一着，是要立在跷上将腰向后弯下去的，如意儿年纪轻，腰腿活，弯下去，弯下去，几乎人与跷成为一个九十度的直角。而二牛鼻的角度，则看去总有些差。这不用教别人看，他自己也觉察得出来的。

于是他施展出他平生的绝技：搬起了朝天镫。这是要用手扳起了一条腿，直直地不能有一点儿弯曲，同时脚底冲天，平平地和地面成一个平行线，当然脚上仍带着丈八高的跷。于是暴雷般一阵彩声喝起了。接着那边的如意儿也照样儿地来一个，又是一阵暴雷也似的喝起了仿佛还压倒了方才的彩声。这时的二牛鼻忽然走出了场子,一群观众莫名其妙地在后面跟定了他。他一直走下了坑崖,走到了冰上。立定了,又搬起了朝天镫。于是又来了第三次的喝彩。

这时屋顶上的豆腐皮的脸就真正白得犹如一张豆腐皮,在眼光中流露出担心与吃惊之外,还有着赞叹与崇拜。她的胸前一起一落地似乎呼吸很艰难,同时又扯着她的不到十岁的小姑子衣襟用嘴努着指示给她说:

"二妹,你瞧,这够多险呀!"

接着摇摆下坑来的是如意儿。

"好小子,这就瞧你的啦!"观众中不知是谁忽然这样地喊了。继之是许多人轰然的笑声。

如意儿一声不响,沉一沉气,立稳了,照样地将一条腿冲天扳起,那彩声又暴雷似的起了⋯⋯就在彩声还未落下的时节,如意儿站着的那一条腿"哧"地向前一滑,扳起的那条腿也"刷"地放下,全身失了平衡,平躺下去;那颗头"嘭"的一声碰在坑那岸的一株老柳树的裸露的凸出的根上。那彩声的末尾就突然转变而成为惊呼,一群人忽忽地在冰上跑过去,团团地围了看时,如意儿是一声不响地躺着,脑袋下面正枕着津津流出的血泊里。

"谁有手巾?拿来把他的头包上!"有人大声地叫。

立刻就有一条手巾飞过来,那人解下了自己的腿带将手巾扎裹在如意儿头上。一转眼,便成了血手巾。

"还得两条。"

如意儿的头上不大的工夫就包上了好几条手巾,弄得那头也不像个头了。这之间,他始终不曾哼一声、睁睁眼。

"你们这些人,简直地不知道头、蛋肿。还不将他的跷解下来,抬回他家里去!"秃顶的老地方耗子似的忽然从人丛中钻出来嚷着说。

好几个人于是又七手八脚地解下了如意儿的跷,抬着他送回家去,许多人后面跟着如同送殡,秃顶的老地方压着后队。如意儿始终不曾睁睁眼,哼一声。

自从如意儿倒下去之后,二牛鼻就一直坐在一家菜园子的墙头上,尽看着,直看到人们将如意儿抬走。乡人们质朴而单纯,始终不曾觉察出他的眼光是怎样地表露着得意,嘴角上挂着的是什么样的轻蔑。屋顶上仍然有不少的妇女。西下的阳光将大自然的胭脂抹上了豆腐皮的白脸。当街上与屋顶上的人们都目送着如意儿被拉回家的时节,二牛鼻是一心一意地注视着她脸上的红霞,而她则是驯顺的猫一般一动也不动地承受着主人的爱抚。

如意儿在被抬回家去的路上,已经一丝两气;待到到了家放在炕上的时候,便四体冰冷了。其时,大麻子正披了床破被,蹲踞在炕角落里,大概是又醉了,宛然是一匹猛兽。他起首一看到如意儿的情形,既不表示惊惶;待到听完地方的简短的说明之后,也不表示出悲痛。地方很机灵,当然不会说如意儿的摔倒是为了与二牛鼻比赛的原故的。大麻子睁开了络满了红丝的眼向在场的每个人身上都喷上了血光,喊了一声:

"都出去!"

地方,抬了如意儿回家的人,瞧热闹的便一齐中了魔术似的争先恐后地跑出去了。

太阳下去了。黑暗给牛店子带来了安静与休息。在大麻子家里,如意儿的尸首静静地躺着,头上仍然裹着好多条带血的手巾。老黄发倚了门在伤心得一把鼻涕两行泪,她本想哭天哭地地哭一场的，然而她不敢。因为大麻子不喜欢听女人的哭声，在过去她很有几次曾经为了放声大哭挨过她丈夫的毒打。

大麻子依然蹲踞在炕角里，红血丝的眼闪闪地在发光。

土地庙前，比亚比扬又独自演奏起口技来了。

对于如意儿之死去，牛店子这村里的老年人都以为是灯节的不祥之兆。然而这不祥，倒是秃顶的老地方深深地感到了。因为大麻子穷，地方首先便替他预备如意儿的棺材。但这也不用作难，四先生做慷慨，遇着这样行善的机会，他决不会放弃，找人抬埋则颇费事了，大年下没有工钱谁肯干这样的丧气事呢？终于仍是四先生出四吊大钱，由二牛鼻雇来四个人。别的人讥笑秃地方扛了别人的棺材来家里哭。他并不分辩。他深知道倘若有些风吹草动到城里的官人耳朵里，二牛鼻固然要打一场人命官司；而他以地方的资格，麻烦也不会少的。所以这样内幕并不简单的事件，由于他的善于斡旋，而终于大事化小，小事化无，在他自然不能不算是阿弥陀佛的了。而人们也就不但安心而且兴高采烈地去过灯节。

牛店子的灯节是要分三天过的。十四日的夜间算是开场；十五夜是正式；十六夜则是残灯。今年的十四日，一如往年。黄昏时，太阳一下去，月亮还没有出来的时节，各家住户门口，都已用整把的线香插在地上，成为"天下太平"，或"五谷丰登"，或"吉祥如意"，或其他吉利的字样。望过去，香火星星点点有如天上的星；而上升的缭绕的烟则有如云。及至月亮一上来，临街的几家铺子就都点着了挂起的长方式的纱灯，上面绘画着"三国""西游""水浒"或"封神榜"上的故事；有不少的人站在下面仰了脸看，年长的还指点讲解给小孩们听。最吸引观众的是怀仁堂药铺柜台前那一座鳌山灯，三间门脸，全下了板搭，看的人男女杂遝，挤了个风雨不透。

怀仁堂这药铺的东家不独是外县人，而且还是外省人。牛店子是这一县份的大村镇，却向没有药铺，附近也没有。所以怀仁堂一开张，便发财。去年的春季曾经发生了一阵春瘟。乡下人请大夫怕化钱，煎药也外行。于是怀仁堂的万灵丹便利市十倍，据说病人服了之后，大有"药到病除，立竿见影"之妙的。一传十，十传百。怀仁堂的这丹乃有备不应求之势。年底下一结账，就此一项，净剩便是大洋两千元。于是上自掌柜，下至学徒与厨子，无不笑逐颜开。为了表示庆祝，就从府城的总店里运来了这座鳌山灯。事先早已有些风声吹到村人的耳边，所以老头子一遇到他们的小孩子哭闹的时节，便说：

"别闹，正月十五，爷爷带你去怀仁堂看鳌山灯。"

倘若小孩子依旧闹，老头子便恫吓：

"还闹吗？再闹，不带你去看鳌山了！"

"爷爷，什么叫鳌山呢？"有的孩子就问。

鳌山是……总之，就是鳌山。牛店子的花白了胡须的活得不耐烦的老头子们也不曾看见过鳌山。

那么，灯节下怀仁堂门前之拥挤也无怪其然了。在老年的人看来，鳌山不过是走马灯的变相与扩大。而由小孩子们幼稚的眼光看来，鳌山的确是水上浮起了座仙山。那是用了架子和纱札彩绘画得有如突兀峥嵘的山。空的内部在合式的部分，燃起许多蜡烛，由山顶上垂下来铁丝系着的人物就都摇转起来，出没隐现于山前后的岩石洞壑之间。至于山半腰间活动的人物是八仙过海，山上部的是"十八学士登瀛洲"，在孩子们的心眼里却不成为问题。倒是那些学士们都骑了小驴子一会儿过去了，一会儿又出来了。在小孩子看来，真像是登山度岭的活人，引起不少的神往。因为走马灯中的人只是灯上的影，而鳌山的人物则是略有粉色的立体。

鳌山的座子则彩绘成为波涛汹涌的水，象征着这山是浮在海上面。在这里，却完全采取了走马灯的机构，鱼鳖虾蟹的影子就真的一般跳跃于波涛的里面。大人们也许不以为怎的了不起，而在小孩子则又成为第三个奇迹了。

在往年，关帝庙里的火判和王家酒铺里的子弟班清唱都可以吸引大群的观众与听众的。今年则不然了。呆坐在那里即使五官中都冒出火焰的瘟判官，有谁爱看呢？因为那火焰虽然在判官肚里燃烧着，又从五官冒出来，而那火却并不属于判官的自身。况且冒出来并不是喷出来，因此也就愈显得判官之瘟。至于那清唱，有腔调而无动作，尤难以受乡下人的欢迎。没有鳌山时，倒可以去听一下。而现在则是人们未看见鳌山之前，忙着去看鳌山。及至看了鳌山之后，又忙着去讲鳌山，谁还耐烦去听那无聊清唱呢？不但火判与清唱，便是住户与铺户比赛着燃放烟火时，较之每年看的人也就减去了不少。所以一直有大半夜，怀仁堂的铺门口流动的人群，总是潮水一般的拥进去，拥出来。其中还有不少从附近三五里内的邻村而来的。

大的圆月渐渐地高升，将烂银的光波浸遍了整个的牛店子。怀仁堂门前的人们突然寥若晨星；那是为了由二牛鼻领导的龙灯终于出现了。只要是龙灯经过的处所，街道的两旁，屋顶上，墙头上，总之，凡是地势较高的地方，无一处不站满了人，一处处与其说是人群，毋宁说是庞大的怪物长着若干活动的头。在波浪起伏的人声的大海里，还可以听清楚儿童的啼哭与叫喊，妇女的咒骂与男子的喝彩，龙灯的左右和后面，则又是随了龙灯而前进、而摇转、而立定的观众,一样的喧嚷、拥挤,又将尘土簸扬起来,遮暗了天上的大的圆月!

今年今夜的二牛鼻玩的是龙头,蜘蛛则是他今年训练后选拔出来的副手留住儿,一个二十来往岁的身躯伶俐的小伙子,他擎起了圆径三尺来大小的蜘蛛灯在龙头的前面忽上忽下、忽左忽右地,又总是向前地做出逃避的姿态,二牛鼻就擎了龙头追逐着,时而突进,时而犹豫,时而猛地一扑。龙的丈许长的蜿蜒的全体各节由若干人高擎着,且随着龙头蜿蜒地动作着。龙尾也是重要的部分,当然也要由老手擎了,当然龙头向右、尾向左,龙头向左、尾向右,头高举了、尾低垂,头低垂了、尾便高举……

牛店子的居民并非今年才看见龙灯,然而也不禁从衷心里发出喝彩和赞叹:

"活的龙拿珠也就这样儿!"

"二牛鼻这家伙真不含糊!"

"你看留住儿这小子真他妈的……"

……蜘蛛时时在逃避;龙时时在追逐。蜘蛛伏在地下了,龙于是寻觅。蜘蛛高起在空中了,龙于是跳起。蜘蛛一跳在七八步外了,龙似乎迟疑,似乎瞄准,暂时间不动了,但突然跃起,向蜘蛛一个虎扑,而蜘蛛又跳开去忽远忽近地前进了。但是看的人们倒是立在别人背后的站起脚来看去,真像一条火龙追着一个蜘蛛精;而太近前的则连灯下的十几张泥汗的脸和二三十只忙乱的脚也看得逼真,未免减了不少的惊奇的趣味。

当蜘蛛又一次逃去,二牛鼻高擎了龙头追过去的时节,在人丛中就突然跳出一个庞大的躯干有如猛兽,蓬松的毛发有如恶鬼似的东西,直扑向二牛鼻的身上去。一声惨叫,那东西和二牛鼻与他手里的龙头便一齐倒在地上了。这意外使所有的观众暂时都一愣,谁也不曾看清楚跳出来的即是大麻子,便搅翻了火上的粥锅似的一阵骚动,于是拥挤、践踏、哭嚎、咒骂……龙头既已着地,所有擎龙灯其他各节的演员们在忙乱中也都撒了手,整个儿的龙灯便全体倒在地上,且又烘烘地燃烧起来真的成为一条火龙了。只有自始至终在这行列的最前面的留住儿擎了蜘蛛精逃到这纷扰以外的一个最安全的处所。

二牛鼻的腰部受了大麻子重重的一撞倒下去之后,大麻子不容他挣扎,就在他的头上又下了全力给了一拳,于是铁锤似的两只大拳头便雨点一般连续着向要害的处所落下去。这之间,半为了昏迷,半为了疼痛,二牛鼻始终不曾翻过身来。然而群众终于静下来,待到看清楚而又觉悟出是怎的一件事情之后,又罗圈似的围上去看了。

"大麻子他妈的……"

"这是怎么说。"

"拉开他们吧。"

七嘴八舌地在嚷了。

"这不是搅么?"

"揍他!"不知是谁忽然嚷了这么一句,而那声音又如此之高,不但使在场的个个听得分明,而且又在每个人的胸中又燃起了义愤之火,一大群人,特别是龙灯会里的,就先过去要将正在捶打着二牛鼻的大麻子拉转开。大麻子觉得这时是打不成了,就全身一趴倒了一堵墙似的压在二牛鼻身上,又将双手结实地抱住了他。有的人便去擘大麻子的手,有的便去扯他的腿。无论大麻子有着怎样的神力,他终是难于抵抗这一群人的牵扯的。他觉得实在不得不被拉开二牛鼻的身子了,便张开大嘴,一下叼住了二牛鼻的一只耳朵。虽然是月光下,但一团纷乱中,有谁能理会到这个?待到他拉开了之后,二牛鼻的半只耳朵就剩在嘴里,二牛鼻伏在地下,只是气喘而且哼。

拉的人一看到拉开了,就都放下了一半心。大麻子是已经用尽了力气,躺在地上有如一只死猪;不能抵抗,也决不想再抵抗。一伙人毫无顾忌地拖他一直到附近的空场上。

"揍他!"又有人嚷了。

龙灯会里的人们就撅下了擎龙灯的棍子来打大麻子;但毫不动转的他四脚朝天地躺着,有如死去,人们打了几下也就住了手。秃地方又老鼠一般钻出来。他一见二牛鼻已经被他自己家里人抬回去,便留心大麻子这一边了。他的心里并没有慈悲与公正,他只是怕这场纷扰终于出了人命,他得跟着打官司。他先劝走了会众,继之则拉了几位在场的大麻子近本家将软瘫了的大麻子也运走。

所有的人都陆续地走回家去。所有的住户都关了大门,门前已看不见吉利字样如星如云的香火。所有的铺户都下了灯,上了板搭。爆竹不再响,而烟火也无人放了。大的圆月已经滑过了中天,挂在村西头的老柳的树梢头。龙灯的遗骸卧在街心里冒着烟。

远处近处时时听得有鸡在叫了。

牛店子的老年人事先对于灯节的不祥之兆的预感终于证实了。大麻子挠闹于龙灯会的第二日虽然是正月十五,向来认着灯节的正日子,然而这一天却过得非常之暗淡了。在白天,高跷、旱船、狮保之类就没有出演;晚上怀仁堂三间门脸的板搭上得严丝合缝,当然看不见鳌山灯。街面上即使有两家挂灯的,那灯光闪闪烁烁有如磷火,一点儿也不表现光明与快活。花炮自然放得不起劲,奇怪的是便是燃放了，也毫没有火炽的声色。甚至于小孩子们偶尔将用了自己的压岁钱买了来麻雷子和两响点着了，也觉得声音喑哑，而不似往日一般的响亮了。

十五尚且如此，十六之无起色是可以推想而知的。但牛店子之灯节毕竟也算过去了。

虽然年和节俱已过去，为了节气晚，天气冷，而农务却仍未开始，乡下人依旧是清闲。茶馆里、酒铺里，甚至于庙前、巷口，只要是人多的处所，都在谈论着大麻子和二牛鼻的事情。

"大麻子真他娘的凶。"

"可是现下也起不来炕了。"

"二牛鼻也还躺着哩。"

"等他起来之后，有大麻子受的。"

"不管怎么着，那半个耳朵总是安不上去的了。"一个自命为善于说趣话的人说。于是大家哄然地笑了。那说话的人也就得意着自己的成功。

"听说二牛鼻家里预备到城里去喊冤了。"一个向来公认为消息灵通的人又这样地讲了。

二牛鼻要同大麻子打官司了，这新闻不久便传遍了整个牛店子的全村，终于老黄毛也晓得了。她立刻将这消息告诉了她的丈夫。

"打官司就他娘的打官司！"

大麻子虽然嘴硬，心中却不免忐忑。二牛鼻衙门口里人头熟，而且这次的斗殴，自己明明是理短，打官司不免要输。小板子的滋味，他是尝过的，倒也没有什么受不了，左不过再躺些日子罢了。但挨了板子躺了下去之后，全村的人都得过太平日子了，这真是一件使他一想起来，躺也躺不下去的事，有时急得眼睛里出火。

"得想法子！"他心里在说。

然而有什么法子可想呢？他忽然想起打斗殴官司是伤重了的便有理的。二牛鼻分明是少了半个耳朵，而自己虽然被擎龙灯的棍子打破了几处，较之二牛鼻，则其谁轻谁重是不待大老爷的验勘，自己也就很了然。他忽然想起了"伤"。去年的秋天，老黄毛因为头发里的虱子多得太不像话了，不知从谁家学出了法子，而且弄来了水银把虱子都药死了。他记得还有馀剩下来的一点水银由她收藏着。他向她要了来，用了水先将水银和匀了，于是擦在手心里向身上的伤痕上涂下去。

"等发一发，我就先到城里去抢他一个原告。"他咬了牙在想。他又喝了个尽量，放倒头，睡了。

然而水银的药力很不容易在大麻子强韧的体格上显现出来。第二天早上，他一睁眼，便先查看涂过水银的伤痕的情形，虽然似乎有点高肿，但还不能使他满意；而且仿佛未曾涂药之先早已如此的。他颇想再买一些水银涂上去，然而他已经没有购买水银的闲钱了。

第三天又过去了，仍旧不见有什么特殊的发作，待到睡到半夜里，他忽然嚷着要水喝，老黄毛用了瓢在水缸里舀了水给他，他一气灌下去，又倒下去睡了。

第四天的黎明，他忽然大声嚷：

"我不能死！"

随着说，他便跳下炕来，挥动了两只大拳头，像在和人打架。但不到十分钟，他又嚷了一句：

"死就死了吧！"

于是一个仰八叉，他倒在地上不动了，死了。

老黄毛这时看见他全体肿胀得有如一只熊。稍微定一定神,她大声地嚎而且哭起"天"来。

大麻子死去两个月之后,二牛鼻又出现于关帝庙前了。拄了一根木拐,据说为了伤了筋,终于不曾医好,以致瘸了一条腿,从此以后再也不能施展他的弹腿。至于缺少半只耳朵,那是更无法修补的。

牛店子从此一直太平了许多年。

每天太阳一落,土地庙前比亚比扬就演奏他的口技。至夜深,白杨树上的猫头鹰也时常地哈哈地笑。

刘全福
——运粮的故事[1]

把王保长送走后,刘全福不声不响地在屋檐下踱着,转来转去。他没有一般农人那样的强健的身体,身材不高,很瘦,面孔的表情是冷冷的。他心里几乎从来没有高兴过。已往的一些大大小小的事情,都使他感到痛苦。但他从来不多作声,不像一般人那样爱吵吵闹闹的。他无论对什么事情,是非善恶是辨别得清楚的,但是许多年来的经验,使他知道说了出来也没有用处,甚至于使他不敢相信自己的想法是对的。弄到后来,连说的勇气也没有了。所以他对任何事情,都抱了"不要说吧,要怎样就怎样做好了"逆来顺受的态度。这似乎是一般农人的通性,不仅刘全福一个人是这样。

刘全福对于保长的话,翻来覆去地想着:"这次的运粮很紧急……"他在屋檐下转来转去,习惯地把两手反背着,低着头。他

---

[1]刊于《中学生》1947年十月号,署名苦水。

想起已往的运粮差事来。已往的运粮给与他的印象太深刻了。他记起那漫长的山路,那杂乱的车马,雨天,晴天……在运粮的前几日,大家对运粮总是抱怨着,抱怨着,可是等到起运了,大家又像满不在乎地硬撑着。

刚才保长还说:"这次很远,非准备得好些才行……"他知道准备是太困难了,尤其到了最近,大家连活也活不下去了,村上哪一家不是在死撑呢!他自己这两三年来,一直在苦撑着。乡公所里摊派这样,摊派那样,真是一天比一天厉害了。他没有田地,租种着地主的几亩田。他有老父亲,母亲,三个孩子,和一个弟弟——弟弟老早不在家里,他被抽壮丁抽出去,已经好几年没有音信了——他想到这里,自言自语说:"我还有什么力量,这怎样过下去呢!"

他站住了抬起头来,看见院中的一堆烂麦草,那是从被冰雹打过的麦田里收割来的。他于是想起了前月的雹灾,这场雹灾,害得麦子颗粒无收。前几天他进城去向地主人报告灾情,地主对他只冷冷地说了一句:"那又是你的运气不好呀!"现在他只是对着那一堆烂麦草出神。

"在吗?想啥,你?"他抬起头来,看见岁岁的妈妈正从门口走进来。他不回答,也不招呼她,直到她再问:"为啥你不说话?"她已经走到他面前了。

"你们女人懂得什么,走,做你自己的事吧,别多嘴!"

"我是有事情来的。"岁岁的妈妈并不生气,和往常一样带笑地说:"岁岁的达(指父亲)要和你商量事情,请你过去一趟,他等着你呢。"

岁岁的爸爸高兴奎昨天已与刘全福说过,要商量商量关于运粮的事。刘全福想,根本上是担不起这种差事,可又非担不可,商量出什么来呢。听了岁岁的妈的话，他不声不响，朝院中的烂麦草看了一眼，就走向高兴奎家去了。

刘全福和高兴奎谈了一阵，对于运粮，自然商量不出什么办法来。高兴奎告诉他，说准备和别的伙伴一起出走。刘全福心里表示不赞成，可也没有理由可以反对。最后说了一句话："再商量看看吧！"便回向家里来。

一到家里，他的妻子马上告诉他，保长来过了。保长说粮准定后天起运。他不声不响走到院中，太阳正晒着那堆烂麦草，发出一股的霉烂气息。老牛疲乏地在牛栏里卧着。他回进屋子里，端一碗开水喝了，便躺在炕上。他看见窗棂上墙壁上糊满了摊派款子的收条，而现在又要运粮了。要你运粮，不管你有钱没有钱，你就得准备一批钞票。这些钞票除了贴补自己的路费——路费名义上是公家发给的，可是数额太少了，哪里够用——之外，在缴粮的时候，还得缴纳不足升斗的款子。其实所谓"不足"，并不是运粮的人们把粮吃掉或者偷卖了，而是粮仓人员的一种敲诈农民的法门。其次，不管你有车没牛，有马没车，也不管你男病女弱，挨家挨户都得担负着一份。如果没有牲口，得用口袋背去，用担子挑去。不仅这样，惨痛的事还有呢，路途遥远，究竟几天可以来回，是无法预算的。在运粮道上，除了人和牲口常常发生疾病时疫以外，从各乡各村集合起村民，为了争先争后，车辆擦碰，和扎荒时选择地位之类的争执，往往会发生口角，厮打起来，有时车杖、石头、砖瓦、棒杆打成一团，甚至用斧头乱砍，流血伤亡的事也是常有的事。……这都是他亲身经历过的，一桩桩涌现到他眼前来了。他的妻看见他在出神，便提醒丈夫说："你还不收拾车辆吗？"

他没有回答她，起来喝了碗水，又从屋内走出来。这时有才正走进来,迎面就问他:"有没有橡木,借我一根,我要收拾一下车沿条呢。"

有才是个小伙子,长得很结实,见着全福不回答,又笑着问他:"有没有呀?老刘?"刘全福手指着牛栏说:"你自己拆一根吧,再没有别的!"有才知道这是赌气话,瞪了一眼走了。刘全福也就跟着走出去。

村民们都忙着在准备了,有的用斧头、锯子在修理车杖,有的收拾着草包、干粮袋,有的在借面;有的三个一堆、四个一群在咕噜着,也有口里哼着小调的——这可并不是表示快乐;有的走来走去,显得匆忙的样子。小孩子们多朝着大人呆望,也有哭着的。女人们也多在替丈夫帮什么忙。

刘全福正走向高兴奎家去,听见了王四爷的声音,王四爷口口声声地说:"这个年头呀!不好过——不好过——"

他转过头,看见王四爷衔着烟斗,在李家门口人群中站着。王四爷摇着头,向大家说:"活不下去呀!还要运粮,打仗……"

刘全福到了高兴奎家里,岁岁看见了,急忙跑过去,抱住他的一条腿,大声喊:"刘爹爹,我妈说我们要走呢!"刘全福今天没心情和岁岁玩,只摸摸她的头说:"你爸爸呢?"她妈妈听见声音,从厨房里走出来,手里拿着柴,向刘全福说:"他上街去了。"

"走的还有谁家呢?"刘全福走上去问她。

"他说还有,李奎奎,保哥他们都说要走。你们不走吗?"

刘全福停了一会儿,才回答:"走也好,但是,家里这么多人,怎样走得了,又走到哪里去呢?"

刘全福回到家里,天快黑了。他想赶紧该把自己的车杖收拾一下了。他不想像高兴奎他们一样出走,他还得撑下去。

高兴奎，李奎奎，保哥他们，男女老少一起二十多个人，在夜间悄悄地逃荒去了。没有走的，就得运粮。

运粮的场面委实是伟大的，广场上，集合了四面八方的村民；有的赶着车马、小毛驴；有的挑着挑子，背着背子，男男女女混杂在一起，一齐集合在仓院门前。

刘全福和同伴们也来了，他把车子停在广场上。天气特别热，人们多挥着汗。有人从车子上翻过来，从人当中挤过去。牛有站着的，有伏在地上的。女人们有在车上休息的。仓口挤满了人，叫叫嚷嚷的，声音嘈杂得很。只见管粮员把条子一张张从他的手递到村民的手里，接着，张开麻布袋口，一袋袋把麦子装得满满的。村民们扛的扛，背的背，把袋子装上车去，拭一拭头上的汗颗，又拥到仓口去了。场上尘土满天飞扬，尘土落在村民们赤着膊流着汗的身上，成了一层薄薄的泥浆。

领粮是要一村一保挨次领取的。轮到刘全福和他的同伴们了，他们挤到仓房门口，见那里管理员和平斗的粮仓工人，紧张地在工作着。那些平斗的人，使劲用木尺刮去斗面上的麦粒，刮到斗面以下去了。领粮的嘟嘟暗暗地抱怨着："这怎么成，叫我们怎样去缴呢？"

出斗浅，进斗高，这原是仓里一贯的做法。村民们眼见着自己吃亏，可是谁敢说半句话呢！刘全福他们领得了粮，挤着出来；装上车，坐下来休息。魏保三对刘全福说："这次的粮不少！"

"不少？听说这粮着实不够，又要征粮、借粮了呢。保长说公事已经下来了。"

他们正在聊天，听得人声愈加杂乱，车马响动起来，知道粮已装齐，要起运了，于是急忙收拾着自己的车马。

各式的车辆，牛、马、马车、毛驴子，乱糟糟地排列在广场上。刘全福赶的是牛车。车上除了粮袋之外，放着皮袄、柴草、锅子和那些杠棒之类的东西。没有车马的人，就连衣帽、炒面袋……与粮袋一起背着。

这声势浩大的行列开始蠕动了，从广场出来，走向市街去。

有车辆的，打着鞭子，车轮子发出尖锐的声音。有的是老牛拖着破车，显得累赘笨拙，小毛驴驮不起两半袋的粮，腿子抖抖的。背背子的弓着腰，像快要倒下去的样子。挑挑子的肩上衬垫垫得那么厚，他们沉住气，默默地走着……

市上的居民们拥着来看热闹，有说说笑笑的，有蹩着额嘴里在咕噜着什么的。队伍一批一批的过去，各式车子总共约莫有两三百辆。

长长的队伍穿过了街市，慢慢地从一个村庄又经过一个村庄；一天，两天，三天……在公路上进行着。公路伸展得那么长长的，不知要到什么地方，才是它的尽头。押运员走了，老在车上打瞌睡，护送的自卫队员一手挟着枪，一手把帽子当作扇子用，也显得困乏。

刘全福默默地赶着自己的车。"几天才能到呢？"李有才向着刘全福问。"大热的太阳要把人蒸死呢！"

"还远呢，傻子，别性急，走吧！"刘全福虽然这样说着，究竟有多远他自己也不甚明白，只是他听见王保长说过："这次运粮路途很远！"

下编

小说论析

山东省民间流行的《水浒传》[1]

这里所说的《水浒传》，不是散文的，而是韵文的。其在山东省流行区域，可谓极广，自鲁西一直到鲁东。鲁南一带以及东北隅滨海的地方（旧登、莱、青三府属），有没有呢？那我可不知道。其实也不限于山东一省，据我所知，河北省的南部，只要语音和方言与山东相差不远的地方也有。然而在山东流行之区域既然那么广，我总疑惑其发源地即在山东，河北的南部不过波及而已。

方才说过，这《水浒传》是韵文的。很像大鼓书。多半七字一句，有时稍加变化；三三四的格式并没有。说唱时也有鼓，类如唱京韵大鼓及山东大鼓者所用。腔调至为简单，有如北平之"数来宝"。在说唱时，鼓并不用；只在唱完一段词之后，方才敲鼓作为一节，说唱者也借此可以"喘喘气"。其敲鼓之节奏，为"吃嘣，吃

---
[1]作于北京，刊于《歌谣》1936年12月26日第二卷第三十期。《歌谣》由北大研究院文科研究所歌谣研究会编辑出版。

嘣，吃嘣，嘣嘣嘣"。一通之后，再继续说下去。每逢庙会或谢神唱戏之日，说唱者往往找一个比较僻静的地方作场，类如寺庙的角落里，或寺后，或郊外，绝对不在冲要及熙来攘往的地带。他顶怕妇女们来听，一遇她们来了，他便说"好的"祈求她们赶快离开，有时甚至于作揖下跪。听的人大半是游手好闲的人，倘是知识阶级，那必定是满不在乎的一位，否则"拉不下脸儿来"。因为词句太猥亵。就为这原故吧，有地方便名之曰"臭水浒"。

说是"水浒"，并不遍说梁山一百单八位好汉的故事，却只限于武松一人。所以我们那里又名之为"说武二郎的"。说是猥亵，却并不是潘金莲与西门庆的故事；正相反，倒是有意规避着似的。为什么要如此，我还不能下一个正确的解释。也许是民间一般心理，以为一个英雄，必须要抛开了儿女之情的。正如《水浒传》中人物，只顾练习拳棒，打熬筋骨，并不计及家室一样。这与欧洲中古时期的小说，往往骑士与美人并举，大不相同了。但无论如何，却总是猥亵。因为词句之中，山东方言中用了猥亵的字样来骂人的口头语，不但尽量采用，而且随处皆是。固然有些用来是恶意的，如骂詈，如诅咒，如愤怒，如厌恶。而亦不尽然，有时是表示亲爱，有时是表示英雄的大无畏精神，有的则又是随口说出无所为的。因此，倒就不好举。现在把其中较为"干净"一点儿的举两段。

如武松到孙二娘店中吃包子，发觉馅子是人肉的，他就把孙二娘叫来，说：

"清清的世界朗朗的天，

你怎么拿着人肉来下锅？

我说此话你不信，

馅里面现有人指甲。"（注一）

二娘一听说"不好,(注二)

这家伙是个行家窝。"

明知说也不中用,

仗着个小嘴会说来盖摸。(注三)

"今天的牛肉剁不够,

剁了只鸭子剁了只鹅。

反刀剁了个鸭子嘴,

左调右调调不着。(注四)

偏是客人时运背,

赶上这个肉馍馍。

不吃坏的换好的,

不吃这个有那个。"

又如武松因事到官厅,以身长的原故,跪下了还同常人立着一样。县官觉得奇怪,就问:

"见了你老爷不下跪,

甚么功名在身上?"

武松回答:"早已跪下了。"县官则曰:

"呦!

您娘养你可上大粪,(注五)

怎么长的个子怎么长?"

武松说:"都是人生父母养,

怎么把俺武松比到庄稼上?"

又如武松吃醉了酒,走出店来,一只黄狗迎了他狂吠。武松气极了,说:

"可是你二爷倒了运,

一个黄狗也梆梆。(注六)

两条腿的没说话,

你四条腿的开了腔。"

像以上所举,算是比较干净一些的,然而也删去了不少的"带口溜子"了。(注七)

最后,我说,这《水浒》的唱词是没有本子的。他们这一行也是师徒相传,而且都是口授,所以各地说唱者之词也大同小异。我很希望有人把它记录下来,照着他们的原词,一字不改。

注:

(一)甲,读如ㄐㄧㄛ,阴平。

(二)说,是心里说。

(三)盖摸,掩饰之意。

(四)调,用筷子翻动馅子。

(五)可,其时之意。例如吃饭可,即是吃饭的时候,过去时。

(六)梆梆,犬吠声。

(七)带口溜子,猥亵的口头语,信口说来,却不一定是骂人。

猪八戒论
——不登堂看书外记之一[1]

曩时在家塾,曾学习写过史论,如《秦始皇焚书坑儒》《汉武帝好大喜功》之类,作起来,一开一合,一反一正,确也足说一气似地。后来入了"学堂"了,仍还不断地作,记得民初考大学预科时,入学试验的国文题目也还是"诸葛武侯自比管仲论"。之后,好像不作了。民国十年以后,我曾在中学里继续当作了十多年的国文教员,却并不爱好出史论之类的题目教学生去作;原因是觉得知人论世确是一件难事,青年学生既未必有此能力,怕也并无此兴趣。今年二月间,有一家报纸征文,题目此刻已不记得了,仿佛是小说中的人物评论。当时觉得颇有趣,便取了当年写史论的做法,之乎者也地作了一篇送去。但其时手下正忙着为一家定期刊物写一篇扣着日子交出的稿子,虽然是在寒假中,也并没有充裕的精力和工

---

[1] 作于北京,刊于《天津民国日报》1948年8月20日。

夫，一耽搁，应缴的日子过去了，我的兴致也烟消火灭，终于不曾下手。

眨眼五个月，学校里又放了暑假了，雨天联至，便又想起寒假中那家报纸的征文实在是一件有意思的事。据说在西洋，就有不少的文艺批评家与研究家往往取了著名的小说与戏剧里的人物，当作了历史里的名人一般，而加以分析与论断，甚至还写成了专书或论文。据梁实秋先生的《孚尔斯塔夫》一文所引，□□□□[1]的著名的《孚尔斯塔夫论》（……[2]）和柏拉德教授的《论孚尔斯塔夫的被斥》（A. C. Bradley: The Rejection of Falstaff）便是最显著的例。现在就试验着仿作一篇：猪八戒论。猪八戒是《西游记》中人物。《西游记》无论主观地或文学性讲来，即在旧小说中，也算不得一部了不起的书；而猪八戒在《西游记》的地位又次于孙猴子。那么，为什么放着别的小说中的人物不说而取材于《西游》？于《西游》中又为什么舍猴而取猪的呢？第一，因为首次写这类文字，有意避重就轻。第二，就是所谓"不觉渺小"。

还有，就是猪八戒在《西游记》中确是一位有趣——我不说是好玩的人物。小时候读《西游记》最喜欢孙猴：七十二般变化，一条金箍棒，重一万三千五百斤，一个筋斗云十万八千里，直打得南天门东岳部正神望风而逃，西天路上各洞妖魔闻名胆战。我时常想：自无名氏的《取经诗话》里的孙行者几经演义而成为吴承恩《西游记》里的孙悟空，正不知道耗费了多少代多少人的想象和创作的心力！年青的人好空想，喜新奇，喜欢孙猴子也正是当然的事。若夫猪八戒，则好吃懒做，动不动就要散伙，卖了白龙马买棺

---

[1]原刊印件字迹模糊，不可辨认。下同。
[2]括号内省略号处原刊印件中是一句外文，字迹模糊，不可辨认。

材给师傅送终，老惦记着回到高老庄继续作倒插门的女婿去，而且诚如黄袍怪批评他的话，"尖着嘴，会说老婆舌头"，常常撺掇唐僧念金箍儿咒折磨孙猴儿，上起阵来，又是十遭倒有个五遭打败仗，简直是"丢盔卸甲"的败类，"你这蠢夯东西！"是故以猴比猪，则一个应为玉皇大帝盖瓦，一个该给□□老子□□□□。

然而，为什么读猪八戒有趣呢？遇难就退了就那么"缺德"吗？我不知道别人，我自己之读《西游记》，则年纪越大，对于老猪之兴趣亦益见其浓厚，直可以□□□于猴子的爱移到了猪身上去，这爱的转移可是因为老猪老实，既没有空想，也不爱新奇了吗？并不然。孙猴子纵然神通广大而且号称齐天大圣，却也有时施展手脚不得，而不得不借重猪八戒，即如《西游记》第六十四回记唐三藏之过荆棘岭，有云：

> 忽见一条长岭，岭顶上是路。三藏勒马观看，那岭上荆棘丫叉，薜萝牵绕，虽是有道路的痕迹，左右却都是荆刺棘针。唐僧……道："徒弟啊！路痕在下，荆棘在上，……教我如何乘马？"八戒道："不打紧，等我使出钯柴手段来，把钉钯分开荆棘，莫说骑马，就抬轿也包你过去。

"呆子"这一回的告奋勇，既不是好吃的在前引诱，也并非大棒子在后督促，而完全由于自动。"莫说骑马，就抬轿也包你过去"，健壮而且明快，真不像好吃懒做的猪八戒的口锋，我不知道《西游记》的作者吴承恩如此写来是乘兴的俏皮，还是有意暴露老猪的优点。总之，软体动物的猪八戒这一回是挺起腰板儿来了。之后，孙猴子跳在半空侦查远近，下来说道："一望无际，似有千里之遥"；沙和尚遂要烧山;猴子又说烧得也怕人;老猪仍然一力承当,说:"要得度,还依我!"

好呆子!捻个诀,念个咒语,把腰躬一躬,叫:"长!"就长了有二十丈高下的身躯;叫"变!"就变了有三十丈长短的钯柄;拽开步,双手使钯,将荆棘左右搂开:"请师父跟我来也!"

吴承恩如此笔酣墨饱地去写猪八戒,真对得起猪八戒;而猪八戒因此之卖力气也很对得起我们读者了。及至搂了一日,未曾住手,将次天明,却见空阔处有一石碣,上有三个大字,乃"荆棘岭",下有两行小字,乃"荆棘蓬攀八百里,古来有路少人行"。

八戒见了笑道:"等我老猪与他添上两句:自今八戒能开破,直透西方路尽平!"

这样的句子,吟风弄月的诗人见了,怕要大笑的吧?"不笑不足以为道",呆子此刻提了九齿钉钯而四顾焉,其将"为之踌躇满志"矣乎?于是三藏乃欣然下马曰:

徒弟啊,累了你也!我们就在此住过了今宵,待明日天明再走。

然而八戒于此,不但豪气未衰,而且馀勇可贾,却说:

师父莫住！趁此天色晴明，我等……，连夜搂开路，走他娘！

统而言之，《西游记》的作者写过荆棘岭的猪八戒，无一败笔；于是而猪八戒之过荆棘岭亦永不卸劲。纵使猪公事事发松，只此一端，已不失为有趣的人物，然又岂只是有趣而已？何况又不仅只此一端也耶？

三十七年八月六日写讫。

猪八戒论
——不登堂看书外记之二[1]

阴雨缠绵，秋暑不退，小斋独坐，老想着写猪八戒论，"仿佛思想里有鬼似地。"

鲁迅先生《中国小说史略》之谓《西游记》曰：

> 评议此书者……或云劝学，或云谈禅，或云讲道，皆阐明理法，文词甚繁。然作者虽儒生，此书则实出于游戏，亦非语道，故全书偶见五行生克之常谈，尤未学佛，故末回至有荒唐无稽之经目。……假欲勉求大旨，则谢肇淛（《五杂俎》十五）之"《西游记》曼衍虚诞，而其纵横变化，以猿为心之神，猪为意之驰，其始之放纵，上天下地，莫能禁制，而归于紧箍一咒，能使心猿驯伏，至死靡他，盖亦求放心之喻，非浪作也"

---

[1] 作于北京，刊于《天津民国日报》1948年8月21日。

数语，已足尽之。

《五杂俎》也可以算作我所"看"的书之一种。谢肇淛的见解多可取，文笔亦明净，这一段批评《西游记》的话说得又颇中肯綮，怪不得得到鲁迅先生之赏识。然嫌其评，重于猴，而略轻于猪，今故选而申论之。

猴为阳而猪为阴，是以前者好动而后者好静。孙行者之言曰："你就把我锁在柱子上，我也要上下爬蹉，莫想坐得住。"猪八戒之言曰："吃了饭儿不挺尸，肚子里没板脂。"可证知也，又准《易经》，阳为君子而阴则为小人。夫君子之与小人，固冰炭不同炉，薰莸不同器者也。是以行者对于八戒每每加以呵骂，加以玩弄；而八戒对于行者也常常抱怨，有机可乘，即鼓动老和尚念咒而使猴子头痛。若依近代之说，则猴为精神，为灵；而猪为躯壳，为肉。若两人之时或相倾轧，则灵肉之争是已。然灵不自灵，必待肉以生存；肉不自肉，必待灵而有作为。这又是每逢降妖，行者与八戒十回倒有八回是两人一齐出马的缘故也。

《西游记》的首脑人物自然是唐僧，然其中心人物则为孙猴子，此则尽人皆知的事。这猴子之要强，不辞苦，自有其大过人处；又与其说他高傲，高贵，不如说他高洁，他太自爱了，太自好了，只看他于降妖时，一想到了"捣蒜打"，便即立刻自制，说："只是低了老孙的名头"可知也。由此一念而扩充之，则龌龊之事固不肯为；琐屑之事亦不屑为：故不独行李要老猪挑，马草要老猪打，而乌鸡国王的死尸也要老猪背，将太上老君的神像扔到"五谷轮回之所"（见第四十四回）也须老猪去干也。然而以上诸事，其在孙猴子尚是"是不为也，非不能也"，到了过七绝山稀柿衕的时节，三藏闻得那般恶臭，又见道路填塞，道："悟空！似此怎生过得？"行者捂着鼻子道："这个却难也。"这一关，孙行者并非勒掯老和尚，实在是"是不能也，非不为也"。归结还是猪八戒：

> 脱了皂直裰，丢了九齿钯，对众道："休笑话，看老猪干这场臭功。"好呆子，捻着诀，摇身一变，果然变做一个大猪……孙行者见八戒变得如此，即命那些相送人等快将干粮等物堆攒一处，叫八戒受用。那呆子不分生熟，一捞食之，却上前拱路。

结果《西游记》上大书一笔曰："三藏师徒洗污秽之胡同，上逍遥之道路。"然则老猪之"功"显不伟欤，"臭"云乎哉？但吴承恩先生这一段笔墨却并不太好，那是作者的对不起猪八戒，却并非猪八戒对不起我们读者。总之，我在上篇所说的"孙猴子有时施展手脚不得，而不得不借重猪八戒"，在这里不又得了一个铁的证据了么？

有了搂开荆棘岭和拱开稀柿衕两场功劳，且是号称为齐天大圣的孙悟空所不能建树的功劳，则猪八戒在取经团中终不失为一个人物，肉之有助于灵者亦大矣哉！于是而聪明的头脑亦时须依赖笨力气之帮助者亦不须言而解矣。我时时想以此两大功折尽猪八戒一生好吃懒做的短处，不知普天下看官亦俱有此同心与同情否。然而我以为即便无此两场功劳，好吃懒做也还不是他最大的短处。所以者何？好吃懒做者，原本是肉体自然的趣向也。猪八戒的最要不得处，乃在于他每于严肃的处所，紧张的场面，大"发"其"松"，即是我常说的无理取闹与起哄。也许有人以为"科诨戏谑"吧，也许有人以为是"滑稽"和"幽默"吧，然而我却以为这是猪八戒身上最大的缺点，而且是最不可饶恕，最不可原谅的。

不必旁征远搜，现在就举拱开稀柿衕以前为驼罗庄除妖的一段吧。那妖精是一条蛇。他使行者与八戒在天空战败了而归山且钻入洞里去。八戒一把抓住露在外面的尾巴，行者劝他放手，他照办了，待到蛇精全钻入洞中之后，他却说"没蛇弄"了。行者教他去山那边去等候蛇的出来，他去了，蛇也真出来了，他却教蛇"一尾巴打了一跌，莫能挣扎得起，睡在地下忍疼"。他听见行者吆喝着过山来，才"忍着疼，爬起来，使钯乱筑"，行者见了问他"扑甚的？"他道是"老猪在此打草惊蛇哩。"及至行者将蛇精弄死之后，他又举钯乱筑。行者问他妖精已死，还筑他干么。他却答："哥啊，你不知我老猪一生好打死蛇？"这"没蛇弄"，"打草惊蛇"，"打死蛇"三个成语用得是时候，是地方；却又不是时候，不是地方：因为破坏了严肃和紧张的空气了。

不过《西游记》的作者笔下的猪八戒在这一节里还不算顶糟。我们可以替呆子辩护说：他生性即如是其"松"，即使在生死关头，也还是要起哄。莎士比亚在《亨利第四》一剧中写乎尔斯塔夫于行遇路劫之后，回到野猪头酒店里大夸耀其武功；保长忽然带着被劫的商人到酒店里来，扬言要搜捉一个胖子；太子哈利将乎尔斯塔夫藏在帐幔后面，好容易才将解差的和事主敷衍走了，待到掀开帐幔一看，乎尔斯塔夫把脑瓜子歪在胸口上，睡得正美哩。这一种没心没肺的天真可不有点儿像猪八戒吗？（《西游记》第二十九及三十回中，写猪八戒于沙僧大战黄袍怪之际，亦曾"一头藏在草科里，拱了一个猪浑塘，这一觉直睡到半夜才醒"。）虽然？若"援"乎尔斯塔夫以"出"猪八戒，不又有"外国人也有臭虫"与"外国人吃鸡蛋，兄弟也吃鸡蛋"之嫌乎？然而试一翻《西游记》的第二十六回，福禄寿三星到了五庄观，猪八戒那一阵"加官进爵"，"添寿，添福，添禄"，"番番是福"，"回头望福"，"四时吉庆"地开搅，有如作者所云的"打诨乱缠"，我们真可以说是《西游记》里最坏的文章；同时，也就是猪八戒最大的短处。

三十七年八月九日写讫。

林冲论（上篇）
——不登堂看书外记之三[1]

梁山泊一百单八条好汉，天罡三十有六人，在大主考金公圣叹眼中，人物考上上者不过武松等九人而已。金公列武二哥"直是天神，有大段及不得处。"我殊不觉得。打虎，杀嫂，快活林，鸳鸯楼几段大文章虽未必便是鲁莽灭裂，亦未见得切理慊心。金公将他列在龙头，正所谓"不求文章高天下，但求文章中试官"也。而且即使武二真是天神，亦不足贵，因为已经不属于人伦，不复是我们里面的一个，也不是我们的朋友，我们不免敬而远之了。

若依我这国文教员评阅考卷的看法，倒是鲁达和林冲得分更多。金公定榜，鲁大师尚是榜眼，若林武师则列在李铁牛之下，屈居第四，并鼎甲而不可得，实令人为之叫屈。深公之风流俊雅，一百零七人无能及者，列居武师之前，或无不可。若夫李大哥，虽

---

[1]作于北京，刊于《天津民国日报》1948年9月11日。

有天才，有真气，然而工不深，养不到，凡有所作，往往轶出绳墨之外，以之压盖林教头，殊不见其公允也。抛开武二哥与李大哥不谈，设如单令我去判定鲁林两位名次之后先，则我读《水浒》虽已四十馀年，至今尚未能下注：时而觉得林武师不如鲁大师之自在，时而又觉得鲁大师不如林武师之当行，两本卷子放在心的天平上。既不能保永远的平衡，又分不出最后的高低。如有人勉强我作决定性的判语，而且不许模棱两可，则我将要取周介存评东坡和稼轩词的说法，曰：林之当行处，鲁偶能到之；鲁之自在处，林必不能到。若然，则鲁似较优于林；舍深公而先论教头者何耶？此意已于《猪八戒论》上篇言之矣，曰：避重就轻；曰：不觉识小。

金圣叹于林武师下的考语"……只是太狠。看他算得到，熬得住，把得牢，做得彻，都使人怕。这般人在世上定做得事业来；然琢削元气也不少"。如今我同圣叹先商量个"狠"字。林冲诚然是狠，我不想，不能，同时亦不必替他辩护。统观其全传，先不用说山神庙之甘心于陆谦、富安和差拨，后不用说水泊中之敛刃于白衣秀士王伦，只看他在沧州牢城一听到陆虞候前来害他的消息，便

先去街上买把解腕尖刀带在身上，前街后巷一地里去寻。……次日天明，起来洗漱罢，带了刀，又去沧州城里城外，小街，夹巷，团团寻了一日。

前街后巷去寻；城里，城外，小街，夹巷去寻；一地里去寻；团团地去寻；而且一直"寻了三五日"；《水浒传》的作者真具有大手法，使我们读者觉得此际的林武师胸中蕴藏着一座即待爆发的火焰山，而他的眼睛也不仅如凌空的鹰隼的锐利，直如一只饿极了

豹子似地在闪烁着了。鲁大师之杀人有同游戏,李大哥之杀人好似儿戏。至于林武师,则在其未实际杀人以前,固已心中目中已行出火,则其血刃之时之狠——非鲁李两位之所能望其项背者矣!

以上所说林武师的狠还是向外的,即对于他人的狠。然而林武师的狠却不止于如此而已。我们应该注意:武师还有一种狠,则是向内的,即对于自己的狠。武师之初入水泊,坐第四把交椅,以白衣秀士王伦为领袖,且屈居杜迁、宋万之后,而武师隐忍了复隐忍,言不出于口,色不形于颜:正是一个狠字在那里作用着。又如五岳庙里,看见一个后生背立着正在威逼自己的妻子,他"赶到跟前,把那后生肩胛只一扳过来……恰待下拳打时,认的是本管高太尉螟蛉之子高衙内……先自手软了"。这手软不得即谓为武师的胆怯,以为他此刻也还是一个狠字在那里作用着。此所谓狠也就是古语之所谓克己与自胜。武师在五岳楼前手软的时节,他是用尽了他自己的克己与自胜底力量来压制胸中的火山而不使其爆发,这还要多么狠。此其狠较之在沧州带了解腕尖刀,于角角落落里,团团地,一地里去寻陆虞候的时候,殆尤过之。不过初入水泊时和在五岳楼前,武师的克己与自胜之狠即是说向内的,对于自己的狠,他还不能算得登峰造极。

《水浒传》第七回,题曰:"林教头刺配沧州道;鲁智深大闹野猪林。"金圣叹总评之曰:"此回凡两段文字:一段是林武师写休书,一段是野猪林吃闷棍;一段写儿女情深,一段写英雄气短。只看他行文历历落落处。"好眼力,好批评,道也忒煞道得,但只道得个八成。此刻一不暇说行文底历历落落,二不暇说野猪林之吃闷棍的英雄气短。我要单提出写休书时节的儿女情深来同金公商量一下。林武师之负屈衔冤刺配沧州也,在行将断配之际,为其岳丈张教头曰：

> ……自蒙泰山错爱将令爱嫁事小人，已经三载。不曾有半点儿差池。虽不曾生半个儿女，未曾面红耳赤，半点相争。

嗟乎，此其恩爱为何如耶！即谓为亘古今，遍宇宙，从未有如是之恩爱夫妻，亦大无不可者也。而武师定要"立纸休书，任从改嫁，并无争执"。虽有张教头之慨切陈词，以及众邻舍之亦说"行不得"。林冲丝毫不改变其主张；且继言曰：

> 若不依允小人之时，林冲便挣扎得回来，誓不与娘子相见。

终于他口说着，教写文书的人写下了休书：

> ……林冲为因身犯重罪，断配沧州，去后存亡不保。有妻张氏年少，情愿立此休书，任从改嫁，永无争执。委是自行情愿，即非相逼。

以如彼其恩爱的夫妻，而竟下得写休书，书词且又无比其决绝。此其狠较之带了刀寻陆谦，较之五岳楼前，较之初入水泊，岂不又驾而上之哉？

林冲论（中篇）
——不登堂看书外记之四[1]

或者曰："林冲之休妻，狠则固然已。而其狠只能说是向外的，而非向内的；是对于他人的，而非对于自己的。"且其尝曰："如此，林冲去得心狠，免得高衙内陷害。夫如是，则林冲之休妻，岂不是将牺牲娘子的贞操以苟全自己的性命乎？"应之曰：否，否，不然！夫武师之与其娘子固天下的最最恩爱的夫妻也。以最最恩爱的夫妻而至于写休书，则武师实无异于自剜心头肉，其痛可知：是固仍可以谓之为向内的，对自己的狠矣。至于自谓"如此林冲……免得高衙内陷害"，亦剜得心头肉，医得眼前创而已，其自己之心疼可知也。且武师断言若不许他写休书，即挣扎得回来，也誓不与娘子相见。反言之，则岂不是说：倘如许他写休书，待到挣扎得回来之后，便仍旧和娘子团聚耶？若然，则武师的写休书乃是为将来破

---

[1] 作于北京，刊于《天津民国日报》1948年9月20日。

镜重圆的张本，而不是一刀两断的恩断义绝，所可断断言者也。用了眼前的恩爱底牺牲去换一个将来或可团聚的万一的希望，这在内心里是下了多大的决断！难道说释迦牟尼抛弃了父母妻子而出家学道，只是向外的，即对于他人的狠也耶？

我自己也知道若将佛如来与林武师相提并论，未免得拟于不伦。释迦牟尼的出家的狠是为了学道。林武师既非哲人，亦不是宗教家：他是"世法"里面的一个英雄。一个英雄不甘于沦落，亦不甘于寂寞，他是以有所作为，即所谓事业为前提的。则其狠并不是无所为的：它需要报酬，甚至于报复。若依此论之，则哲人，宗教家与英雄虽同有其向内的，即对于自己的狠，而实则大异其趣。前二者，尤其是宗教家只作到此狠字，便算到家：所以佛说："如我昔为歌利王割截身体，我于尔时无我相，无人相，无众生相，无寿者相。何以故？我于往昔节节支解时，若有我相，人相，众生相，寿者相，应生瞋恨。"如来名此行为忍辱波罗蜜；我则说是向内的，即对于自己的狠。学道之人但能作到此种地步，便算功行圆满，更无其他的企图。便是我国儒家也曾说"犯而不校"，后来一直演变而成为"躁释矜平""逆来顺受"了。至于英雄，岂能如此？他费尽了拔山的力气筑起了高堤来遏止洪流的溃决，然而洪流之涨势并未稍减，且还在继涨增高。日积月累，洪流终有决堤之时，于是崩溃，泛滥，乃益不可收拾矣。所以者何？英雄虽然忍了，狠了，其仇恨之根深蒂固也照旧。而且越忍，越狠，此仇恨的根蒂亦随之而越深焉。且又继长焉，且又增高焉。则其决裂爆发的时节的猛烈，怕又有洪水之泛滥所不能及；而报酬与报复亦遂有不忍言者矣。

庄周氏之言曰："水之积也不厚，则其负大舟也无力。"我亦要说：英雄的向内的，即对于自己的狠，积得越厚，则其发而为向外的，即对于他人的狠也亦越为猛烈。伍子胥说："吾日暮途穷，故倒行而逆施。"其狠的证据也。林冲之狠亦若是焉则已矣。然而武师却并非天生底一副狠心肠。一遇深公，立即结拜，则深于友情。和娘子结发三载，未曾面红耳赤，半点相争，则深于爱情。及其火并了王伦之后，差人到东京搬取家眷，回说娘子已被威逼自缢身死，岳丈张教头亦以忧疑亡故，林冲听了，潸然泪下，又是儿女情多，英雄气短，无所谓狠也。但是武师在水泊一百零八条好汉中，毕竟是第一个狠人，虽其嗜杀赶不上李逵，毒辣大逊于石秀，其"没面目"亦不如焦挺。则其狠必有因缘焉使之不得不然者在。金圣叹氏于"林冲水寨大并火；晁盖梁山小夺泊"一章评曰：

> 嗟乎！怨毒之于人甚矣哉！……夫自雪天三限以至今日，林冲渴刀已久与王伦颈血相吸，虽无吴用之舌，又岂遂得不杀哉？或林冲之前无高俅相恶之事，则其杀王伦犹未至于如是之毒乎？

这又是好眼力，好批评，说得于"我心有戚戚焉"。但我要同金公商量"或林冲之前，无高俅相恶之事，则其杀王伦犹未至于如是之毒乎"这一句。

这一句其实已毫无商量之馀地了。倘若林冲之过去，不被高俅陷害得如彼其有家难奔，有国难投，则其狠必不至于如此之甚，其杀王伦亦必不至于如是其毒。而今也则势所必至，理有固然，其前既已有高俅之相逼，其后又有晁盖等六人之来投，于是而雪天三限之怨恨，纷霜斜霰之刺配沧州道风雪山神庙之冤仇，武师之于王伦乃必至于杀，杀必至于毒；此其狠实殆超过了二五之为一十。而金公乃于此句的开端下了一个"或"字。夫"或"者何也？意其倘然而亦未必决然之词也。于此用不得，用不得。我之要共金公商量那一句者，也就在于这一个字。

夫武师之狠，无论其为向外的或向内的，为对于他人的或对于自己的，固皆非其天性之本然。然而毕竟成为山泊中最狠的人物。他的狠诚然可畏，（金圣叹也说是"使人怕"）固不见得可爱，也不见得可敬，但终不失为可原。所以金公亦终不能不列之于上上。金公毕竟是个通人，衡文之际，即有好恶之私。亦仍不仅于锦绣真才也。

绝，杀，武师之狠则固然已，其仇使之然哉？

三十七年八月二十九日写讫。

林冲论（下篇）
——不登堂看书外记之五[1]

处暑节已过去一礼拜多了。按"处"之为言"止"也；处暑者，言暑由此而止也。然而今年不然，闷热潮湿，一如伏天，稍一动作，汗流浃背，有许多人至今还不能放下扇子，尹默师于十馀年前，曾有小诗见示，曰：

雨热暑犹盛，风凉晚始生，了无秋意思，阶下已虫鸣。

所咏虽是大江以南的气候和景物，我觉得大可以移赠今年此际的北平了。"雨热暑犹盛"的天气里，使我这个躁人什么也作不下去，而又不能不找点事情作，大有鲁提辖五台出家后所说的"干鸟么？"之感焉。于是乃继续写我的《林冲论》。一想到写《林冲论》，不由

---

[1]作于北京，刊于《天津民国日报》1948年9月30日。

地便想同金圣叹氏打官司。金氏谓林武师"算得到，熬得住，把得牢，做得彻，都使人怕：这般人在世上定做得事业来"。旨哉言乎！《水浒传》者，固梁山泊的通史而百零八人的列传也。然而晁天王六人未到梁山以前，即有林武师之坐第四把交椅，水泊固不成其为水泊。既不成其为水泊，则《水浒传》虽然已经写至第十七回，仍旧不成其为《水浒传》也。晁天王上梁山而不见容于王伦，使天王于王伦而翦除之，而放逐之，则虽逆取而顺守，无奈其名之不正，言之不顺何也，且又恐其威之未立，信之未孚也。林冲出而抒义愤，大并火焉，不必其名之正也，不必其言之顺也，伊尹之放太甲，霍光之废昌邑，且逊其果决与勇敢矣。而金氏于：

  林冲拓手向前，将晁盖推在交椅上，叫道："今日事已到头，不必推却。若有不从，即以王伦为例！"再二再四扶晁盖坐了。林冲喝叫众人就于亭前参拜了。

一段之下，夹批道："写得与韩琦卷帘相似。"可畏拟于不伦矣。此后回至大寨里，"晁天王去正中第一位交椅上坐定"之后，武师复推吴加亮坐第二位，公孙道人坐第三位，然后自武师以下共"十一位好汉坐定"，山泊于是而定黉，而立业，虽"及时雨"尚未来。人数才得十之一，水泊固已成其为水泊，《水浒传》亦已成其为《水浒传》矣。若夸大地讲来，则虽谓无武师之火并，即无水泊，即无《水浒传》，可也。然则武师之"事业"何其伟耶！

  既如此说，则我与金公正是一鼻孔出气，还有什么可商量的呢？不过金氏在"这般人在世上定做得事业来"之下，尚有一句曰："然琢削元气也不少。"他这一个"然"，我却以为不然。现在就和老金商量这"琢削元气"。孟子舆氏之言曰：

> ……天将降大任于是人也，必先苦其心志，劳其筋骨，饿其体肤，空乏其身，行拂乱其所为：所以动心忍性，曾益其所不能。

想来老金对于这几句话，也并没有什么说的。夫林武师当日在东京作八十万禁军教头的时节，下班之后，亦不过"每日六街三市，游玩吃酒"（见第十五回中）而已，更没有别的逾分之想；即有之，亦不过是偶逢边庭有事之时，去疆场上，一枪一刀，博个光宗耀祖，封妻荫子而已，岂有他哉？无端而祸起于五岳楼前，难作于白虎堂里，于是而沧州道，而野猪林，而草料场，而山神庙，终而至于雪天三限焉。武师固不愿意如此，亦且未预料及此。高氏父子之横行暴道，陆谦诸人之同恶共济，又必使其如此，则虽以林冲之顶天立地的男子汉，亦"闪得有家难奔，有国难投"也矣。或谓："假如林冲娘子不去五岳庙里烧香，即林冲不到得有此灾难；或去烧香，而林冲不在半路途中，墙缺口间看鲁智深使禅杖，一迳地伴送娘子到岳庙里去，亦或可以幸而免。夫是之谓'吉凶悔吝生乎动'也。"作如是语者直等于说梦话。则何不曰：林冲娘子压根儿就不应该出生；或者林冲根本就不当娶老婆之更为彻底乎？这个不值得辩，所以如今亦不辩。

惟念武师于山神庙则值风雪，上梁山泊则为雪夜，最后雪天三限也未脱离开雪字；不独惟是，晁天王水泊正位之后，武师差心腹喽啰上东京搬取家眷回说娘子自缢，岳丈身亡，倒是使女绵儿招赘了丈夫在家安居：综上种种，何林氏所遇之酷也？则所谓"苦其心志，劳其筋骨，饿其体肤，空乏其身，行拂乱其所为"者非耶？则所谓"动心忍性，曾益其所不能"者非耶？则所谓"天将降大任于是人"者非耶？"大任"者何？并王伦，立晁盖，是已！又此所谓"大任"，岂不正同于金氏所谓"定做得事业来"之"事业"。而老金却倒说他"琢削元气也不少"。试问老金：必若之何方可谓之为不"琢削元气"？难道是娄师德之唾面自干乎？还是苏东坡所谓的"无灾无难到公卿"乎？我且不说：即使武师琢削元气，又便是孰为为之？孰令致之？且林武师又何曾琢削元气耶？王伦授首，天王即位，定大功，立大业，武师之培养水泊的元气也，至矣，尽矣，蔑以加矣。老金果于什么处所看出他的琢削元气来耶：我再问。

若说林武师所琢削的乃是他自家的元气，此近似矣；而不可即说是他的短处也。何以谓之"似"？五岳楼前之手软，梁山泊里之隐忍，俱不必提。只看他发配到沧州牢城之后，被差拨变了脸指着骂：贼配军如何不下拜，可知做出事来，见"我"还是大刺刺的，满脸饿文，一世不得发迹，好歹落在我手里，粉骨碎身，少时便见功效，如是云云，直骂得武师一佛出世；而武师"等到他发作过了，去取五两银子，陪着笑脸告道：'差拨哥哥，些小薄礼，休言轻微。'"吾辈试看：武师以银子与差拨，还要"等"他发作过了之后；向之说话，还要"陪"着笑脸：武师其犯而不校，心平气和的粹然儒者也耶？抑节节肢解，不生瞋恨的释迦牟尼也耶？抑恬不知耻，觍然苟活之圆茸小人也耶？虽三尺童子有以知其必不然矣。李铁牛不必提，假若尔时非武师而为鲁大师或武二哥也则差拨即不立毙于"三拳"之下，亦必"一掌将他打个踉跄，打得半边脸都肿了，半日挣扎不起"。则武师之"等他发作过了"且又"陪着笑脸"，何其琢削自家的元气的利害耶？所谓"近似"者此也。何以不可说是他的短处？以林武师之坚忍，"自经于沟渎之中以为谅"；他当然不干；便是李，鲁，武之"先打后商量"，他也不肯干。彼固自知其身为天生我材必有用者也。故不畏死，亦不徒死，每当横逆之来，审势，量力之下，或不得不出于"自胜"与"克己"。审如是也，则其元气之厚又有大过人者矣。托斯退益夫斯基[1]（Dostoevsky）之言曰：

> 一个人能吃得那么些苦，就因为他有能吃那些苦的力量。

斯言也，直像是为林武师写照矣。然而托氏之为是言也，乃宗教的精神，有如《旧约》里面的约伯，为吃苦而吃苦。至于林武师，他自然也有能吃许多苦的力量，不亚似约伯；但他乃是为自身的前途事业而吃苦，非为吃苦而吃苦也。要之，这个吃苦的力量，便即是浑厚之元气。倘无此吃苦的力量，浑厚之元气，性急者怨天尤人，出于口，形于色，性懦者终于忧伤，抑郁以死而已，是故即便是武师真的琢削了自家的元气，我也要仿托斯退益夫斯基之言而曰："一个英雄肯琢削自家的元气，就因为他自己的元气能经得起琢削。"而且有几个在事业上有些成就的英雄而不曾琢削自家的元气的呢？是故老金以林冲琢削元气也不少，意在捉他的败阙，无有是处。我之要和老金打官司者此也。

抑更有进者。世之痴人，辄曰某也富于感情，某也偏于理智；一若除此二者，更无他型。窃谓当"大任"之英雄，非无理智，非无感情，而二者之外，尚有其意志在。于是虽具感情，而不至成为

---

[1] 今译陀思妥耶夫斯基。下同。

浅薄的天真烂漫，虽具理智，而不至成为计较利害的俗子与夫刻心内向的哲人。是故意志也者，内在的力与外现的力的综合也。林武师每有所作，其意志与力即在动；每有所言，其意志与力即在响。若尔人其意志之结晶体乎？惜乎老金虽自命为锦绣才子，而尚不足以语此也。

三十七年九月五日写讫。

看《小五义》
——不登堂看书札记之一[1]

私意尝欲分书为三类。一为读的书，凡具有庄严性，深刻性，即所谓硬性的书籍，或本非硬性，而读者却以之为学术研究的对象属之。其次为唸（用"念"字不得，非加"口"旁不可）的书，凡只需朗诵而不必了解其意义的书籍，如村塾中学童所唸的"三""百""千""万"，和尚所唪诵的经咒之类，属之。其三则为看的书，凡只用眼睛去看，而不必一定研究其意义，朗诵其文字的书籍，属之。前二者，此刻不想谈，因为我既不想成为学者，而且已经不是村塾中的学童，也并未变作一个和尚。现在只谈一谈看书。

先说看。这看字正如俗语所谓看小说的看，所以只用眼睛，既不必下死功夫去研究，也无须乎高声朗诵。忘记了是厨川白村还是鹤见祐辅——方才查了半日，急得汗出如浆，也不曾查出，干脆

---

[1]作于北京，刊于《华北日报·文学副刊》1948年8月。

不查了，曾说过读书有悠然见南山式的读法。我现在所说的看书的看，也正是见南山的见，虽然看字与见字压根儿语义并不一样。然而倘若说看书是姑以遣日的无聊消遣，却又断断乎不可。这看书正如吃点心，喝清茶，乃是生活中的真正享受。所以不是被逼迫着非读不可，也并无有功利之心，想在书里面榨取些什么物事。我时常以为倘不是老于读书，善于读书的人，就很不容易会看书。

但我虽然如上云云地说了，我自己的看书却又并不然。我读书的时候极少，信不信由你：有许多朋友说我用功，即是常常读书，实在是过奖，我每次听见了，总不免惶恐而且惭愧。至于看书的时候之不多，则正一如我的读书。况且如我其人，怕也根本不会看书，因为心浮气粗，很少能悠然见南山似的"心清如水，物来毕照"。不过我多少年来养成了一种不良的习惯：不拘昼眠夕寐，就枕之后必须看书方能入睡。假若说我也看书，怕也只是如此而已，与前所云云未免大异其趣了。

在沦陷之先，有许多年临睡时所看的书真是三教九流，古今中外无所不有，亦无所不可。有时得到一部新书，常常这样想："现在先不要看，留着睡觉的时候再看吧。"沦陷之后，失眠病加剧，便不成了。不看书绝对睡不了，看书也往往照旧失眠。经过相当的日期和痛苦，我觉察出来了。艰深的书不能看，新得的书不能看，太有意趣的书不能看，还有，便是太无意趣的书也不能看。这么一来，可苦了。非看书不成，到底应当看些什么书才能请得困神附体呢？又经过相当的日期和痛苦，才知道只有看小时候曾经看过的旧小说。于是我的床头便总有《水浒》《说岳全传》《七侠五义》《聊斋志异》《阅微草堂笔记》之类的书籍，以备我周而复始地看。看这类书，主旨是招请困神，不求了解，所以无须乎研读；不求记忆，所以无须乎朗诵。虽说是看，却又并非享受。但因为翻来覆去地阅看，也许是悠然见南山吧，也颇看出了一点什么来。现在就先谈一谈《小五义》。为什么呢？也没有为什么。只是想先谈一谈它。

胡适之先生在他的《五十年来中国之文学》里，似乎只提及《七侠五义》，且引了一段智化盗冠时化妆作工的原文，而并未说到《小五义》。鲁迅先生的《中国小说史略》里，曾正式提及此书。并且说："序虽云二书（小五义和续小五义）皆石玉昆旧本，而较之上部（案：此指《七侠五义》），则中部荒率实甚，入下又稍细，因疑草创或出一人。润色则由众手，其伎俩有工拙，故正续遂差异也。"《小五义》是否出于石玉昆之手，现在我还不想谈。但是小说史略还录了一段《小五义》的原文，是徐庆和展昭君山被擒后的事。鲁迅先生举出这一段的用意，先不必商量；我个人却以为《小五义》中写徐三爷，有几处确是精神。文笔既好，徐庆的为人亦可爱。如其陷君山被囚在鬼眼川时，寨主钟雄差喽兵请他到大寨赴宴。他正倒剪着两臂满山乱跑，听喽兵说寨主请他吃酒，便问："请了展护卫（昭）没有？倘若他没去，我可不去。"喽兵骗他说："去了。"他要喽兵给他松绑，而且说不松绑他也不去。喽兵说：

"……我们寨主派出来请你来了，没有吩咐解绑不解绑。我若……私自解开，我们寨主一有气说：'你什么东西，怎么配与三老爷解绑？'我也担不了罪名了，于你脸上，也不好看。暂受一时之屈，见我们寨主，下位亲解其缚，可不体面么？"徐庆说："有理，有理。"

及至蒋平来救他，他首先问："展老爷你救了没有？"蒋爷一想："喽兵都能冤他,难道我就不会哄他么?"便说:"我先救展护卫,后来救你。"三爷说:"可别冤我。……人家是我把他蛊惑来的。一同坠坑中被捉,先救我出去,对不起人家。"诸如此类,抄不胜抄。总之,凡是写徐庆的处所皆有可观。徐三爷的鲁莽,单纯,爽快和憨厚固使读者如闻其声,如见其人,而尤其使我佩服的是作者使用素朴的活的语言的本领。我自己也曾写过一两篇小说,也曾试验着这样做,然而说也惭愧,我是输给《小五义》的作者了。

话又说回来了,虽然本书作者曾说"正续小五义二百馀回,尽是徐良的事多",我总以为写徐良不如写徐庆写得好。自然也有着许多无理取闹,即是所谓起哄的处所,如徐庆首次会见儿子的师父魏真的时候,便说:

"见过家信,我也知道小子与道爷学本领。听说小子与你一样,一点也不差。你也一点儿没藏私。好小子,真有你的,难得你们都一个样。"

然而此等处却是一般平话小说的通病。即雅驯如燕北闲人的《儿女英雄传》亦且尚未能免。至如《彭公案》《施公案》《永庆升平》之类,则更下一等,还做不到《小五义》的地步。

窃尝谓作小说行文方面有二难:一为故事组织,一为人物的创造。而人物的创造尤为重要,同时也更较不易。假如在此一方面得到某一种程度的成功,则虽在故事的组织上稍差,也蛮可以得到读者的赞赏。《水浒传》之所以高踞于旧小说的王座者即在于此。最近有人在《华北日报》的文学版上写文,开端便说:"莎士比亚的剧中人物,最有趣味最能引人讨论的,除了哈姆雷特之外,大概就要算是福斯泰夫了。"说得"于我心有戚戚焉"。但假如有人问我："你以为哪一个更有趣味些，哈姆雷特还是福斯泰夫？"如是云云，自然也有关于我个人的学识与天性。但我总觉得莎士比亚当创造福斯泰夫这个人物时，较之创造哈姆雷特时更为自在些，自然些，用了中国旧日论文的话头，即是更较有左右逢其源之妙些。哈姆雷特诚然是深刻，复杂，或者说伟大。但莎士比亚笔下的福斯泰夫虽然是个坏蛋，却创造得天真而且可爱。石玉昆（？）《小五义》里面的穿山鼠也正是如此。他使我时常想到《论语》的一句话："鲁无君子者，斯焉取斯。"

当然，这不过是异中取同而已，我并非说《小五义》相当于莎士比亚的戏剧，而徐三爷即等于福斯泰夫。读者亦绝不会以文害辞，以辞害志的。倘若严格地研讨起来，则不但石玉昆《小五义》里的徐庆不能和莎士比亚戏剧里的福斯泰夫相提并论，恐怕任何中国旧小说里的任何人物都不能与之相比的。原故是中国旧小说的作者所创造的人物倘不是模糊，混沌，使人看不清楚其面貌，便是单纯而一面倒：即是说好的永远好，几如美玉之无瑕；坏的也只是坏，更无丝毫之可取。其实又不独莎士比亚的戏剧里面的人物而已，许许多多西洋小说家笔下所创造出来的人物都是有着复杂的，矛盾的个性；而这复杂与矛盾却又调和了成为那人物的人性的。便是方才上文所提到高踞于旧小说的王座的《水浒传》，读了也还不免觉得其中人物有偏于单纯之感，不像西洋小说中人物那么聪明而时愚蠢，正直而时自私，大方而时小气，而且vice versa。这如果不是因为作者的体验、观察和想象有高下深浅之分，便是中国人的民族性压根儿就是单纯，或者喜爱单纯。

不过徐庆还不能算《小五义》作者创造出来的人物，因为《七侠五义》里已有徐庆其人了，而且其个性便即如此，纵然《小五义》里写得更生动，更清楚些。《小五义》里的"小五义"，写得都不甚高明：白芸生有如能活动的纸扎人儿；韩天锦太傻；徐良不大方；卢珍失之"瘟"；艾虎失之"土"。其他更不在话下。然而有一个人却写得颇好玩——这好玩两字我顶不喜欢，无论是说话或作文都不爱用，然而于此我只好用这两个字，我想不出再好一些的词儿来了。我说的是第八十六回纪神行无影谷云飞的出现。白芸生失踪了，艾虎在小酒馆里，从一个醉鬼刘光华口中探听出芸生是被困在一个叫作云翠庵的尼姑庵里。他正想走出酒馆，却见一个人，衣服极其褴褛，相貌也极其猥琐，倒骑一匹黑驴进来了。

……瞧他这个下驴各别：倒骑着一扶驴，嘤的一声，就下来了。艾虎那么快的眼睛，直没瞧见他怎么下的驴。可也不拴着，他说话是南方的口音，说："唔呀，站住！"驴就四足牢扎。他就进了屋子要酒。过卖……拿过两壶酒来，问道："这驴不拴上么？要跑了呢？"回答说："唔呀，除非你安著心偷。"……见他把酒拿起，一口就是一壶。……喝了两壶，又要了两壶，就是吃了一块豆腐块儿。他叫过卖算账，……他又拦住说："我算出来了。……一共十八个钱，明天带来罢。"过卖说："今天怎么都是这个事呢？全是一个老钱没有，就敢喝酒。"这个骑驴的恼着说："教你记上，你不记上，驴丢了，赔我驴罢！"……过卖说："我明白你这个意思了。我们这酒钱不要了，管包你也不要驴了罢？"那人说："敢情那样好。要不我们两便了罢。"

这之间，艾虎过来解围说：

"酒钱我候了，这个驴怎么着呢？"那人说："我这个驴，不怕的，丢不了。我是出来骗点酒喝，那驴到人家有牲口的地方，槽头上骗点草吃就得了。"只见他一捏嘴，一声呼哨……那驴连蹿带蹦回来了。过卖说："难道你怎么排练来着。"就见他一抱拳，并不道个谢字，也并不问名姓，说了声"再见"，……已经上驴去，在驴上骑着呢。……这回这个驴可是骑正了。过卖成心耍笑他，说："你骑倒哩。"那人道："皆因我多贪了两壶酒，我醉了。……"艾虎见他又把双腿往上一起，在半悬空中打了一个旋风，仿佛是摔那个一字转环（换？）盆相似，好身法！好快当！就把身子转过去了，仍是倒骑着驴。那驴也真快。艾虎追下去，出了鱼鳞镇西口，路北有座庙，见那个骑驴的下了驴在门口那里自言自语的，瞧着山门上头说："这就是云翠庵。"艾虎心中一动："原来云翠庵就在这里。"见那人拉着驴往庙后去了，艾虎遂即瞧了瞧庙门，也就跟到后边来了。到了庙后，有一片小树林。过这一个小树林，正北是一个大苇塘。找那个人，可就踪迹不见了。艾虎……直到苇塘边上，……看见小驴蹄的印了。……离着苇子越近，地势越陷，驴蹄子印越看得真。……一件怪事，这个驴蹄子印就到苇塘边上，再往里找，一个印也没有了：往回去的印也没有了，往别处去的印也没有。

这个倒骑驴的便是神行无影谷云飞。在我十岁以前初次读《小五义》的时节，我就觉得写得好；尤妙在前部《小五义》中，谷云飞只在八十六、八十九及九十回中略一渲染，以后再也不提，我至今仍以为大似神龙之见首不见尾。此在他书或不足为奇，以评话小说的《小五义》而能有之，则不得不谓之为难能可贵。我在前面抄录第八十六回中记谷云飞出现的原文，虽然竭力剪裁，求其简短，仍然用去了两页原稿纸，而字数也还在一千以上，就因为我不能再多所割爱了。《三侠五义》或《大五义》，经过曲园老人的润色，而成为《七侠五义》，较之《小五义》当然雅驯得多。然而像写出谷云飞这么一个人的想象力，或即名之为创造力吧，在《七侠五义》中也没有，自然这也不能与莎翁或其他西洋名小说家的人物创造相比，但无论如何，不可不谓之为有创造力，因为他至少也创造出一个新鲜生动的神行无影来，而且作者所用的是多么朴素的活的语言啊！

我的"看小五义"至此已词意俱尽，大可搁笔。但我还要抄小说史略论《三侠五义》的话，借作《小五义》的总评。我之所以要如此作者，既不是要用鲁迅翁的金字招牌来壮小号的门面，也谈不到借他人之杯酒浇胸中之块垒，不过是三家村中村学究作八股的路子，觉得不这样收煞不住而已：

《三侠五义》为市井细民写心，乃似较有《水浒》馀韵，然亦仅其外貌，而非精神。时去明亡已久远，说书之地又为北京，其先又屡平内乱，游民辄以从军得功名，归耀其乡里，亦甚动野人歆羡，故凡侠义小说中之英雄，在民间每极粗豪，大有绿林结习，而终必为一大僚隶卒，供使令奔走以为宠荣，此盖非心悦诚服，乐为臣仆之时不办也。然当时于此等书，则以为"善人必获福报，恶人总有祸临，邪者定遭凶殃，正者终逢吉庇，报应分明，昭彰不爽，使读者有拍案称快之乐，无废书长叹之时。……"（《三侠五义》及《永庆升平》序）云。

——《中国小说史略》，页三五三至三五四。

三十七年七月二十一日写讫。

附记：

写完之后便去吃午饭，吃完之后便又去睡午觉，醒来又将此稿从头至尾细阅一过，发现尚有两点忘记提及。其一是《小五义》于一回之开端往往先说一段小故事，颇有古讲史评话之遗风，这是当时其他的"侠义小说及公案"之所未有。其二是一回之前多有一首诗或词，这《七侠五义》与《续小五义》也都没有。而这一首诗或词则又多是作书者所自作以咏一回中之事迹的，如第四十四回"假害怕哄信雷英，伏熏香捉拿彭启"之开端，诗曰："不知何处问原因，破阵须寻摆阵人；捉虎先来探虎穴，降龙且去觅龙津。五行消息深深秘，八卦机缄簇簇新。终属熏香为奥妙，拿他当作愚蠢身。"又如第一百二十四回"众豪杰坠落铜网阵，黑妖狐涉险冲霄楼"开端之西江月词的前半阕有云："弹指几朝几代，到头谁弱谁强？人间战斗迭兴亡，直似弈棋模样。"这诗与词当然说不到怎样高明，但也还不至于像《绿野仙踪》上面所说的"哥罐"。但作者有时也抄录前人之作，最妙的是居然有李义山的一首律诗（二月二日江上行）和一首绝句（人欲天从竟不疑）。二诗与小说的事迹毫不相干，不知何以竟被采用，列于一回之开端；但至少我们可以知道，《小五义》的作者或润色者是读过李义山诗的。

同日下午又记。

看《说岳全传》

——不登堂看书札记之二[1]

"雨之类只是下。"这是一位日本作家在他的小说里所写出的一句话。每逢霖雨不晴的天气,我总要念诵它一两遍。这半个月以来,北京市正在"雨之类只是下"了。屋里的方砖墁地早已有如泼过水;木器著地的部分,譬如说床脚和桌腿吧,就潮湿了一寸多了;一双旧鞋扔在床下,几日未穿,也长得通身白毛。"物犹如此,人何以堪?"何况我早已长着风湿病,于是腿脚腰臂也就终朝每日在酸疼。幸而学校里放了暑假,可以不用出门了。最近一位朋友从上海回来,向我背诵尹默师的两句诗,道是"无事不愁雨,有钱常买花"。我想假如应用到我身上,这两句须改为"无事也愁雨,有钱常买烟"才得。因为天一下雨,有事出门,在我固然是痛苦,没事在家,筋骨也仍然是酸疼。这"烟"自然指的是纸烟,但如依旧诗里

---

[1] 作于北京,刊于《华北日报·文学副刊》1948年7月31日。

借对的例子来说,"烟"同"雨"不正也是工对么?

筋骨酸疼是病,没有什么可骄傲的。在家无事,闷坐斗室,可也感到无聊么?酸疼急切无药可医,我看过不少的中医和西医,服过许多的中药和西药,此外还加之以烤电及日光浴,总也不能大好,好在不是死在眼前的病,且随他去。至于无聊之说却不能成立,因为为人为己,应该做的事,以畏难和偷懒之故,积压了许多而且许久了,有事不做,却向大家诉说无聊,真乃岂有此理!别的不说,即如应许下朋友的文章,就有一年半载交不了卷的。现下雨天无事,正好清理这一笔旧债。老实说,我写不登堂看书札记的动机,"如此只如此"而已。况且稿费到手,还可以买纸烟吸,一举两得,真如《西游记》孙大圣所云"既照顾了郎中,又医得眼好"了。那么,为什么先写看《小五义》的呢?

这个问题在前篇也曾提出,然而并没有具体的答复。现在可以如此说:在用了"引车卖浆"者之流的语言所写的,而且只供"引车卖浆"者之流所阅读的小说里面,《小五义》确是一部非凡的书。无论其结构是怎样的松懈,意境是怎样的不高,只看他全书一百二十四回之中,很少涉及妖异、神仙之处:就这一点,纵然燕北闲人摇头晃脑自以为他写《儿女英雄传》用的是龙门笔法,较之《小五义》的作者,已经不免相形见绌,何况等而下之的什么"公案"之流?不过第七十四回曾记朱起龙的鬼魂向邓知县诉冤,在一百二十四回中,此处真乃白璧微瑕:若说"大德不逾闲,小德出入可也",则不免太为《小五义》占地步,然而书中的这一段鬼话,乃用之于"生发",而不是用之于"补救"——即是所谓"戏不够,神仙凑",我们大可以抬手放过而不必吹毛求疵了。

《说岳全传》就不行了。

《说岳》一开头便是"我佛如来"和"陈抟老祖"纠缠了一个不清,于是大鹏是岳飞,女土蝠是秦桧的老婆王氏,而金兀术是赤须龙转世,万俟卨是一个王八精降生云。结果是冤冤相报,因果分明。我且不说作书的是如何的不高明。这是如何的缺乏创造性,这是如何的没有趣啊!这个趣字却不必一定解作意趣或兴趣,我的意思乃是生趣。塞万提斯所创造的吉诃德先生[1],有人以之与莎士比亚的哈姆雷特相比,说:后者是徘徊不前,而前者乃是勇猛精进;这两种人类的共同不变的模型,将与人类共垂永久。立论诚然不差,陈义却未免过高。我则以为塞万提斯的《吉诃德先生》一书,不光是吉诃德一人,所有作者所创造的任何人物,大大小小,男男女女,没有一个不是生趣盎然。只此,塞万提斯与此书已俱足以不朽了。我不解我国的旧小说家何以老利用报应、因果的公式而不感到厌烦;若说这样便可以证明国人之富于惰性,也就是不长进,没出息,虽亦不无理由,却也不免深文周内。但小说家在此种情形之下所创造出来的人物之恹恹无生气,是毫无疑义的。换句话说,即是凡侧重于因果报应的小说,书中的人物十分之九皆无甚可观。自然也有例外,譬如不周生(蒲松龄的笔名)的《醒世因缘》,其写悍妇与懦夫颇有绘声绘色之妙。不过例外终竟是例外,非所论于《说岳全传》。

　　《说岳》在旧日是归在演义之类的小说,勉强说,即是历史小说(historical story)吧。因为其中人物大半见于正史,其中事迹亦多少有点儿史的根据,不比《小五义》里的多数皆不见经传。《说岳》的后部一小半写岳雷扫北而结之以"虎骑龙背,笑死牛皋,气

---

[1] 今译堂吉诃德。

死兀术",自是胡说八道,即其前部的一大半,如以近代的历史小说的定义绳之,毫无是处。按历史小说的做法,纵使其人物事迹并不见于正史,而其人物的行动与思想及生活习惯等必须切合于这一部小说的时代。司格特的《撒格逊英雄略(Ivannoe)》及弗罗贝尔[1]的《萨郎波(Salammbo)》便是最显著的例。作这类小说,作者于下笔之前,必须先下过一番历史底考据的功夫,因此,所以也有人嘲笑之以为"教授小说"。中国的历史演义虽未必汗牛充栋,确也为数匪鲜;其中偏于臆造者多成为齐东野人之语,而守绳墨者亦不过贼德之乡愿。前者例如《隋唐》;后者例如《列国》。如果以近代历史小说的做法称量之,尽属不合。但演义多出于"讲史"与说书人之手,倒不可拿这种"义法"去批评他们。倘若真的一定那样做,则未免把演义之类看得过高……而且对着夏虫语冰,自己也失之于迂阔了。就此带住。

然而我还不能带住。

小说在今日是与诗歌和戏剧各列为文艺上的三鼎甲之一的了。其在旧日,将它认为是茶馀饭后的消遣品者,尚是高看他一步,道学先生还视之为坏人心术,甚至以为诲淫诲盗,而禁止其子弟之阅读。其实不拘好的或坏的,第一流的或未入流的小说,都自具有其严肃的历史性。有心的读者可以在书中发现作者有意或无意地所反映出来的时代精神。这时代精神则是比着中国一般人所公认为正史者还要严肃。我并非指的可以补正史之阙,可以匡正史之谬的野史和笔记之类,乃是说凡是小说,它所反映出来的时代精神皆即是史而已。如果这与正史有差别,即在于正史的历史性是纵的,而小

---

[1]今译福楼拜。

说的则是横的。而且小说的史底正确性较之正史亦有过之而无不及。例如《镜花缘》，其中事迹是假托发生于唐代武后之时，其人物除极少数几个之外，皆不见于正史，认真地讲起来，自然当不起"历史小说"这名称的。纵然有人说此书的作者李汝珍是尊重女权，提倡女子教育，也不过让一些小姐们去练习文章诗赋，去中举会进士；而且作者虽然在书中有一段反对女子缠足的宏论，然而他所创造出来的这一百位才女也依然不是"大脚板儿"——书中自有明文，此际亦不暇举例。这些小姐们之所以必须应举与缠足，不也就真确地严肃地反映出李汝珍的时代，即所谓历史性么？

再如《儿女英雄传》里的安公子，本是汉军旗世家，文康不使其中状元放八府巡按，自然是文家避熟的手法，然而毕竟也点了探花，放了学台，兼了观风整俗使了，这不但是五十步笑百步，而且是换汤不换药。又这位安少老爷虽然是旗下，娶的两位夫人却是汉人，真乃一之为甚，岂可再乎？作者也是在旗的，却于书中大书一笔曰："两个人的脚合起来，营造尺还不够一尺有零。"又自释之曰："上古原不缠足。自中古以后，也就相沿既久了，一时改了，转不及本来面目好看。"铁山先生自负通文，我也不敢以《儿女英雄传》和引车卖浆者之流的评话家与说书人的小说相比。不过于此我想要和他起个哄：好看与否不提；什么叫作"本来面目"呀？裹得了脚板丫子叫作"本来""面目"么？这点探花与娶两位小脚太太不也正反映出《儿女英雄传》的作者之时代——即历史性来了么？

我再跑一辔野马。我在当年学文的时候（说也好笑，仿佛我现在并不学文似的；我只是说近来外务颇多，不能专心学文了），弗兰士[1]（Anatole France）的Thais曾与我以极深刻的印象，而且

---

[1] 今译阿纳托尔·法朗士。下同。

这印象至今仍未磨灭。原因即在其行文之佳妙，作者除了保持法国文人的明净的美德之外，尽有许多诗底描写，于此也来不及细谈。最使我佩服的是全书有十分之九写古代修道士之言谈、行动和思想，写得有来历，有根据，而又生动，又深刻，读之使人发思古之幽情，然而作者却又并非要写一部宗教的历史小说，如显克维支[1]（Sienkiewicz）的《你往何处去？》（Quo vadis？）似的，虽然使初读者于未读完时不免做如是想；待到全书将完，也就是所谓"图穷而匕首现"吧，突然表明主旨，遂使通篇变色：我时常想，甚么时候，我也能写出这样的一部书呢？这真是题外的文章，赶快带住。如今且说弗兰士的《苔依斯》既不是历史小说，却并非没有历史性：从艰苦的清修一变而为灵肉的斗争，这也就表示作者是现代的人，有着现代的思想，这不正自有其历史性么？倘若异中取同，这岂不正如李汝珍和文康无论如何有思想，脑子里总不免是取科甲、裹小脚么？自然，弗兰士与李汝珍、文康不同：因为前者是有意的抒写，而后二人则是无心的流露。但毕竟可得一个结论：历史小说的历史性，小说的事迹代表之，非历史小说，也可以说凡是小说的历史性，则有关于作者的个人。

野马跑得太远了，现在决意带住来说说《说岳全传》了。演义的《说岳全传》诚然无当于现代所谓之历史小说。但亦自不无其历史性的，教忠教孝，福善祸淫，前世来生，报应不爽，在过去的君主专制政体之下，这岂不又是百分之九十以上的人们的共同思想么？不是历史，又是什么？我再补充几句话，也就是说自己为自己

---

[1]今译显克微支。

加一番注释：我之所谓小说中的历史性，即是说我们在读小说时，可以看出书中的人物或作者在某一个时代有着怎样的思想——内在的行动，怎样的行动——外在的思想，不拘那小说写得是好是坏。无论那作品如何不成东西，倘若用了读史的精神去看它，也还是有一读的价值的。旧日的将小说看作了茶馀饭后之品乃是读者自身的堕落，而认为坏人心术及诲淫诲盗者乃是神经不健全。所以为了学文，自然要选择第一流的作品去读；倘使为了研究学术，便是坏到不成东西的小说也要细细地翻阅。据我自己的经验，则前者乐而后者苦，而这苦乃不亚如古代圣王神农氏之尝百草。至于二者之严肃性则又一个半斤，一个八两，不容有轩轾于其间的。

严肃，严肃，我这"不登堂札记"写着写着，虽不见得即"成为非常的气势"，也未免于"像煞有介事"，势须改弦更张了。且说《说岳》一书，即在我就枕阅读的小说里面，也仍然算作不行的之类，甚至看了不能入睡。最大的原因则在于作者创造出来的人物，几乎无一可取。所有的武将们只将武器乱耍一阵，饶他们力敌万人，有什么看头儿。而岳爷虽是书中的主脑人物，也并没有一点生气。作者的想象力真乃贫乏得可怜。牛皋总该生动些了吧，然而不必以之去比《水浒传》里的李二哥，便是《小五义》里的徐三爷也较之牛将军奕奕有神。到了下半部里牛皋的儿子牛通简直是个野猫，不可以人齿。更可气——我不说可笑，因为我实在不能笑的是六十七回"赵王府莽汉闹新房"是抄的《水浒传》里的"花和尚大闹桃花村"，第六十八回"绑牛通智取尽南关"则又抄"花和尚单打二龙山"，而抄得又是那样蹩脚。作者也许觉得这只小牛的性情有与鲁大师相同的地方，或者要把牛通写成了鲁智深，姑且俱不必管，只是如此的抄法，简直是金人瑞氏批评《续西厢记》的话"咬人矢橛，不是好狗"了。不行，不行，第三个不行！我不爱看《说岳》，只有别的书，如大小五义之类，翻来覆去地看得遍数太多了的时候，才饥不择食似的拿它来救救急。

抛开了人物创造不说，倘若再善善从长，书中有一段文字颇可取，但说也奇怪，这段文字却又并非说"岳"。那是写韩世忠的夫人梁红玉的擂鼓战金山：

> 那兀术到了三更，……驾着五百号战船，望焦山大营进发。……梁夫人早已准备炮架弓弩，远者炮打，近者箭射……不许呐喊。……兀术在后边船上……忽听一声炮响，箭如雨发，又有轰天大炮打来。……慌忙下令转船，从斜刺里往北而来。怎禁得梁夫人在高桅之上，看得分明，即将战鼓敲起……号旗上挂起灯球：兀术向北，也向北；兀术向南，也向南。韩元帅……率领游兵照着号旗截杀。看看天色已明，韩尚德从东杀上，韩彦直从西杀来，三面夹攻，兀术那里招架得住？……这一阵只杀得兀术上天无路，入地无门，只得败回黄天荡去了。那梁夫人在桅顶上……把那战鼓敲得不绝声的响；险些儿使坏了细腰玉软风流臂，喜透了香汗春融窈窕心！至今《宋史》上一笔写着："韩世忠大败兀术于金山，妻梁氏自击桴鼓。"

《说岳全传》全书八十回，只此一段尚有可观。也许有人以为无甚"了得"，便是自己也不能说这段文字的意境是如何的高明。但是我也如同鹤见祐辅似的将书分为"读的文章与听的文字"的。鹤见氏的主旨是在讲文章家与雄辩家之不同，他不是说"诉于耳的人，易为音律所拘；诉于目者，又易偏于思想"云云（《思想·山水·人物》，见《鲁迅全集》第十三册），今亦不暇细论。不过讲史、评话和说书正是诉于耳的东西，勉强地说来，就算它是听的文字吧。因为是"诉于耳"的，是"听的"，所以讲史、评话和说书的文字必须做到讲者易于上口，听者觉得悦耳。又为了要达到此目的，所以其文字最好能利用素朴的，生动的，活的语言。其次，便是要字句整饬，音节和谐，假如夸大地说来，要做到类似乎所谓散文诗的地步。那么，前面所抄的一段摇鼓战金山，怕也是说书的文字之正宗，正未可知哩。

但是全书里就只此一段，再也没有了，难道《说岳全传》的作者误打误撞地写了出来的吗？鲁迅先生的《中国小说史略》上说：

有《宋武穆王演义》，熊大本编，有《岳王传演义》，金应鳌编，又有《精忠全传》，邹元标编，皆记宋岳飞功绩及冤狱；后有《说岳全传》，则就其事而演之。

前三书，我都不曾见过，作者之中，我只知道邹元标是明代人，熊大本和金应鳌大概也是，好在不是作考据文字，现在也都不去查考了。至于《说岳全传》的作者，便是鲁迅翁也并未举出，浅学如我，当然更无从说起；但《说岳》之出于前三书之后，却是毫无可疑。那么，《说岳》的作者曾抄过《水浒传》，则摇鼓战金山的一段，焉知不是抄自前三书中的或一部。倘真个如此，则《说岳全传》的作者，除了前文所说的于无意中流露出历史性以外，任么也不曾写出，依着我这国文教员评阅国文卷子的办法，于是，就预备给他鸡子吃。

三十七年七月二十九日写讫。

说"红"答玉言问（未完稿）[1]

玉言来书问山翁："何以素于《红楼》不着一字？"非玉言不能设此问；而且玉言若无此一问，乃真大怪事耳。山翁于十六岁起读是书之后，每过些时必理一遍，廿六岁时得病，病象一如近三年来所患者（但较轻而已），遂屏此书不观以迄今日，忽忽便已卅载。曹雪芹古之伤心人也，其书皆伤心之语。山翁生性感情太重，感觉过敏，感想忒多，秉此三感以读伤心人底伤心语，不病尚且禁当不得，况有病耶？废之既久，去日以疏，淡焉若忘，后来说话作文，并非有意规避，亦遂拈提不起，虽异理有固然，亦成势所必至矣。

又问山翁岂一向不喜《红楼》耶？是则颇难下语。山翁行年已是望六，衰疾侵寻，又受新潮影响，不复能如盛气少年率尔而对，以一二字了之曰"喜"，或曰"不喜"。必强山翁如此置对，则山翁

---

[1] 1952年岁末作于北京，见十卷本《顾随全集》卷三。

于曹氏之作，非喜，亦非不喜，亦非非不喜。此非学佛言，故作狡狯，向下文长，山翁莽说，玉言细看。惟卅年不理旧业，原文强半遗忘。"系说"[1]当前，尚未卒业，不拟翻书以求详备。凡所拈举，如有空脱，玉言补之，如有讹谬，玉言政之，又所下断语，只凭旧来印象。假如重读曹书一过，必有变异，或更生新解。惟甲骨、金文、许书、汉碑、六朝唐人碑帖及写经，已是看得眼花缭乱，不能再为曹家陈账捻算珠，作总结。所言如有可采，玉言将来幸为衍作长说。但此亦大细事。所以者何？胜业至多故。

博士署券，虽然已至驴字，尚犹未见驴毛，以下单刀直入。

右缘起分[2]

曹雪芹等于贾宝玉，或直说贾宝玉即是曹雪芹，此一假设，凡治红学者皆已立竟，玉言必不例外。若然，则曹氏忒杀自尊心重。试看其嫡系亲属，皆是好底。如祖母，即贾府的老太太，好，全福全寿，奉承她一句"有德"吧。父亲，好，贾政，政者，正也，虽然迂直，时似严酷不近人情，而在旧社会中人物榜上，不考上中，亦考中上。母亲王夫人，好，虽然无大材干，而忠厚老实，承上启下，足当一气。大哥贾珠，好，颜渊短命，不幸死矣，死掉的是好孩子，跑掉的是大鱼，好上加好。顺笔联带大嫂子李纨，好，节操冰霜，旧道德上没说的，蛮好，才能也有，见解也有，说见下文。胞侄兰哥儿，好，所以早早地中了举。再看大姊姊元春，好底，阿Q先生的论调，不好能选进宫里去做娘娘乎？三妹妹，好底，这是《红楼》中贾府上一位出类拔萃的典型人物。说详下文。只有环三

---

[1] "系说"即书法专著《章草系说》，全稿已佚。
[2] 分，节之意也。

爷不是东西，人头儿太次，则以不是一母所生的，曹氏亦就手下不留情，照妖镜里直将他的丑态现出。问：于三妹何以不尔？曰：三妹是女性。而曹氏于姊妹面上，又无所不用其情也。但书记探春刻薄赵姨娘一段文字，有曰："我舅舅现做着九门提督"云云。曹氏之意若曰：此君已不自认为是姨娘底女儿了也，于是也就认为"自己屋里人"。

试看那"屋"里，鲁迅大师之言："就大差其远了。"头一个，大伯父贾赦，先就使人摇头。不行，不行，第三个不行。赦者，不赦也。别的不说，只老不歇心，物色姨太太直到老太太屋里的鸳鸯，虽然具眼，其奈失体。依旧家法、旧礼法言之，俱是一场话靶。结果是老太太大大地发作了一顿，传旨申斥，完事大吉。大伯母邢夫人，老祖宗下过考语："也忒贤惠了。""贤惠"而曰"忒"，其罪高在"不"以上。再看琏二哥，有其父必有其子，如谓大老爷为老纨绔，二少便是小纨绔。纨绔者，一曰食，二曰色，三曰花了钱作阔，此外，则百无所能，一无所知者也。至于琏二嫂子王熙凤，阿也也！有人说过：治世之能臣，乱世之奸雄也。西府局面，就多亏她一手擎天，独力支拄了许多年。然而贪污浪费，加之以官僚主义，不作全盘计画，不走群众路线，独断独行，自专自是，结果是家亡而身亦随之。山翁不向她作人体攻击，揭发其私德上之劣点，只说此君乃《红楼》中贾府上的轴心人物，与三姑娘同其才干，而自己既无觉悟，又复环境包围，不能振拔。只因为她是嫂子，雪芹就心狠手辣地写出一篇"酷吏列传"来。（玉言看：确不确？）倘在姊妹群中，史笔其或稍曲也乎？在这屋里的一个系统之下，迎春不好住得，于是贾宝玉，不，曹雪芹就将他的二姊姊安放在大观园里。看他于姊妹分上，用情一何其肫挚，用心一何其周到耶！

回头再看东府里，三个"不行"也还不行，一者，黑暗，无充分阳光故；二者，腐烂，尽恶浊空气故。譬说之，即梅毒麻风，两菌四布，繁殖蔓延，横为传染，纵为遗传，跟脚就来了瘟溃、疾病，乃至于死亡，终竟是灭绝。曹雪芹又用了照妖镜，其实亦今之所谓显微镜，将东府里的人、事、物的原形加一倍录出，于是就写出了一本贾氏东府末期纪，扩言之，则是一部旧封建社会的崩溃灭亡史。这是一种空前的著作，马记、班书，史家所重。曹作较之，文笔容有未抵，若其取材、用意、结构、布置，班、马所未有也。如今先说贾敬。这位老爷子早年不知受了什么刺激，放着世袭不干，一心修道，不入城市。敬者，敬鬼神而不远也。结果是丹成升天，鹤驾不返。此公不与人事，本可置之"黑"籍（注：清代凡人未死而报死亡者，谓之黑人。），不必苛求，但其子孙之败坏到恁般田地，未审他知也不知。不知不理，则是昏聩；知而不理，则是糊涂；坐视不救，在友朋且不可，况在家庭，身为家长？自命清高，实则"溷低"也。珍大爷与蓉哥儿爷儿两个则是西府大老爷与琏二爷爷儿两个的印版文字。所以者何？均为大小纨绔故。只为血统稍远，曹氏遂更无悲慈地放大了写成那么个德行。事具本书，兹不举例。若夫尤氏与秦可卿，山翁不知雪芹有种何伤心，又不知抱何种隐痛，遂将渠婆媳娘儿两个写得如彼其不堪。如众周知，事亦俱见本书。倘有人问：何以将可卿写得恁地婉变动人？答曰：如应用弗洛伊德学说，则是宝二爷即雪老的某一种心理在作用着，是不是，请大众公决，此山翁无说。若夫在此氛围圈中，惜春定自住不得。于是乎雪老就援前二姊姊例，如法泡治：四妹妹着在大观园中安置，但毕竟不是了局，不了了之：出家。

　　右人物分，节之壹，荣宁二府

金钗十二名园里，尽是怡红姊妹行。惟有宫裁为大嫂，拟教松竹领群芳。李宫裁也被安置在大观园中，遮是不调和底，所以者何？以馀诸女性尽童贞故。此一事件之设施，其意旨与其说出于老太太、太太，毋宁谓其出于宝二爷。然亦俱非是，此当说出于曹雪芹，以作者太阿在手，政教全施故。又凡时无古今、地无中外，一切作者对于其所著作，俱须无条件地负完全责任，而小说家对于其所作说部之负全责，其严肃殆不下于诗家之于其诗、哲学家之于其论文、史家之于其史，或更过之，此不特以说部之流传久远更过于诗与论文与史故，亦以小说家笔下之擒纵生杀活更甚于诗人哲人史家故，即过于自由须严加自制故。此义止此。如今且说宫裁住园意旨毕竟如何，此盖作者若曰：大观园者，二府中之清净道场也。诸姊妹如今现在不必说，将来婚后一切从学大嫂子，不得如琏二嫂子、珍大嫂子及其他之行为不检放意自恣云尔。若再深文周内，瓜蔓牵连，则山翁将更别有说在。试取宝二爷即作者之潜意识解剖分析化验之后，复置之显微镜下放大而谛视之，便成为书中之所谓意淫。是故二爷之言曰：未出嫁的女子是明珠，出了嫁的则是鱼眼睛。但此尚不得谓之赃证俱全。二爷与作者亦决不肯认账也。然则二爷又说愿意姊妹辈永不出嫁，且守他一辈子，而且一闻姊妹中有出阁者，便即大哭，抑又何也？女子生而愿为之有家，二爷身非父母，当不负此责，那么女大当嫁一句老话，二爷亦复不知耶？断曰"意淫"，定不冤屈此公，当即"判决如主文"。如其不然，以俟君子。

若夫李宫裁氏则又何若人耶？曰：宫裁盖深有会夫蒙叟氏之哲学者也。叟之言曰："曳尾涂中。"又曰："自处在乎材不材间。"大嫂尚未到曳尾涂的场面中，若自处乎材不材间，固己唱得满宫满调矣。大嫂之在贾府，即饱经世故、参透人情底老祖宗，亦只念其寡妇失业地，将月钱定得与婆婆、太婆婆齐肩而已。余则更无褒贬，一似别无了解；遑论他人？然曹书（山翁于此非翻书不可，翻开一看，则是第五十五回）纪王熙凤因病请假，由李氏代理家务。下乃作者大书曰："李纨本是个尚德不尚才的。"山翁疏曰：有尚有不尚耳，非有德而无才也。她深知道不过是个残局，犯不着使大力气，作大施为。于是乃成立了三人小组：三人者，一贾探春，一薛宝钗，又其一，则仍大嫂子也。案旧社会旧家庭中未出阁的姑娘其身份之高贵，较之当家的少奶奶高出倍蓰不止。书载众媳妇之言曰："主人是娇客，若认真惹恼了，死无葬身之地。"又平儿之言曰"她撒个娇，太太也得让她一二分"是也。而三姑娘不独具有见识，有才干；又自有其一腔悲愤，满腹怨毒。悲愤怨毒者何？自己非太太亲生，一。赵姨娘"必要过两三个月，寻出由头来，彻底来翻腾一阵"，说姑娘是她养的，二。同时是一个母腹，偏又"爬出"个环三爷来，三也。益思乘此机会办出成绩以见重于老太太、太太，且使太太非但认为此人乃如自己亲生，而非赵姨娘所养的。则其言论设施之风雨骤至，雷霆齐发，自意中事矣。至如薛大姑娘，虽是亲戚，而别有用心，欲使其姨母知其有干才能治家，乃在林家黛玉之上，故于三姑娘亦极尽其唱帮腔打边鼓之能事。大嫂子此际不多一言，不多一事，进旅退旅，伴食中书，其真无才也耶？然吾观其在探春处理园中花木之后，乃曰：使之以权，动之以利，再无不尽职的。论断如此，谁谓大奶奶不通家政哉！又平时话笑之谈言微中，书中屡屡及之，兹不尽述。即如熙凤生日醉打平儿之厥后，他日，大嫂子乃抓个碴儿，大大地挖苦了熙凤一顿，字字中肯，而结之曰给平儿拾鞋还不要,又曰换个过儿才好。直骂得熙凤一佛出世,二佛涅槃,又不便无言下场,只得苦笑着谓平儿曰"我不知道你有撑腰子的",至请平儿担待其酒后无德。此则大嫂子痛棒毒喝之下,凤辣子的天良发现。贾府中除大嫂子外,他人固无此识力胆力向辣子作如是说,亦复岂有此粲花妙舌,向辣子做如是说耶!定知世人于大嫂子,动辄谓其忠厚老实,只是皮相之论也。

然而大嫂子是旧礼教下、旧道德中所谓"未亡人"。未亡者,应身死而未气绝之义,则其于家事之是非成败,一向抱着不问不闻的态度,即冷淡消极达到某一种程度,无怪其然。况复深知自家之无膀臂,无党羽,而贾府之一切又积重而难返者乎?独怪夫旧社会中所谓士君子者流,出世为人亦每每自处于材不材间也。彼盖深知人不可以无才,无才,则众将轻之,甚至呼尔蹴尔。此则有自尊心之士君子之所不承也。彼又知人不可以露才,露才,则众将嫉之,甚至借端陷害,坠井且下石焉。此则有自爱心之士君子之所不受也。若夫排众议,挽颓风,未为福始,已为祸先。任重而道远,我寡而彼众,稍一疏忽,颠覆随之。是又有自私心之士君子之所不为也。故其处世,亦浮亦沉,亦进亦退,若有取,若非有取;若有与,若非有与,使夫异己者不以为敌,同道者且以为师。若是者,亦当谥之曰"未亡人"。所以者何?以其意态逼肖大嫂子故。彼亦岂知虽苟安于一时,实贻害于来日。吾读杂书,见载颜黄门之子,至为流贼朱粲调和五味而熟食之。因果报应,于此乃历史底,科学底;而非迷信底,命定底也。纵论及此,尚未畅意,文体所限,亦宜搁笔稍休也矣。

右人物分,节之贰:大观园上

三春姊妹以与宝玉血统远近为次第,析说如下文:

探春自号秋爽居士,人则诨名之曰玫瑰。秋爽之秋,乃北国之秋,天朗气清,日则杲杲,月则明明;若夫篱边山下,露晞雨过,黄华初绽,红叶方新,又复雨露所濡,甘苦齐实,岁事大有,四野黄云;至其气象之朗畅,秋光可贵,乃在春光明媚之上矣。秋爽取义,其在兹乎?玫瑰者,有色、有香、有味;可观、可嗅、可食。或嫌有刺;无刺,还成其为玫瑰么?居士谈风月则未必雅逊钗黛,诗社成立以前致二哥一书,可以证知。量米盐实则俗过凤姐,曹书五十五回所记,可以证知。如此乃成为秋爽之真雅。有嫌其对赵姨娘太无母子情,待环三太无手足情,忒杀刻薄。山翁即不然。赵姨奶奶如彼其臭恶,环老三如彼其下流,实在教人难于以亲娘、亲兄弟对待也。山翁只嫌她自尊心太重。若说自尊心,人亦原自少它不得。有此一心,方不至于自暴自弃,走到下坡路去。但如漫无约束,任其发展,势将成为个人底英雄主义;脱离了大众,扩大了自我,环境不利,覆亡而已;机缘凑巧,或竟成为暴君,其毒害可胜言哉!试看探春教训(我不说刻薄)了她的生母一番之后,乃云:"我但凡是个男人,可以出得去,我必早走了,立一番事业。那时,自有一番道理。"这是她的悲哀,也就是旧社会中一切有志的妇女共同的悲哀也。她说"事业",对的。至云"道理",又不知是何等道理。书无明文,不可强下注脚。不过山翁杞忧,深恐她一意孤行,乃成独裁耳。其馀意已略见上节,兹不申说。惟探春终亦远嫁,不知"夫婿殊"到何等田地。倘是豪杰之士,则两个人厮抬厮敬,通力合作,自然前途不可限量;倘若不然,则妇唱夫随,乃至竟不能随,必然悲哀痛苦,疽成附骨。如再倒行逆施,凤辣子在前,殷鉴正复不远。不是山翁替古人担忧,其实旧社会婚姻制度,暗中摸索，难得恰恰凑巧，五雀六燕，半斤八两也。不过作者于姊妹分上用心周到，三姑娘的爱人仿佛应该是个好底，阿弥陀佛！

迎春自号菱洲，菱大类萍，浮生水上，但根有托耳。人则诨名之曰木头，木头者，人无奈它何，它亦无奈它自己何也。此君与三姑娘同为庶出，而上不得于嫡母，下受制于婢媪，恰又是三姑娘的一个反面。然而毕竟不是真的木头，倘若是真的则无知觉、无感性、无思想，虽不能适其所适，亦颇可安其所安。此可断说二姑娘之木头，乃是一块有知觉、有感性、有思想的木头，彼既自知其不能适其所适，而又必须安其所安，于是乎命定底因果报应，于是乎《太上感应篇》之类的吗啡、鸦片乃成为精神上、心灵上的止痛药剂，而且家常饭也已。孙绍祖之蹂躏女性，不下于秦嬴政之焚书坑儒。以迎春之火腿面包而投之饿狼，结果如何，不必智者而后知。自种其因，自食其果，"不死何俟"。易地以处，使三姑娘或者凤辣子而为迎春，其必有以处此中山狼也乎。以呆霸王之"雄"风，而结婚之后，"一月之中，二人气概都还相平；至两月之后，便觉薛蟠的气概渐次地低矮下去了"。夫"举止形容，也不怪厉；一般是鲜花嫩柳，与众姊妹不差上下"，彼夏金桂翳何人也哉？！数千年来之重男轻女，累积重叠，上千上万底妇女活着死不得，死了活不成，二木头特其九牛之一毛耳。怜悯之不暇，而又奚责焉耳。然而此非男子之福也。夫为妻纲，摧残致伤，子孙不强，种族灭亡。凡是一个家庭，凡是一个国家，及至于男子压迫女子的时候，即是说男女不得平等的时候，男子不把女子当作一个"人"看待的时候，则其颠覆之为期也不远矣。阿弥陀佛，"已有的事"，决不能"再有"；"已行的事"，决不能"再行"：而今而后，孙绍祖其人必绝迹，贾迎春此剧不再演，而山翁之上文乃成为废话了也。我再念一声阿弥陀佛！

鲁迅小说中之诗的描写[1]

（纪念鲁迅先生）

我在好久以前，就有意写一篇东西，述说鲁迅先生作品的文章美。关于他的思想，已经有人说明过，介绍过，甚至于批评过了。独有他的文字，大家好像不曾注意过似的。现在有许多新作家，对于使用文字的技术太不经心。鲁迅是一个例外，他的文章烹练得很精醇；每逢读他的作品，常常使我想起陆士衡《文赋》上的两句话："考殿最于锱铢，定去留于毫芒。"这自然是他的谨严的性格之表现，但另一方面，也许是他于旧文学，特别是汉魏六朝的散文，有着甚深的研究的原故，然而在这一方面，鲁迅丝毫并不曾觉得骄傲或自以为光荣，反之，他自觉是遗憾的意思，倒是有的；所以他总喜欢青年人去写并无传统习气的朴素文章。不过在他的作品中，文章美实是一种特色，值得研究。也就是我想写这一篇东西的动机。

---

[1] 1936年10月作于北京，刊于《中法大学月刊》1936年第十卷第一期，署名苦水。

可是自己的文笔根本就不成,而且时时有珠玉在前之感,这也就是我想写而始终没有动手的原故。现在开始写了,纵使写出来,不成其为一篇东西,我也要写下去,为了纪念他。为了我对他的敬意。又以自己始终胆怯,所以把范围缩小了,成了这么一个题目。

我并不认识鲁迅,虽然在北大上学时曾遇见过他,也并没有谈过话。在言语间,先生是怎样的呢,我不知道。在作品中,先生是时时流露着伤感的诗人的调子的;自第一部小说《呐喊》数下去,以至于杂感集的《而已集》,无论他是怎样避免不使自家触犯,或掩饰着不使别人觉出。自从在上海定居之后,可是去掉了。是性质的变化呢?还是思想的转变呢?我不能断定;想都有一点吧。但《三闲》《二心》两集刚刚出版,我正买来读着的时候,有一位友人写给我鲁迅先生那时的近作一首七律。在这首诗里,愤怒同憎在充满着,也并不足为奇。奇的是末尾一联:"吟罢低眉无写处,月华如水照缁衣。"那时我还向那位友人说笑话:"单是月华七字,倘不是已先知是先生的作品,我一定认作一位禅师或居士作的。"

总之,中国现代这位大作家,是有着诗人的性格的。他的作品太多,我没有力量去一一分析,现在先从他的小说说起。《呐喊》和《彷徨》是先生的两部小说集,(在这里,我把《故事新编》也除外了。)《呐喊》集中有着一篇《阿Q正传》,这是先生的精深的人生哲学的结集,说是一篇有世界价值,伟大的文章,也是没有愧色的。然而此外以文学的技术而论,《呐喊》不及《彷徨》。便是《阿Q正传》,也并非在结构上毫无遗憾的小说,即其第一章序之不必要,末章写阿Q结局之慌促,便可概见。所以我写这篇东西,取材多侧重于《彷徨》。

许是先生在北方住得很久的原故吧,写雪写得精细入微;这是我的臆测，我总以为在南方，先生的故乡，雪是很少。《彷徨》中的《祝福》，要算是先生的阴黯的故事之一，一开端便布上一个雪天的景。

> 雪花落在积得厚厚的雪褥上面，听去似乎瑟瑟有声，使人更加感得沉寂。(《彷徨》，页10[1])

但最美的一段写再雪的文字，是《在酒楼上》的：

> 楼上"空空如也"，任我拣得最好的坐位；可以眺望楼下的废园。这园大概是不属于酒家的，我先前也曾眺望过许多回，有时也在雪天里。但现在从惯于北方的眼睛看来，却很值得惊异了：几株老梅竟斗雪开着满树的繁花，仿佛毫不以冬天为意；倒塌的亭子边还有一株山茶树，从暗绿的密叶里显出几朵红花来，赫赫的在雪中明得如火，愤怒而且傲慢。……我这时又忽地想到这里积雪的滋润，着物不去，晶莹有光，不比朔雪的粉一般干，大风一吹，便飞得满空如烟雾。(《彷徨》，页34，35）

在这一段里，我们可以看出作者的字法是受了旧文学的影响的。譬如老梅则说是斗雪，山茶的红花则说是赫赫，使读者眼前立刻闪出两种花开着的姿态来，然而斗雪和赫赫，都不是白话里的字。而且花在雪中开着的这姿态，是作者的性格的表现吧，不管是

---

[1] 此页码乃是当年所据《呐喊》《彷徨》之版本。下同。

有意的象征，或无意的流露。

　　在鲁迅未转变之前，有人说他灰色。这一点，我不想为他辩护，虽然也并不承认。即便是灰色又有什么要紧呢？这正如法国恶魔派鲍得来尔[1]的作品，善读者在那里也可以得到一种力量。鲁迅并非将"黄金时代"预约给我们一位作家。但他使我们敢于正眼去注视黑暗，又很正确地指示给我们什么是黑暗。在《呐喊》的序上，他告诉我们他"年青时候也曾经做过许多梦"，但在他开始写小说时，他"再没有青年时候的慷慨激昂的意思了"。他的小说常常使我联想到俄国时代的契诃夫与安特列夫。前一位是伤感，而后一位则是阴黯。但他比着契诃夫较为辛辣，而阴黯则较逊于安特列夫。前面所举《在酒楼上》的一段，便是例证。《伤逝》要算是最阴黯的一篇小说了吧。那内容不仅是寻常的伤感和悲哀，而是最黑暗最空虚的幻灭。然而鲁迅先生就在写那一篇时，也并不曾弃掉了诗的描写。这与其说是作者的习气，不如说是作者文章之特色更为切合一些。现在试举看：

　　……在久待的焦躁中，一听到皮鞋的高底尖触着砖路的清响，是怎么地使我骤然生动起来呵！于是就看见带着笑涡的苍白的圆脸，苍白的瘦的臂膊，布的有条纹的衫子，玄色的裙。她又带了窗外的半枯的槐树的新叶来，使我看见，还有挂在铁似的老干上的一房一房的紫白的藤花。（《彷徨》，页178）

　　这"挂在铁似的老干上的一房一房的紫白的藤花"，是鲜明地表

---

[1] 今译波德莱尔。

现出北国的春天来,写实地或譬喻地。我真想不到鲁迅先生在这样的一个阴黯故事里,竟会还有如此浓郁的诗的句子。先生曾翻译过阿尔志跋绥夫的《工人绥惠略夫》。在书的末尾,绥惠略夫是被警探尾追到戏园里去了,他于窘迫愤怒之余,忽而用勃朗宁手枪向享乐的观众射击了。这是如何地粗犷到惊心动魄的事情,但阿尔志跋绥夫于写受伤的观众被抬出去时,却有着这样的话:"一个明蓝打扮的女人,伊的白蜡似的脸垂在胸前,支着肩膀,扶出去了;在伊蓬乱的红金色鬈子的卷曲中间,挂着一朵折了茎的雪白的百合。"老实说,我是每逢读鲁迅的那一段,便想到阿尔志跋绥夫的这一段的。不过这只是修辞的技术的偶似;在意义上,两者却不能相提并论。"折了的百合花"不过是文人的颓废的描写;至于那"紫白色的藤花"呢,我总以为鲁迅是有着象征的意义。

我常想称鲁迅为一个小说家,不如称他为一个诗人更切合。这或者是我的误解。但他习惯于寂寞;而这寂寞则是一般抒情诗人创作的源泉。先生在《呐喊》的序里,曾说:"我感到未尝经验的无聊,是自此以后的事。我当初是不知其所以然的;后来想,凡有一人的主张,得了赞和,是促其前进的,得了反对,是促其奋斗的,独有叫喊于生人中,而生人并无反应,既非赞同,也无反对,如置身毫无边际的荒原,无可措手的了,这是怎样的悲哀呵,我于是以我所感到者为寂寞。"又说:"这寂寞又一天一天的长大起来,如大毒蛇,缠住了我的灵魂了。"从这一点看来,先生该怎么地痛恨寂寞,而又体验到寂寞,习惯于寂寞呵。就为了这原故吧,他之写寂静,异样的神化。不用说《孤独者》和《伤逝》,《高老夫子》是一篇讽刺的小说,但在篇末,就有如此的一段诗的描写。

这屋子的左边早放好一顶斜摆的方桌,黄三一面招呼客人,一面和一个小鸦头布置着座位和筹马。不多久,每一个桌角上都点起一枝细瘦的洋烛来。他们四人便入座了。
　　万籁无声。只有打出来的骨牌拍在紫檀桌面上的声音,在初夜的寂寞中清彻地作响。

我们的作家是痛恨着这四个打牌的人的。但他忘了,竟把他们打牌这事情,写得如此诗化了。还有《肥皂》的主人翁,四铭,被他的妻子看穿了那道学面具下的兽欲,这是多么尖锐的讽刺。但是鲁迅又忍不住了,竟写下了一段散文诗。

　　他(四铭)觉得存身不住,便熄了烛,踱出院子去。他来回的踱,一不小心,母鸡和小鸡又唧唧足足的叫了起来,他立即放轻脚步,并且走远些。经过许多时,堂屋里的灯移到别卧室里去了。他看见一地月光,仿佛满铺了无缝的白纱,玉盘似的月亮现在白云间,看不出一点缺。
　　他很有些悲伤,似乎也像孝女一样,成了"无告之民",孤苦零丁了。他这一夜睡得非常晚。(《彷徨》,页86)

又如《示众》一篇,作者为醉生梦死的民众画了一幅"无聊行乐图"。作者胸中对于这些民众的憎恶,诅咒,悲悯,怜惜,都一一地表露出来。如不以量论而以质,则这短篇的意义之深刻,实在不下于《阿Q正传》。但鲁迅先生不知不觉地将烈日下北国的沙漠似的都市的大街,在这故事一开端,便写成诗了。

> ……远处隐隐有两个铜盏相击的声音，使人忆起酸梅汤，依稀感到凉意，可是那懒懒的单调的金属音的间作，却使那寂寞更其深远了。

于此可见鲁迅不独于清夜，月下，幽室中，闲庭中，能将寂静加以诗的描写，便是大街上，那寂寞也依样地诗化了。这于那小说的讽刺或憎恨的调子和故事的进展上，是不是有妨害呢？这问题，在此刻我还不想去讨论。

但是鲁迅先生无论怎么在他的小说中有着诗的描写，始终是清晰而明净，带着散文的性质的。他不曾教读者去作梦，朦胧，恍惚，甚至于麻醉，而走入一般诗人所写的幻梦的境界里。因为他正写小说时已经没有青年时代的梦了。不过他有例外，那是《呐喊》里《社戏》的几段。

> 两岸的豆麦和河底的水草所发散出来的清香，夹杂在水声中扑面的吹来；月色便蒙胧在这水气里。淡黑的起伏的连山，仿佛是踊跃的铁的兽脊似的，都远远地向船尾跑去了……渐望见依稀的赵庄，而且似乎听到歌吹了，还有几点火，料想便是戏台，但或者也许是渔火。
> 那声音大概是横笛，宛转，悠扬，使我的心也沉静，然而又自失起来，觉得要和他弥散在含着豆麦蕴藻之香的夜气里。
> （《呐喊》，页245）

这是鲁迅写他自己年青时同了村中的火伴坐了航船往赵庄去看戏的一幅夜景。待到看至夜深而他们又不耐烦看老旦戏的时候，他们觉得还是走的好。于是"三四人径奔船尾,拔了篙,点退几丈,回转船头,驾起橹……又向那松柏林前进了"。

　　月还没有落,仿佛看戏也并不很久似的,而一离赵庄,月光又显得格外皎洁。回望戏台在灯火光中,却又如初来未到时候一般,又漂渺得像一座仙山楼阁,满被红霞罩着了。(《呐喊》,页249)

　　这在鲁迅先生描写文字之中,可算是一个例外。他分明引导读者走入柔软的纱样的幻境,正如一般爱白日间作梦的诗人。但这例外是不足为奇的,因为他正在写他自己的少年时代的回忆。
　　我不把下列《药》中的一段列入诗的描写之例的。

　　……这坟上草根还没有全合,露出一块一块的黄土,煞是难看。再往上仔细看时,却不觉也吃一惊;——分明有一圈红白的花,围着尖圆的坟顶。(《呐喊》,页45)

　　我不喜欢这段文字,觉得不但不自然而且有些拙笨。然而作者在《呐喊》的序上已明白地告诉我们了:"既然是呐喊,则当然要听将令的了,所以我往往不恤用了曲笔,在《药》的瑜儿的坟上添上一个花环,……因为那时的主将是不主张消极的。"那就无怪其然了。
　　我这篇凌乱无章的东西,写到这里,我想要与以结束。篇中所举的例,虽然也曾略用心思,加以选择;但大半还是随时想到,信手检出抄上去的。也并非除此之外,再无其他好的诗的描写。即如

《在酒楼上》写顺姑"独有眼睛非常大,睫毛也很长,眼白又青得如夜的晴天,而且是北方的无风的晴天"。如《孤独者》之写魏连殳:"我在小小的灯火光中,闭目枯坐,如见雪花片片飘坠,来增补这一望无垠的雪堆;故乡也准备过年了,人们忙得很;我自己还是一个儿童,在后园的平坦处和一伙小朋友塑雪罗汉。雪罗汉的眼睛是用两块小炭嵌出来的,颜色很黑,这一闪动,便变了连殳的眼睛。"以及与此相类之文字,都不曾一一拈出。老实说,我是特别注意于鲁迅先生小说中关于自然方面的描写的;因为这比别的,诗意更为明显。又为了这缘故,凡是鲁迅先生打起伤感的调子来作的文字,也略去了。关于这,我将另为专文来讨论,假如时间和精力都允许我。

二十五年十月廿六日写成,鲁迅先生死去已经一星期了。

小说家之鲁迅[1]

阳历年才过了不几日，中法文史学会便要我举行一次讲演。我本不善于说话，而讲演则尤其怕；加之考试阅卷之馀，精力亦觉不济。况且虽说过了年，鲁迅先生说得好：旧历年底毕竟最像年底，寓中颇有些琐事，所以当时便推说过了旧年再说吧。转眼旧历年就来到而且过去了，丝毫没有准备。待到上星期三到中法上课，文史学会又来催了，可不好说过了旧历的灯节再说；于是就定规在今天。

然而接着就要讲题目了。好吧，就谈一谈鲁迅先生的小说。心想二十几年常常念《呐喊》与《彷徨》，到时好像不必准备，也不愁无话可说。然而说定之后，归来一想，觉得这个题目太大了，我的学识也还不够，那就是说：我还不配来谈鲁迅先生的小说。不过

---

[1]作于北京，为1947年2月在中法大学文史学会所作讲演的讲演稿，见十卷本《顾随全集》卷三。

戏码既然定了，既不好临时改戏，又不好回戏，于是只好硬了头皮来唱一次了。我想：我既没有什么"新鲜的"、"真格的"可说，诸君听了之后，一定要失望的。"戏，出出是好的，可惜被孩子们唱坏了。"一位戏班教师的话。

鲁迅，在学术与文艺上说起来，同时是思想家，文学家，艺术家，考据学家，史学家，诗人，又是小说家，集许多"家"于一身，简直无以名之，也许就是博学而无所成名，与大而化之之谓圣吧。在这一点上看来，在中国可以说是空前，而且假如我们后人不努力，一定要成为绝后的。这，鲁迅先生并不希望其如此。我个人也并不希望其如此，但又时时恐怕其如此的。话落到书题，现在我所要同诸位一谈的，乃是小说家的鲁迅（Lu Xun as a novelist）。

为节省自己的精力，也就是所谓偷懒，并节省诸位的时间，我将《朝花夕拾》与《故事新编》除外，而单举《呐喊》和《彷徨》。鲁迅先生之成为小说家，这两部书便已足够而且有馀。在两部书中，先生表现出除了成为一个小说家、思想家而外，同时是诗人。我所要谈的特别是后一点。而这一点，许是先生的作风特别成熟之故，在《彷徨》中表现得尤其显而易见。在表现先生人生哲学的《孤独者》《伤逝》里，在处处流露出伤感气氛的《在酒楼上》《祝福》里，那诗味的浓厚自不必说；即在《肥皂》《兄弟》以及其他所谓讽刺小说里面，也还是举不胜举。诸位知道：讽刺文章是最难写成为诗的。

《肥皂》里的主人翁四铭先生的下意识的弱点被四铭太太觉察出，被女儿明喊出"咯支咯支，不要脸……"之后，"他来回地踱，一不小心，母鸡和小鸡又唧唧足足地叫了起来……。经过许多时，堂屋里的灯移到卧室里去了。他看见一地月光,仿佛满铺了无缝的白纱,玉盘似的月亮现在白云间,看不出一点儿缺。他很有些悲伤,似乎也像孝女一样,成了'无告之民',孤苦零丁了。"且不要说那鸡声和月色和四铭之孤苦零丁是如何的有诗意,只看"堂屋里的灯移到卧室里去了"一句简单的话,那静穆,那纤细,唐宋以后的旧诗人就掂尽了平平仄仄、仄仄平平,也还描写不出。

《兄弟》一篇中,沛君在医生诊断出他的弟弟是出疹子而非伤寒之后,心是平静下去了,于是:"院子里满是月色,白得如银;'在白帝城'的邻人已经睡觉了,一切都很幽静。只有桌上的闹钟愉快而平匀地札札地作响;虽然听到病人的呼吸,却是很调和。"调和吗?是的。鲁迅先生明明地写出了。但那月色的如银、闹钟的作响,早已将那调和表现得十足。如果说诗——无论什么样的诗,其最高的境界也总是调和,先生的这描写不也就是最好的诗吗?

又如在《高老夫子》一篇中的写打麻雀牌:"万籁无声,只有打出来的牌拍在紫檀桌面上的声音,在初夜的寂静中清彻地作响。"打牌虽然是国技,我自己当年也颇喜欢,但总是一件不足以自豪的事情,有先生的这一描绘,真是盐车之马,得伯乐一顾而增价了。然而以上所举,也还是旧诗的境界,也就是我在讲堂上所说的中国诗的传统的精神。

是诗,而又非旧诗的境界,也就是打破了中国诗的传统的精神,是《幸福的家庭》中的主人公,在理想回到现实,幻想归于幻灭之后,那是先之以劈柴的川流不息地到了床下,继之以白菜的堆成A字地出现于背后书架的旁边之后了,也就是五五二十五、九九八十一,主人公将稿纸揉了几揉,展开来拭了孩子的眼泪和鼻涕之后了,他想要定一定神,回转头,闭了眼睛,息了杂念,平心静气地坐着——静不得的,一静,于是乎诗来了:眼前浮出一朵扁圆的乌花,橙黄心,从左眼的左角瞟到右,消失了;接着一朵明绿花,墨绿色的心;接着一座六株的白菜堆,屹然地向他叠成一个很大的A字。这是象征,是神秘,而又是写实的诗。总之,已经不得再是旧诗的境界,而又的确确地是诗,毫无可疑。

还有,真个是举不胜举。我尝以为中国的诗人不能也不会或者根本就不想写夏天。这恐怕是神经衰弱,受不得那威胁和压迫的原故吧,此刻也不暇细讲。然而鲁迅先生在他的《示众》里写了夏天了,而且是沙漠似的大城的夏天:"火焰焰的太阳虽然还未直照,但路上的沙土仿佛已是闪烁的生光,酷热满和在空气里面,到处发挥着盛夏的威力。……但是,自然也有例外的。远处隐隐有两个铜盏相击的声音,使人忆起酸梅汤,依稀感到凉意,可是那懒懒的单调的金属音的间作,却使那寂静更其深远了。"但是描写却还并非先生的绝调。下面还有:"热的包子咧!刚出屉的……"十一二岁的胖孩子,细着眼睛,歪了嘴在路旁的店门前叫喊。声音已经嘶嗄了,还带些睡意,如给夏天的长日以催眠。他旁边的破桌子上,就有二三十个馒头包子,毫无热气,冷冷地坐着。这是夏天,这是北平城里的夏天,这也就是整个儿的北平的象征(小说写于一九二五年,就算他是民国十四年时的北平的象征吧);而且这不但是小说的描写,而是诗的表现。孩子要胖,胖的孩子的眼睛要细,嘴要歪。这是夏天。唉唉,还有二三十个馒头包子冷冷地在夏天里坐着……这是……这是什么呢?象征!诗的象征!

就带住吧。先生的小说里面,到处吹着诗的风,弥漫着诗的气息,真是陆机《文赋》中所谓"彼琼敷与玉藻,若中原之有菽"。

（穆柯寨中焦赞所谓降龙木在穆柯山前后，拿小棍拨拉拨拉，到处皆是。）诸公不必听我胡说，最好是"归而求之"，那下面就是"有余师"。然而我还不能带住。鲁迅先生有的是一颗诗的心：爱不得，所以憎；热烈不得，所以冷酷；生活不得，所以寂寞；死不得，所以仍旧在"呐喊"，也就是《西游记》中孙大圣说的"哭不得了，所以笑也"。

忘记是什么人批评怎样的一个作家的话了，此刻懒怠去查书——其实呢，我是时时刻刻都懒怠去查书的。那是这样意思的一句话："抱了一颗无所不爱而又不得所爱的心。"鲁迅先生也正是如此。即使退一步讲，也还是厨川白村氏所谓："惟其爱得极，所以憎得也深。"《阿Q正传》是先生的不朽之作，说是先生震动全世界的作品也无不可的，所以有日文翻译本，有英文翻译本，有俄文、法文翻译本。我时常说每一个中国人或者说全人类都应该站在《阿Q正传》这一面孽镜台前照一照自己的嘴脸、神气、思想、灵魂，看一看有没有阿Q的气息和成分，夫然后有则改之，无则加勉，然后中国人或者说全世界的人才有进步，才不至于灭亡。方才我说鲁迅先生是这样那样的家，但我还忘记说先生是医学家。是的，先生是医学家，他诊断明白了中国人的病入膏肓的症候，《阿Q正传》是一张伟大的脉案。先生是怎样的深恶痛绝而且诅咒这讳疾忌医、自取灭亡的病夫啊！《阿Q正传》中的阿Q是典型人物，并且正传中所有的人物无一不是阿Q式。小D，王胡，赵太爷，赵白眼，赵司晨，邹七嫂，吴妈，酒店主人……无一不是。真是聚而为一，集中于阿Q；散而为无数，分播为全传中的任何人物。不过众矢之的当然是阿Q。然而先生写着这一篇讽刺，不，应该说是诅咒的小说，也还禁不住诗心之流露的。

显而易见的是《阿Q正传》的第五章《生计问题》。阿Q为了要求食而走出了未庄了："村外多是水田，满眼是新秋的嫩绿，夹着几个圆形的活动的黑点，便是耕田的农夫。"接着，他走到静修庵的墙外了。"粉墙突出在新绿里。"阿Q终于跳到墙里面了，"里面真是郁郁葱葱"，"靠西墙是竹丛；下面许多笋……还有油菜早经结籽，芥菜已将开花，小白菜也很老了"。这是诗，而且是素诗，英文所谓"Naked poetry"。是那一般掂平仄，讲格调，看花饮酒，吟风弄月的诗人不能，或者压根儿就不曾想，或者想也写不出来的诗。

然而为了写阿Q也值得浪费先生的诗笔吗？阿Q也配放在这样诗的美丽的环境里吗？上文交代过：先生对阿Q是深恶而痛绝之的。然而先生竟将这样的一个人物安置在那样的一个境界里。这是先生的不自爱惜自己的笔墨吗？怕也未必，而且绝对不是的。先生的诗才不必说，方才说过先生是有着一颗诗的心的。抱定了这样的诗心，具有那样的诗才，先生是无处不，无时不流露出诗的作风来的。所以写阿Q也用诗笔，而阿Q也被放在诗的美丽的环境里了。契诃夫有一篇《可爱的人》，用意是讽刺与表露女性的弱点的。然而篇中的女主人公是写得那么有诗意，有温情，不独是软弱得可怜，简直是伟大得可爱可敬了。托尔斯泰的批评说有时我们想要把某人扶起，反而将他撞倒；契诃夫是想要将那篇中的女主人公撞倒的，反而将她扶起了。伟大的托尔斯泰啊！真是与契诃夫相赏于牝牡骊黄之外了。然而这也不在话下。我所要请大家注意的，是：鲁迅先生是想将那位阿Q撞倒，而且置之死地，使之万劫不能翻身的，但是先生在这一段里，虽不曾将阿Q完全扶起，至少也把他寄放在可爱的处所里了。

一个伟大的艺术家必是一个大诗人、大文人。而一个大诗人、大文人也必是一个大艺术家。因此,他们都特别注意自己的作品的完整——我说完整,为了避免"美"这一个笼统而又滥用的化石了的字眼。复次,他们的天才、心境、力量、技术,无一不是有馀裕的。日本的夏目漱石的作品,是号称为有馀裕的文学的。那完全是另一回事,与我毫不相干。先此声明,以防误会。我之所谓有馀裕,质言之,即是宽绰有馀,创作的时候,不至于力竭声嘶地勉强完卷的。为了注意到作品的完整而又有馀裕的原故,在必要的部分之外,常常有些多馀的附加。而这附加就使那作品更为艺术化,更为有诗意。据说唐代的吴道子所画的《地狱变相》,是神来之笔。假使真的有地狱,有许多人——应说是灵魂——在那里面受着刀山、剑树、碓捣、磨研的刑罚,我想我们如果稍有人心,无论如何是不能站在一旁去欣赏的。不过等到大艺术家画了出来之后,无论怎样的逼真,无论怎样的惊心动魄,我们是可以当作艺术品而任情地去欣赏了。艺术的真与事实的真在这里遂不能合而为一。其理由当然并不简单。但我想"多馀的附加"是一定有关系的。再如旧小说中的《水浒传》,其中的人物是强盗,事迹则是杀人放火,我也常常注意到必要的部分之外的多馀的附加。譬如血溅鸳鸯楼这一场,武松右手提刀,左手揸开五指摸上楼来,却见"三五支灯烛辉煌,一两处月光射入"。智取无为军这一回,宋江领了弟兄们过江去杀黄文炳的举家满门,在船上时,作书的却写道:"此时正是七月尽天气,夜凉风静,月白江清,水影山光,上下一碧。"我想这和鲁迅先生之写阿Q求食,而把他安置在诗的环境里,是一鼻孔出气的。然而现在的小说家就少有人能注意及此了。

鲁迅先生是有着东方高尔基之徽号的。在高尔基的作品里,我也发现了不少诗的描写。像《秋夜》之写雨；《马尔华及凯尔卡》之写海；《奥洛夫夫妇》之写郊野；《一个人的诞生》之写山，写草原。我以为高尔基之写大自然之美是近代少有人及得的名手。那原因是在于其他诗人、文人的写大自然，多少总有点儿先从书篇中得来了印象，然后再加以实际的印证，于是他们创作时，也就往往不免坠落在前人的窠臼里。好一点儿的还能参加上作者自己的联想、想象、幻想。二三流以下，便只成为粗制滥造的翻印与仿造了。高尔基呢？则在少年流浪的时节完全生存于大自然里面，他的身心是直接地而非间接地与自然发生了关系的。所以他对大自然的描写多是生动，新鲜，而且有生命。在这一点上，我总疑惑我们鲁迅先生——东方的高尔基，较之也有逊色的。高尔基与鲁迅都是读破万卷书的。但我可不可以这样说呢？高尔基是先生活，后读书。而东方的这位高尔基则是先读书，后生活的。如果诸位嫌我武断，我可以改作鲁迅是读书与生活并行的。至少我可以说：高尔基的书斋外的生活是较之鲁迅先生多得多。

　　鲁迅先生在幼年时的确与贫苦奋斗过，这当然并非书斋以内的生活。这，我们可以在《朝花夕拾》以及其他零星的自传式的文章里看得出来的。先生受过压迫，束缚；高尔基也受过，而且超过了先生的。然而，又是然而，我今天用的然而太多了，然而不用又转不过来，那么就再然而一回——然而高尔基逃出来过，自然，逃出来之后，饥寒的压迫与束缚当然会更有增而无减的，不过精神的桎梏就被大自然完全给脱掉——这也就是一切诗人、文人爱好大自然的一个原因；倘不如此，则这位诗人、文人就根本不会了解自然，欣赏自然，同化于自然，更谈不到对大自然的诗的描写与表现的。鲁迅先生却一向不曾逃出来过。这是先生的幸呢？不幸呢？总之，在这里,先生与高尔基大异其趣的。幸与不幸都非我此刻要谈的主题了。

先生是太也深爱人生了。爱人生,这又是中外古今的大诗人、大文人的共同之点。先生爱人生,是将人生抓住了不撒手,叼住了不撒嘴的。先生说过,他讨厌中国仙人饮着啤酒汽水似的琼浆玉液,吃着五香牛肉干似的龙肝凤髓那种生活的。逃吗?他根本就不想。真是姜桂之性,老而愈辣。为了这,先生是步步为营,变成了战士,扎硬寨,打死仗,直至于死的。所以先生与高尔基比较起来,那气象之阔大,表现之自然,是不可相提并论的;然而那意志之坚强,先生较之高尔基是有过之,无不及。英雄造时势,时势亦造英雄。中国的时势,是将先生造成那么样的一个英雄了。就在描写表现大自然而具有诗的美这一点上,高尔基是自由一点;而先生就显得非常之冷峭与谨严。这也并非无缘无故(偶然),而且不得不然(必然)的。我并未曾读过高尔基全集,因此,也就不敢斗胆去批评他的整个儿的作风。但只就我零零碎碎地见到的他的小说而论,我总觉得那作品有时好像是一片草地;或者说得伟大一点儿,像是一座天然的森林,如《水浒传》上所说,好一座猛恶林子。而鲁迅先生的好的作品则简直使人觉得好像一座经过整理了的园林。像《彷徨》里的《伤逝》一篇,结构之谨严,字句之锤炼,即是在极细微的地方,作者也不曾轻轻放过,于是读者觉得其无懈可击,即使在旧的诗词的短篇作品里也很少看到的。这样的小说我以为,当然是我以为,高尔基无论如何写不出。我如此说,既非抬高鲁迅之身份,也并未贬低高尔基之声价;我是取了纯客观的态度来说明这事实、这现象的。

但两位高尔基——东方的与西方的——对于大自然的诗的表现

与描写，在动机上，在方法上，在作风上，也许大异其趣，而在其作品中有着诗的表现与描写这事实，则是共同的。也就是他们两位的作品中"在必要的部分"之外都有着"多馀的附加"。并且他们的作品中的"多馀的附加"，虽然那么有诗意，那么富于艺术性，我总觉得那"多馀"几几乎成为过剩，严格地讲起来，几几乎成为不必要。这需要好好地说明一下。我的意思是说：小说是人生的表现，无论是什么派，传奇，写实，自然，新传奇，新写实，其前提总是表现人生。在其中，大自然的诗的描写与表现，虽然有时可以增加文章美，而在帮助表现小说中人物的情感，思想，甚至于行为的时候，纵然不是完全无用，也总有偏于静的方面的嫌疑。而人生呢？可完全是动的。因此，那静的描写与表现也就不免减低了小说中人物的动力，并且冲淡了小说中的人生的色彩。前面所举的《水浒传》的两节，就是犯了这毛病；再如莫泊桑的《人心》（*Notre Coeur*）虽是在心理分析上得到了成功，因为太偏于思索，而只是一篇不成其为小说的小说。附带声明：我并不是说小说中不应当表现思想，但是那思想须以行为、动作来表现的。鲁迅先生的《阿Q正传》第五章生计问题，写阿Q因求食而走出未庄之后，那些诗的写法，据我的愚见，也就几几乎成为过剩，几几乎成为不必要了。《论语》上说："质胜文则野，文胜质则史。"史不史倒还在其次，而鲁迅先生于此不免有"文胜质"的嫌疑。高尔基的小说，也有此病。恕我不举例了。而现在我国的许多小说家，却是"质胜文则野"。

说着说着，我自己打了自己的嘴巴了，而且是两个。

其一，我说鲁迅先生爱人生，但既是爱人生，为什么又有许多对于大自然的多馀，应该说过剩或不必要的描写呢？这两种现象，在先生的小说中，都是无可遮掩的事实。同时，也是先生的矛盾。

那就是说：既爱人生，就不应该对大自然有着那么多的过剩与不必要的描写；然而居然有。这，我以为是先生的旧文人的习气还未洗刷净尽的原故。他是中国人，又读过许多旧诗人的作品，并且那么富于诗才，所以写小说的时候不知不觉、自然而然地流露出来了。

其二，我说小说是人生的表现，而对于大自然的诗的描写与表现又妨害着小说的故事的发展，人物的动力，那么，在小说中，诗的描写与表现要得，要不得呢？于此，我更有说。在小说中，诗的描写与表现是必要的，然而却不是对于大自然。是要将那人生与动力一齐诗化了而加以诗的描写与表现，无须乎借了大自然的帮忙与陪衬的。上文曾举过《水浒》，但那两段，却不能算作《水浒》艺术表现的最高的境界。鲁智深三拳打死了镇关西之后："回到下处，急急卷了些衣服盘缠细软银两，但是旧衣粗重都弃了，提了一条齐眉短棒，奔出南门，一道烟走了。"林冲在沧州听李小二说高太尉差陆虞候前来不利于他之后，买了"把解腕尖刀带在身上，前街后巷，一地里去寻。……次日天明起来，……带了刀又去沧州城里城外，小街夹巷，团团地寻了三日"。宋公明得知何涛来到郓城捉拿晁天王之后，先稳住了何涛，便去"槽上鞁了马，牵出后门外去，袖了鞭子，慌忙地跳上马，慢慢地离了县治；出得东门，打上两鞭，那马泼剌剌的望东溪村撺将去；没半个时辰早到晁盖庄上"。以上三段以及诸如此类的文笔才是《水浒传》作者的绝活。也就是说，这才是小说中的诗的描写与表现；因为他将人物的动力完全诗化了，而一点不借大自然的帮忙与陪衬。上文还举过鲁迅先生的《示众》，说他写夏天写得好；但那前半段还无甚了得——用《水浒传》中一个名词，到了后半段，"胖孩子，细了眼睛，歪着脖子，咧了嘴，在喊热的包子……"，那才是先生的绝活。再有《伤逝》中的涓生与子君，在与生活奋斗到生离死别的前前后后，那也都是诗笔。理由同上，恕不一一说明。

然而，又是然而，鲁迅先生不独写自然，便是写人生，也有偏于静的倾向之嫌疑。若单就这一点而论，先生的文笔，还有逊于《水浒》。我说：只就这一点。但是有什么法子呢？先生的《呐喊》与《彷徨》是着手于一九一八，而断笔于一九二五——那是民国七年到十四年之间，其时全中国到处是弥漫着暮气、死气与尸气的，虽是五四运动已经发生了。先生在《呐喊》自序上明明地写着："这寂寞又一天一天的长大起来，如大毒蛇，缠住我的灵魂了。"序是一九二二年，即民国十一年所写的。先生虽然愤慨，而自己又看见自己"就是我决不是一个振臂一呼应者云集的英雄"了。那周围的暮气、死气与尸气，与他自心的寂寞与悲哀，就逼迫着先生在创作中流露出静的气氛了。我们还能对先生有什么不满与抱怨吗？

我尝说：世人永不会以"人"待人，如果他不把你当作天神，便把你看成一个不知什么名儿的玩意儿，或者简直不是玩意儿。如果不是什么事都不认为你能做，便是什么事你都应当能做。小人之于人求备，《论语》上的话。不错，鲁迅是这样那样的家，是天才，是伟大的作家，然而归根彻底，先生也是人，而且是中国人。在作品中流露着静的气氛，我们对于先生还是担待了吧。然而，我再用一回然而，以先生的躬自厚而薄责于人的精神，先生是无须乎我们的担待的。至少，先生是有自知之明的，他自己也觉察到这一点。先生翻译过日本有岛武郎的《与幼小者》，收在《现代日本小说集》里。先生对那一篇的批评，此刻已经记忆不清，还是懒怠去查书。但大意，我约略记得：是说有岛那篇诚然好，终总不免有些伤感、凄怆；先生还希望将来的作家是前进的，并且是愉快的，也就是没有那一些伤感与凄怆。这不明明地是先生的"夫子自道"吗？后死者不得辞其责，这又是一句很有意义的成语。诸位都知道。

我说得这么乱，但说来说去，毕竟也逼出一个结论来。

小说中的诗的成分必须要多；岂独小说而已哉？人生，人世，事事物物，必须有了诗意，人类的生活才越加丰富而有意义。如今书归正传，还是说小说。小说中的诗的成分，也还得分个三六九等。写一篇小说而没有诗意，是没有成其为小说的理由的。这且不必去说它。小说中写大自然，虽然写成诗了，如果与小说中人物生活无关，活动无关，也算不得成功。在小说中将大自然写成诗了，并且借以帮助表现人物的思想、情感甚至于行动时，也还不是最上乘。小说是要诗化了人物的动作，而且所有的动作、生活，也必然都是诗，无论那生活与动作是丑恶的或美丽的。做到这一步，避免着前两项，我们才能在鲁迅先生园地之外开辟新园地，我们才对得起鲁迅先生，而鲁迅先生也不白到人间来一趟。而且我敢担保先生的在天之灵是无日无夜地盼望着我们这些后死者如此去做的。否则虽然天天崇拜鲁迅，赞美鲁迅，纪念鲁迅，甚至将鲁迅供起来，天天去三炷香、九叩首，先生也还是死不瞑目。我的话说到这里，就算结束了吧。不过我还要加上几句淡话。

我本想说了上面那些废话之后，再谈一谈文体家的鲁迅和古典派的鲁迅（Lu Xun as a stylist, Lu Xun as a classicist）。精力实在来不及，学识也还不够。而时间也相当长了，于是说完上一段，就凑坡下驴了。

有劳诸位久坐，抱歉之至。

论阿Q的精神文明及精神胜利法[1]
——读《阿Q正传》札记之一

阿Q之"穷",直穷到孑然一身住在土谷祠里,直穷到连姓也没有,他还活得下去吗?

他活下去了。倘不是被抓进县城、枪毙,他怕要活到八十、九十乃至百岁,寿终正寝于土谷祠里的吧?他之所以能够活下去,是因为他毕竟有所有。他有他的看家的本事。或可说是法宝:精神文明。他无财产,无地位,然而他自以为祖宗比人家阔,见识比人家高;连头上的癞疮疤有时也是"高尚"、"光荣"、"并非平常",人家也不配有。极而言之,人家打了他,他还以为是:"我总算被儿子打了,于是心满意足的得胜走了。"(就是这个"心满意足"使得阿Q颇善于睡觉:"很白很亮的一堆洋钱""不见了"之后,"他睡着了";下决心要"造反"了,他"说不出的新鲜与高兴",但还"没有

---

[1] 本文是1955年为天津师范学院(今河北大学前身)学生所作,见十卷本《顾随全集》卷三。

想得十分停当"，就"已经发出了鼾声"；被抓进城去，过了堂，在纸上画了圆圈，"第二次抓进栅栏门"，"他睡着了"。）

精神的产生倘不源出于物质，而且那产生了的精神倘不能成为物质的力量和行动的指南，则那精神就是建筑在沙石上的塔，愈高也就会愈倒塌得快，或者是空中的楼阁，永远不能使之实现。阿Q纵不明白这原因，他可是清楚地感觉到这事实。物质的失败，往往泰山压卵似的压碎了阿Q的精神胜利。于是乎阿Q的这一所有也就等于零。白、亮的一堆洋钱，"而且是他的"，不见了，"说是算儿子拿去了"，"忽忽不乐"；"说自己是虫豸，也还是忽忽不乐"，你以为阿Q的看家本事这回可该完蛋了吧？然而我们的阿Q可没有那么乏。法宝祭不完。本事也无穷无尽。他会自己打自己的嘴巴。于是：他又"心满意足"了。你瞧，这仍旧是老一套：精神胜利。

"如是等等妙法"，其在阿Q，是取之不尽、用之不竭的。

阿Q在一位"秃儿"的假洋鬼子的"哭丧棒"拍！拍拍！"似乎确凿打在自己头上"之后，虽然感到耻辱，但他不独用上了"一件祖传的宝贝"："忘却"，而且还在另一位"秃儿"小尼姑身上得到了找补：他骂了她，"伸出手去摩着伊新剃的头皮"，"扭住伊的面颊"，说什么"和尚动得，我动不得？"于是他对一天的晦气都报了仇，"飘飘然的似乎要飞去"，"飘飘然飞了大半天"，一直飘进了土谷祠。

这也是阿Q精神胜利法之一：失败在强敌手里之后，把怒气发泄在弱小者的身上，而且自鸣得意。

谁能说这只是中国旧时代的阿Q精神呢？

帝国主义者、殖民主义者不是最擅长这一手法吗？它们不是专门欺侮弱小的民族和弱小的国家吗？（我这么写了，只是连类并举，中国旧日史家所谓"假得并书"，绝不是为阿Q开脱，更不是说鲁迅先生作书时便有此意图：特此声明。）

这一种软的欺、硬的怕的阿Q精神，鲁迅先生说："这或者也是中国精神文明冠于全球的一个证据。"

是的，阿Q这种软欺硬怕就是这精神文明的产物。

且又不止于软欺硬怕而已。

阿Q的精神胜利法也是，见识高，祖宗阔，癞疮疤也非平常而且别人不配也是。他的自命为"第一个能够自轻自贱的人"也是；他的"忘却"也是；他的打自己的嘴巴也是。

精神胜利法之所以是精神文明，显而易见，不必说。祖宗阔，见识高，癞疮疤也非平常，何以也是？则以凡是富于精神文明的人无不自以为高人一等。自己的好处、长处要夸耀，而且要千万倍地扩大了来夸耀；坏处、短处要掩饰，不能掩饰了，也还是觉得我有你没有，于是乎老子天下第一，凡我所有一切皆是至高无上。而你和你们以及你和你们的所有一切又算得了什么呢？于是乎我的祖宗比你阔，见识比你们高，即使癞疮疤也不同乎寻常，你们没有，你们不配有呀！

那么，这能连带着解决了何以自命为"第一个能够自轻自贱的人"也属于精神文明的问题。

"忘却"也是。所有富于"精神文明"的人都是无视现实者。而这无视又可分为三种：其一是睁眼瞎子，视而不见；又其一是看见了，装不见；其三是不愿见，因而自骗说，根本就没有那现实。阿Q实兼此三者而有之。他是无视现实的"集大成"的"大而之之为圣"的典型人物。不过现实毕竟是现实，它不会因为阿Q无视而消灭，而不存在。譬如白亮的一堆洋钱不见了，总不免"忽忽不乐"；秀才的竹杠打在抱着头的指头上，总不免"很有一些痛"等等之类。这"不乐"和"痛"就是现实作怪。但只要一用上"忘却",这一件祖传的宝贝,那可就天下太平,万事大吉。用了鲁迅先生的话说:"于是无问题,无缺陷,无不平,也就无解决,无改革,无反抗。"(《论睁了眼看》)这也可以算得是精神胜利的一种法门。

何以"自轻自贱"也是精神文明呢?

是的,是精神文明,绝对是。

根本不抱有任何希望的人自然不会有失望;根本无所作为的人自然不会有失败:犹之乎不去爬山的人,绝不会有爬不上去的失败和从山顶上跌下来的危险。这一种哲学该拟个什么名字我一时还想不出来,暂时就叫它作阿Q哲学吧:因为这也是阿Q思想的方法和行动的指南,并且还发展了它,人家打了阿Q,还叫阿Q自己说"这是人打畜生",不说就再打。阿Q却说:"我是虫豸,还不放吗?"意思是说虫豸更下于畜生一等,而我是虫豸,你打了我这个虫豸,脸上也并没有光彩,而且你也决不肯再打。于是"闲人"心满意足地走了,而阿Q也自去喝黄酒,押牌宝了。

阿Q既如是之富于精神文明,于是他竭力逃避现实,无视现实,忘却现实,其结果就使得阿Q不能成为一个唯物论者,而成为一个唯心论者。

是的,我说阿Q虽然是一个出身于无产阶级的出卖劳力者,他还是一个唯心论者。

唯心论是不能当作思想武器,尤其不能成为物质的力量的。

从阿Q的精神文明而产生的"如是等等妙法",算得了什么妙法:有什么屁用场呢?这不是妙法,当然也毫无用处。

然而毕竟是妙法,毕竟也有用处。

其妙用,在于阿Q因此而心满意足地在旧的阶级社会里忍受着剥削和压迫而活——即使是苟活下去。

且又不仅止于此而已。

其妙用,在于因此而使得剥削者、压迫者心满意足地,不,心安理得地去剥削、压迫阿Q。

由前因生后果,而且循环相生;由因生果,又复倒后果为前因,再转前因成后果:阿Q不独孤身生活,而且孤身奋斗,何时更有翻身之一日?其被枪毙乃其必然之结果,而亦未必是其最大之不幸也。阿Q并非生来便是贱坯,如正传第九章里"长衫人物"所说的"奴隶性"。他原本是自以为高人一等的(论已见前)。他有他的骄傲和自尊心。被因为时时刻刻地受着周围所有的人们(不要说原主可有一个同情他的吗?)的剥削和压迫,因而丧失了自信心,转入了自轻自贱,成为一个精神世界中的精神胜利者。"旦旦而伐之","其所由来者渐矣"。

精神胜利以及"如是等等妙法",绝不是阿Q的生而知之,或"无师自通",我们似乎不好说:"这一定是他娘老子先教的。"(《狂人日记》)因为《正传》里也无明文。但《正传》里明说"忘却"是祖传的宝贝,则这一些正好说是传统的精神。正如那一个"阿"字,这一切也并非专属于阿Q,也是纵着在历史上,横着在地理上,千百万亿家人们所共有。明确地说来,这是封建统治阶级愚民政策的结果,不,应该说是目的,封建统治者正是至心诚意地希望被统治者都成为阿Q的,如此说来,盖已"久已乎","千百年,非一日矣"。而况阿Q又生在其时已是半殖民地的中国矣乎?

我们不是命定论者,我们不说阿Q生来就是这么一块儿料。

我们是历史唯物论者,我们不说阿Q是偶然的产物。

《彷徨》与《离骚》[1]

鲁迅先生的第二部小说集《彷徨》采用了《离骚》中的八句作为题辞。这八句是：

朝发轫于苍梧兮，夕余至乎县圃；欲少留此灵琐兮，日忽忽其将暮。

吾令羲和弭节兮，望崦嵫而勿迫；路漫漫其修远兮，吾将上下而求索。

现在把这八句分析一下。

苍梧，传说是舜墓所在之地，在今湖南。县圃，神话中说在昆仑山上，是神仙所居。灵琐是神宫的代词。前四句大意是：早晨从

---

[1] 1959年作于天津，刊于《新港》1961年9、10月合刊。

舜墓出发,傍晚到达昆仑,自己虽然想在神宫略做休息,然而天色眼看就要入夜了(诗人的意思是说,昆仑神宫并非他的目的地,所以不愿在此停留,并且担心天晚了,不能再踏上前进的道路)。

羲和是神话中的日御,白天赶着"日车"西去,早晨再把它从东方推上来。崦嵫,山名,传说是日落之处。后四句大意是:我要教羲和慢慢地赶着"日车",不要匆匆忙忙地落进山里去;我所要走的路是漫长的,我要上天下地去追求哩。

总和八句的意思有三点:

一是不停留;

二是要前进;

三是要追求("求索")。

最要紧的是第三点:追求("求索")。

这里,我们要问:大诗人所追求的是什么呢?从《离骚》全篇看来,屈原所追求的是:正直的、可与共事(特别在政治上)的人物;清明的、可以有所作为(至少不至于受迫害)的社会环境。这样,他就可以忧国忧民,进而救国救民,而实现自己的理想,也就是"抱负"了。

"求索"成功了没有呢?没有。结果是大诗人的身投汨罗。不过这已是"后话"。

鲁迅先生为什么选中了《离骚》的这八句作为《彷徨》的题辞的呢?先生自己曾经答复了这一问题。

一九三二年,先生自序《自选集》,曾说到从一九一八年起,发表在《新青年》上的小说(后来都编进《呐喊》):"这些确可以算作那时的'革命文学'。"又说:"这些也可以说,是'遵命文学'。不过我所遵奉的,是那时革命的前驱者的命令,……""后来《新青年》的团体散掉了,有的高升,有的退隐,有的前进,我……依然在沙漠中走来走去,……得到较整齐的材料,还是作短篇小说,只因为成了游勇,布不成阵了,所以技术虽然比先前好一些,思路也似乎较无拘束,而战斗的意气却冷得不少。新的战友在那里呢?我想,这是很不好的。于是集印了这时期的十一篇作品,谓之《彷徨》,愿以后不再这模样。"

这一段文字之下,先生紧接着便引用了两句《离骚》,也就是《彷徨》题辞的最末两句:

路漫漫其修远兮,吾将上下而求索。

在这前一年,先生曾写过《题彷徨》的小诗,更精练概括地写出那一时期的心情:

寂寞新文苑,平安旧战场。
两间余一卒,荷戟独彷徨。

人在彷徨之际,有怀疑,也有苦闷,这很痛苦;然而要紧的还是,彷徨既耽误了前进,又减少了战斗的锐气。先生清楚地意识到"这是很不好的",而且"愿以后不再这模样",所以引用《离骚》八句作为《彷徨》的题辞。但是鲁迅先生即使在彷徨之际,在怀疑和苦闷之中,也不曾忘掉揭露旧社会的黑暗,更不曾为黑暗的势力所屈服,更不用说,先生永远也不会向反动派投降了。我们知道,结集在《彷徨》里的十一篇小说俱写成于一九二四和一九二五两年之内。我们也知道,这两年间,中国军阀在外国帝国主义支持下,发动了多次混战，每次动员兵力一二十万、二三十万乃至三四十万，人民日益陷入于水深火热之中。同时，先生所居住的北京也正在反动的乌云笼罩之下。军阀统治自不必说，文化界和文艺界亦日趋于黑暗和没落：《新青年》停刊了，"敷衍，偷生，献媚，弄权，自私，然而能够假借大义，窃取美名"（鲁迅：《十四年的"读经"》，见《华盖集》）的"正人君子之流"正像疯狗或"吧儿狗"一般地狂吠；而其攻击的矛头又多集中于先生之身。就在这样的环境里，先生也还是立马阵头，"举起了投枪"，奋勇作战。我们不能片面地只看见先生那时彷徨，而忽略了这一点。毛泽东同志说："鲁迅是在文化战线上，代表全民族的大多数，向着敌人冲锋陷阵的最正确、最勇敢、最坚决、最忠实、最热忱的空前的民族英雄。"（《新民主主义论》）这是对鲁迅所下的天公地道的评语，没有半点儿溢美之词。

是的，在"漫漫其修远"的道路上，要前进，要"求索"，这是鲁迅同乎屈原的。但先生的"求索"，正如古语所说的"求而得之"，西洋谚语所说的"寻求的，就找到"。这是不同乎屈原的。先生找到了。他从一个进化论者成为一个阶级论者；从一个民主革命"闯将"，成为一个无产阶级战士。这一点，先生和屈原有着天壤之别。我们不说有幸、有不幸。这是因为两代人所处的历史阶段有所不同。先生生存的时代，在国际，已经有了苏联的十月革命；在国内，已经有了中国共产党。

先生自己说得很明白。一九三四年在《答国际文学社问》里他曾说："先前，旧社会的腐败，我是觉到了的，我希望着新的社会的起来，但不知道这'新的'该是什么；而且也不知道'新的'起来以后，是否一定就好。待到十月革命后，我才知道这'新的'社会的创造者是无产阶级，……苏联的存在和成功，使我确切的相信无产阶级社会一定要出现，不但完全扫除了怀疑，而且增加许多勇气了。"

这是鲁迅先生所走过的"漫漫其修远"的路；这是鲁迅先生的"求索"。这也正是一切旧知识分子所应该走的路和应该致力的"求索"。可惋惜的是，先生死得早了一些，不曾看见全国解放，以及新中国成立以来党和毛泽东同志领导着六亿人民所作的社会主义建设。我们现在较之先生，则是"近水楼台先得月"。我们除了跟着党走，听党的话以外，还能有其他别的什么路和其他别的什么"求索"吗？

完了，以下的一段是附记。

这篇小文实在"卑之无甚高论"。现在谈谈写文的动机。最近因为客观需要，我把搁置了十年的《离骚》重新读了一遍。我觉得大诗人这篇古今以来篇幅最长的抒情诗，在风格方面，缥缈得好像一片云海（所以后人于诗、赋之外，另立"骚体"）；因而在结构方面，也就使得读者不容易看出文势的运动及其发展的规律。这在初学，尤其感到如此。因此，我联想到《彷徨》上用作题辞的那八句。抛开它们与这部小说集及其作者有其精神相通的处所，而单体会这八句，我觉得它们确实表现出了屈原的不畏险阻，一心追求正义和真理的精神面貌。屈原之所以为伟大诗人者以此；《离骚》之所以为不朽诗篇者也正以此。我们要认识屈原，要了解《离骚》，不妨从这八句着眼、着手。同时，在全篇中，我们也不妨以这八句为中心，为枢纽。因为这以前，除了开头的序家世、写抱负以外，俱是述说君主之昏暗、小人之作恶、自己终不变节屈服；总之，多属于古典现实主义的手法。这以下，则是"求女"、占卜、降神以至"升皇"（"皇"是天）；总之，多属于古典浪漫主义的手法。假如以上假设可以算是这次重读《离骚》的小小收获的话,也还多亏了鲁迅先生给我的启发,我以前是见不及此,虽然早就知道《彷徨》有那么八句题辞。我本想写文说明以上那些观点,但又因为才学习了党的文件,而鲁迅先生的精神又吸引着我,于是越写越不由我自己,结果是鲁迅先生及其《彷徨》成为主题,我的原意反而怎么也写不进去了。附记在后面,算是画蛇添足吧。

关于安特列夫[1]

安特列夫(Leonid Andreyev)一八七一年生于阿莱勒,后来到莫斯科去学法律,所过的是十分困苦的生涯。他也作文章,得了戈理奇(Gorky)的推助,渐渐出了名,终于成为二十世纪初俄国有名的著作者。一九一九年大变动的时候,他想离开祖国到美洲去,没有如意,冻饿而死了。

他有许多短篇和几种戏剧,将十九世纪末俄人心里的烦闷与生活的暗淡都描写在这里面,尤其有名的是反对战争的《红笑》和反对死刑的《七个绞死的人们》。欧洲大战时(按指第一次)他又有一种有名的长篇《大时代中一个小人物的自白》。

安特列夫的创作里,都含有严肃的现实性以及深刻和纤

---

[1]作于北京,刊于《益世报·语林》1946年1月7日,署名苦水。安特列夫,今译安德列耶夫。下同。

细，使象征印象主义与写实主义相调和。俄国作家中没有一个人能够如他的创作一般，消融了内面世界与外面表现之差，而现出灵肉一致的境地。他的著作虽然是很有象征印象气息，而仍然不失其现实性。

以上是鲁迅先生写在他所译的安特列夫《暗淡的烟霭里》的后面的一篇简明而扼要的短文，本想摘抄但不能割爱，所以不避文钞公之嫌，而终于全录下来了。至于前些天关于题名《大笑》的拙译[1]，是旧稿，是根据了美国版的 *Boroi* 袖珍丛书英译本《小天使》重译而成，英文程度差，文笔又拙，加之不懂俄文，错误怕在所不免，这是须要对原作者及读者道歉的。

我自读了鲁迅先生所译的《暗淡的烟霭里》，便开始喜欢安特列夫，于是尽力搜集安特列夫的英译及中译的作品来读。记得《小天使》要算是最后得到的一本书了。偷了课业的馀暇翻译了几篇，而《大笑》便是其中之一篇。然而最爱读的那篇《小天使》却畏难不曾着手，似乎国内也并没有人译过。安特列夫的名字不拘在外国，在中国，渐渐为世人完全忘记的今日，想来没有人再来烧这冷灶了吧。

我之所以喜欢安特列夫，那原因就在鲁迅先生所说"使象征印象主义与写实主义相调和"。然而鲁迅所誉为"俄国作家中，没有一个人能够如他的创作一般，消融了内面世界与外面表现之差"的这作家，我翻遍了有名的克鲁泡特金的俄国文学史（*Russian Literature: Ideals and Realities*），却不见他的姓名。在巴林（Maurice Baring）的

---

[1]《大笑》刊于《益世报·语林》1946年1月2日，署名苦水。

俄国文学大纲却有可怜的三五行的记述,而且还说是悲观主义的最后的文辞了。这使我恍然大悟。怪不得克氏不曾提到他;克氏是改革者,想来不以悲观为然的。

但在施维凯尔(Schweikeir)所选辑的英译俄国短篇小说集中,却有着一篇他的《凡理亚》,并附有他的小传与短评。说是"有一个时期安特列夫被推崇为托尔斯泰的继承者"。我想这大半由于他那两部有着人道主义和爱的色彩的作品——《红笑》与《七个被绞死的人》。但同书接着又说:"他完全属于悲观派,将人生认作卑劣的悲剧,看不出一点儿可以挽救的景象来。"这使我想到他之穷死于其祖国大革命的洪流中,是并非无因,而且他之为其国人所忘却,也无怪其然的。至于约翰·麦西(John Macy)的《世界文学的故事》(由雅吾译,改名为《世界文学史》)却说:

> 他(安特列夫)的戏剧《人之一生》及《被批颊者》,都表现悲观的象征主义(就用这已经渐渐为人废弃的字眼),其中悲哀的情绪,即对于俄国人,都几乎略嫌太过。据说那十分阴郁的《人之一生》上演后,竟引起许多彼得格勒的学生自杀。如事实真是这样,那末不是我们未能十分了解这戏剧的力量,就是当时俄国的学生太孱弱了。
>
> ——由雅吾译文

我以为那一本《人之一生》诚然太阴郁,但那时许多的学生如果真地自杀了,不见得是太孱弱,而倒怕是麦西先生十分未能(不是未能十分)了解这戏剧的力量。

托尔斯泰曾说过这样的话:"安特列夫要我们怕,但我们不怕;

契诃夫不要我们怕，但我们怕了。"这位文坛上的巨人的话，是颇耐人寻味的。他是明明地要抬起契诃夫来压倒安特列夫，我于此不能而且也不想为安特列夫辩护。但在今日的俄国，普希金和托尔斯泰的作品，依然被翻印着，被诵读着，并不以为陈古而被抛弃。而较普希金与托尔斯泰为后辈的契诃夫与安特列夫，其作品虽然一时曾经煊赫于其国内外，却同样地渐渐被其国人所忘却了。这正不是偶然的事，契诃夫的伤感和灰色，安特列夫的悲观和神秘，在俄国的今日，已经是过时的货物无人过问的了，又何从说什么使我们怕？又说什么我们怕不怕呢！

契诃夫姑置之。在今日的中国，安特列夫是需要的吗？我们需要勇敢，清明；也一样地不需要悲观与神秘，然而我觉得安特列夫却有两点可取。其一，在他的悲观里虽然没有光，却蕴藏着热和力：这热和力是即使在我们的文坛上"拖着光明的尾巴的"的许许多多的作品里也百不一遇的。倘使没有热和力，而只有光，那光便只是浮光，一无可取的了。安特列夫之所以为安特列夫，其特点即在于此。其次则是他的作品的"文章美"。

要能欣赏并了解一位作家的"文章美"，首需能读懂了原文。我并不懂俄文，却来谈安特列夫的"文章美"，这很近似于盲人之说日。但我读了英译的及鲁迅先生所译安特列夫的小说，我深深地感觉到鲁迅先生所说他的"创作里，又含着严肃的现实性以及深刻和纤细"之不虚。那严肃，那深刻，那纤细，也便是我所谓安特列夫之"文章美"。环顾中国文坛上那些粗制滥造的作品，那轻佻，那肤浅，那粗拙，该是多么令人痛心的事啊！在帝俄时代的作家中，托尔斯泰之崇高，屠格涅夫之才华，妥思妥也夫斯基[1]之伟大，是有目者之所共赏；而安特列夫则以其艰苦卓绝的文学修养，得到异样的成就，能屹然自竖一帜于三家之外的。老实说，我读过了他的小说之后，再读戈理奇（Gorky）之作，有时真觉得仿佛如吃过西贡米再吃高粱米之感。但安特列夫的出名，是"得了戈理奇的推助"，待到戈理奇如日方中的时候，而他早已与其作品一齐死去：这也是令人不胜其惆怅之至的事情，自然，这是旧的看法和说法。

想写一篇文字来谈谈安特列夫，发心已在十五年前。直至今日，才能下笔，原因不在于懒，而在于自觉学识不足。现在写了，自己看一遍，觉得好像还有许多话未曾说出，但这也就此打住了。

附一 大笑

安特列夫原著

顾随重译

（一）

在六点三十，我认定伊一定要来了，我没命地欢喜。我的褂子仅只系了尽上的扣子，而且飘扬在冷风中，但我并不觉得冷。我的头骄傲地仰向后面，我的学生帽子顶在我的后脑勺子上。我的眼睛对于所看见的男子们表现出爱护和勇敢，对于女子们表现出挑引的温柔。虽然伊是我四整天中惟一的爱人，然而我是如此的年青，我

---

[1] 今译陀思妥耶夫斯基。

的心又是如此的富于爱情,我还不能够对别的女子们漠然不动心。我的步武轻快,勇敢,而且自由。

在六点四十五,我的袴子系上了两个扣子。我仅只看那女子们,但不含着挑引的温柔,而颇带点厌恶了。我只要"一个"女人!其馀的都可以到魔鬼那儿去:伊们只有扰乱我,而且因为和"伊"类似,伊们使我举动不安,局蹐无措。

在六点五十五,我觉得热。

在六点五十八,我觉得冷。

在敲七点时,我相信伊要不来了。

在八点三十,我现出世界上顶可怜的生物的面貌来。我的袴子系上了所有的扣子,领子竖起,帽子拉得掩住冻青了的鼻子,头发披散在前额上,胡子和睫毛带着冰霜变得白了,牙微微地磕打。由我的蹒跚的步法和弯曲的腰看来,我可以被看作一个十分康健的老人才从养老院的宴会上回来。

"伊"就是这种种的原因——"伊"!"啊,魔——不,我不肯。也许伊不能脱身,或者伊是病了,死了。伊是死了!"——我诅咒。

(二)

"尤格尼亚·尼古拉衣夫娜今晚要到那里。"我的一个同伴、一个学生向我说,没有一点儿思忖(A mere peruse)。他不会知道我曾经在雾中等着伊从七点直到八点半。

"诚然。"我答,像是在深思中,但是在我的灵魂中迸出来:"啊,魔——""那里"指的是在保罗札夫家里的夜会。保罗札夫是同我没有来往的人,但是今晚我要到他那里去。

"伙计们!"我高兴地喊,"今天是圣诞节,每个人行乐的时候,让我们也行乐吧!"

"但是怎样行呢?"他们中的一个忧愁地说。

"而且到哪里去呢?"别一个继说。

"我们将打扮起来,遍到所有的夜会中。"我决定说。

这些无知的人们果然变得高兴了。他们嚷,跳,又唱。他们谢我为了我的提议,又数一数能动用的现款。一点半钟内,我们已经聚齐了所有的这城中的孤独的伶仃的学生们。当我们已经招募了一打来的高兴的蹦跳的魔鬼时,我们就到理发匠铺子里去——他也是个估衣商——而且引进寒冷、青春、哗笑到铺子里。

我想要些东西,阴沉而文雅,带一种漂亮的忧郁的阴影,所以我说:

"给我一套西班牙贵族的衣服。"

这贵族显然地是很高,因为我完全被吞在他的衣服里。而且我觉得十二分地孤独,好像我是在一间宽阔的、空虚的大厦里。从这套衣服里出来之后,我要别的了。

"你乐意是一个粗人吗?小丑穿的带铃铛的衣服吗?"

"粗人,一点不错!"我带着轻蔑而呼喊。

"好啦,那么,一个匪徒。这样的一个帽子和短刀。"

啊,短刀,是的,那正合我意。他们把衣服给我了,但是不幸那个匪徒又不曾长足身量,十之九他曾经是一位八岁的矜丧的青年。他的小帽子还掩不住我的后脑勺子。我不得不从他的绒裤子(breeks)爬出来如同从一个笼子里。一个当差的衣服不行:那通同都脏了有如一匹花斑豹。僧人的衣服上满是窟窿。

"快点,天不早了。"我的打扮好了的同伴们催促我说。

余下的只有一套衣服——那是一个讨厌的中国人（China man）的。"把那中国人的给我吧。"我摇着手说。他们把它给我了。它是魔鬼所知道的东西哩！我不是说那套衣服。我默默地穿上那在我是太短，还差一半到不了脚跟的、痴呆的花鞋。但在其馀绝不要紧的部分，那鞋却伸张开去，有如两个莫名其妙的附属品在我的脚的两边。那红色的破布掩住我的头有如假发，而且用了线系在我的耳朵上，所以我的耳朵伸出去而且支撑着有如蝙蝠的，我对这倒也没有话说。但是那面具啊——

它是——假如人能用这样的话——一个抽象的脸。它有鼻子，眼睛，嘴，一点也不少，又都是在正当的地方。但是没有一点人气在它上面。一个生人看来不会那样的镇静——即使是在棺材里。它既不表示忧愁，又不表示高兴，也不表示惊讶——它底底确确地表示"无物"！它平坦地镇静地看你——一种不可遏止的大笑便压倒了你。我的同伴们在沙发上乱滚，无力地陷在椅子里，又是打手势。

"它将要是今晚顶奇异的面具了。"他们宣说。

我要准备着哭了；但是我刚一照镜子，我就笑得颤了。是的，它将要是一个顶奇异的面具！

"无论如何，我们决不摘掉我们的面具。"在路上的同伴们说，"我们宣誓。"

"君子一言（honor bright）。"

（三）

诚然它是一副顶奇异的面具。人们成群地跟着我，拉转我，推我，戏弄我。但是当我被激怒了，愤愤地转向我的追逐者的时候，不可遏止的大笑抓住了他们。我所到的不拘哪里，哄笑的咆哮的云环绕着，压迫着我；它随着我移动，我又不能从狂欢的圈子里逃去。有时这狂欢连我也抓住了，我叫喊，唱，而且跳舞直到各种东西都像是在我面前旋转，有如我醉了酒。但是各种东西离着我是多么遥远啊！而且那面具下的我是多么寂寞啊！最终他们让我安静了，愤怒与恐怖，恶意与温柔相混合着，我看着伊。

"是我。"

伊的长睫毛在惊讶中慢慢地抬起。整个儿的一束黑光线闪闪向我；一声大笑，回环，快乐，光明如同春日的阳光——一声大笑算是答复了我。

"是的，是我；我，我说。"我带着微笑坚说，"为什么今晚你不曾去呢？"

然而伊只是大笑，快活地大笑。

"我好难过哩；我觉得很悲伤。"我说，哀求一句答话。

然而伊只是大笑。伊的眼睛的黑闪光消灭了，伊的微笑闪烁得更光明了。那确是太阳，但是灼炙，残忍，而暴虐。

"你是怎么一回子事？"

"真是你吗？"伊说，强制着伊自己。"你是多么招人笑啊！"

我的背弯曲了，我的头垂下了，在我的姿势中有着如此的失望。其时伊，在脸上带着微笑的将灭的回光，看着那在我们身旁急速走过去的欢乐的青年夫妇，我说："笑是不好的。你不觉得有一个活着的受苦的脸在我的可笑的面具背后吗？而且你看不出我戴上它是仅只为了它能给我以看见你的机会吗？你给我理由去希望你的爱，继而如此地快，如此地暴虐，你又剥夺了我这理由。为什么你不曾去？"

在伊的温柔的、笑着的唇上,挂着一个抗议,伊急遽地转向我而且一声凶暴的大笑完全压倒了伊。哽咽着,几乎是哭着,又用了芳香的、花边的手帕掩了伊的脸,很吃力地说出:"在身后的镜子里照照你自己吧。啊,你是多么招人笑呀!"

皱了我的眉,含着痛苦咬了我的牙,带着一副血都逃走了的,渐渐变得冷却的脸,我照那镜子。一张白痴的镇静的,蠢然的满意的,非人的不动的脸注视我。我陡然发出不可遏止的一阵大笑。带着尚未停止的笑声,但是已经打着渐起的愤怒底战栗,抱着失望的疯狂,我说——不,差不多叫喊了:

"你不应该大笑!"

当伊重复安静了的时候,我继续低声地述说我的爱,我从来不曾述说得如此好,因为我从来不曾爱得如此强。我述说期待的痛苦,述说疯狂的嫉妒与愁苦的、无限的眼泪,述说通同都是爱情的、我自己的灵魂。我看出伊的垂下的睫毛是怎样地投出浓的暗影在伊的粉白的两颊上。我看出穿过了两颊的暗淡的苍白,渐渐吐焰的火是怎样地射出红的反光,而且伊的柔软的全身是怎样地不自觉地俯向了我。

伊打扮得有如夜的女神,而且通是神秘,穿着黑的、烟雾似的花边衣,上面闪烁着宝石的星光,伊美丽得有如辽远的儿童时代的、忘却的梦。当我说话时,我的眼充满了泪,我的心含着欢喜而跳动。我觉察出,最终我觉察出多么温柔、慈悲的一个微笑分开了伊的嘴唇,而且伊的睫毛颤颤地抬起。慢慢地,怯怯地,但是有着无限的信力。伊将伊的头转向了我,而且——

而且这样地,我曾未听过的大笑!

"不,不,我不能。"伊差不多呻吟了,而且将伊的头仰回后面,伊陡然发出震动反响的大笑的瀑布。

啊,假使仅只一刻我能有一张人的脸啊!我咬我的嘴唇,泪流下我的灼热的脸;但是它——那个白痴的面具,那上面各件东西都在它的正当的位置上,鼻子、眼睛,与嘴唇——带着有一种满意,在它的愚蠢中,现出蠢然的可怖。当我走出去的时候,颤巍在我的花鞋上,很长的时间我才脱逃出那反响回环的笑声。那仿佛是水的一个银流从无限的高处落下,而在忻悦的歌声中碎在硬石上。

(四)

散布在通同睡着的街上而且用了我们的康健的兴奋的语声搅扰了夜的寂静,我们家去了。一个同伴向我说:

"你大大地成功了。我从不曾看见人们如此地大笑——唉呀!你要干什么?为什么你撕裂你的面具?我说,伙计们啊!他要疯了。看他正把他的衣服撕得一条条的。上帝呀!他真的哭了。"

附二 在车站上[1]

安特列夫原著
顾随重译

当我去到村舍的时候,正是早春。在路上还铺着去年的落叶。我并没有伴侣;自己徘徊在这寂静的空虚的村舍里,窗子上反映着

---

[1] 刊于1946年《青光》创刊号。

三月的阳光，我上到那宽平的看台上，疑惑着谁肯住在这里，在这赤杨和橡树的叶幕下呢。当我闭着眼睛时，我似乎听到连利的愉快的步声，富于青春气的歌声，和那女人的清脆的笑声。

我常常到车站上去接那客车。我并不是期待着谁，因为并没有谁来看我；但是我很喜欢那铁的怪物，当它们冲过去的时节，摇动着他们的臂膊，用它们的巨大的动力，缘着铁路疾驶，并且将一些于我生疏但又是我的同类的人带到别处去。他们对于我似乎是活着的而且古怪的。当汽笛响得那样狂恣而且那样傲岸的时候，我想在美洲，在亚洲，或者在酷热的非洲……它们也是这样地响法。

这是一个小车站，有着两条岔道，客车开走后，它是寂静而且荒凉。树林同着流水似的日光支配着这低小的月台与荒废的道路，并且静默中与阳光中混合了那铁轨。在一个岔道上，在一个空的睡车的下面，一些家禽正在徘徊，聚集在铁轮的下面。当人看见它们那种平安的喧闹的活动，人很难相信在美洲，在亚洲，在酷热的非洲……也是如此。一个礼拜里面，我同这小的一角上所有的居人都熟识了，而且正如熟人一样，我招呼那些穿了蓝外衣的更夫，和那些带着阴沉的脸色的和在太阳下放光的铜喇叭。

每天我在车站上看见一个警官。他是一个健康，强壮的人，正同其他的警官一样，阔的背，在一件贴身束紧了的制服里面，粗大的臂膊与一张年青的脸——这脸上，在一种严重的官僚的尊严之下，仍然看得出那种乡下的蓝眼的纯朴。起初他时常用了阴沉的胸怀来观察我的全体，并且装上一种毫无宽容的凛不可犯的尊严的神气。每逢他在身边走过去，他便要带了一种精明强干的样子，响着他的马靴。但不久他对于我便熟习了，正如同他对于那些支撑月台的柱子，对于荒废的道路，对于那下面跑着家禽的无用的睡车。在这样寂静的角落里,一种习惯是容易养成的。并且当他停止了观察我的时候,我看出这个人是腻烦着——世上再没有人像那么腻烦的了。他腻烦了这无生气的车站,腻烦了这无所用心,腻烦了这销磨精力的萧闲,腻烦了这地位的孤另——那在他高攀不上的站长与高攀不上他的下级雇员之间的位置。他的灵魂是倚靠(人家的)妨害治安罪为生的;但这小车站上没有人曾犯过妨害治安罪的。每次火车平安无事地开过去之后,在这警官的脸上,便泛起了被剥夺了权利的人的一种厌烦的表情。好久,他迟疑不决地立着,继而用了没精打采的步伐无目的地走到月台的那一端。在中途他也许在一个候车的农妇面前逗留一两分钟——然而她不还是和别的一样的农妇——于是皱了他的眉头,这警官又走过去了。

于是他便坐下,又胖大,又散漫,就和他已经被煮熟了一般,他并且觉出他那制服下的不用的臂膊是多么软而且无力。他那有力的,生来为工作的身体是怎样地为了无所事事地苦痛的厌倦而日渐疲惫。我们仅只是脑子里腻烦,但他却是全身各部分都腻烦了,从头下直到脚下:他的帽子,稚气地无意义地歪戴在一边,是腻烦了,他的马靴也腻烦了,而且响得又不调和又无秩序,好像闷哑了似的,他开始打哈欠了。他是怎样地打哈欠呵!他的嘴扯歪了,从这边耳根扩张到那边耳根,越张越大,竟至吞食了他的全部的脸。那就好像,再等一会后,从这逐渐扩大的窟窿里,你就可以看到他的装满了油汤的喉咙。他是怎样地打哈欠呵!他忽然起去了。但是那可怖的哈欠使我的牙把骨关节松掉了好久,而且那些树都碎了,跳跃到我的满含眼泪的眼里来。

有一次他们在邮车上捉到一个没有车票的乘客。这在腻烦了的警官便成为旷典了。他站直了,他的马靴坚决地尊严地响了,他的脸变得一团精神，怒了；但是他的快乐是不长寿的。客人补了车票，发了一句急促的咒诅重新回到车上去了。在后面，那警官的马靴的齿轮发出一种不知所措的可怜的响声，同时他的衰弱的身体无力地摇摆在那马靴的上面。

从此时时，每逢他打哈欠的时候，他对我便成了一种可怖的东西了。

有好些天，许多工人们在车站附近打扫地基。当我在城里逗留了几天归来之后，瓦匠们正在铺第三桁的砖；一所簇新的房子要筑起了。工人们很多，工作得又快又熟，而且看那直的平的墙从地上修起也是一种新的愉快。当他们用了泥灰已经铺好了一层之后，他们便铺第二层，照着砖的大小试安它们的位置，时而把它们放在宽的，又时而把它们放在窄的方面，并且为的使它们合适而砍掉它们的角棱。他们沉思地工作着，虽然这沉思很明了，而手续也简单，工作却仍然有格外的喜悦和兴味。我正享乐地看他们，一种有威势的声音在我肘边响起来：

"看看这儿吧，你，你叫什么！你为什么不把这个弄好呢？"

那正是警官的声音。他正从沥青的月台和工人分开的栅栏里挤出来；他指着一个砖并且坚执地说："你这带胡子的！把那个砖弄好了。你没看见，那是一个半头砖吗？"

那胡子有些地方被石灰染白了的瓦匠，一声不响地转过身来——那时警官的脸是严重而且凛然——他一声不响地顺着警官的指头，拿起砖来，修理一下，又一声不响地将它放在它的位置上。那警官给了我严重的一瞥遂即走开了。但是那对这工作的诱惑的趣味，较比那自尊心更为利害。他在月台上绕了两个圈子之后，他又回来停止在一个工人的面前，带了一种漫不关心地和藐视的态度。

然而他脸上却不再表现腻烦的样子了。

我到树林里去了。等我回来穿过车站时，正是十点钟，工人们都在休息，这地方是和平常一样地空虚。但是有一个人正在忙那未完工的墙：那正是那警官。他正拿起砖来，完成那第五桁。我仅能看见宽阔的紧束的脊背，但那脊背便表明了专心与犹疑了。显然是这工作比他所想象的为复杂。他的不熟练的眼睛正在欺骗他：他后退两步，摇他的头，俯取一个新砖，当他弯腰时，他的军刀竟刺着地。有一次他伸出他的指头，用了发现了难题答案的人的一种典雅的手式，就如同所见亚克米底斯自己用的手式一样；而且他的脊背重新取了更大的自信和坚决的姿态。但是他的手指，为了自觉得所作的工作的不体面，重新又蜷起来。在他的长成的全体上，有一种秘密，正如同小孩子们，当他们怕被人发觉了的时候一样。

我无意中划着了一枝火柴点着一颗烟，那警官吓了一跳，转过身来，有好一会，他不知所措地注视着我，忽然他的脸上被一种稍微祈求的，信托的，而且温和的微笑所照耀了。但又遂即收回他的尊严的凛然的面貌，他的手又举向他的小的稀胡子——就在那只手里还仍旧放着那块不幸的砖！现在我看出他对于那块砖，对于他的勉强的，祈和的微笑是多么痛苦地羞惭了。显而易见的他是不会红脸，否则他的脸要变得和他无法处置地拿在手里的砖一般红了。

他们的墙筑起一半了。再也不能看见那些技巧的工匠在他们的架子上是作些什么了。又有一次，那警官在月台上来回地溜达，打哈欠，他伸头看见我的时候，我能看出他是羞惭——并且他恨我。当我注视他那在袖子里无力地摇摆，有时强有力的臂膊的时候，注视他那不调和地响着的马靴和抱着的军刀的时候，我以为那通同是假的——那刀鞘里面就完全没有一只他可用以砍倒人的刀，正如没有一只他可用以打杀人的手枪。就是他的制服,那也是假的,好像那通是奇异的化妆跳舞举行于白月之中,在合式的三月的阳光的面前,而且在平凡的工人们和睡车下捡谷粒的匆忙的家禽们的里面。

他是时时——时时我开始要想一个人。他是如此地可怕的腻烦。

(完)

外编

小说絮谈

夜 话[1]

（一）书信

1. 在青州接到明信片，因忙着要作两篇小说[2]，所以没得给你回信。现在两篇都脱稿，觉着较以前的都好……

1921.6.30致卢伯屏函

2. 您们的像片和对于《反目》的批评信，都得着了。我感谢您们那样不客气，真挚的批评。《反目》的确有点儿"足"中不"美"，（但您们都以为是"美"中不"足"。）题目改一改，倒使得，只是

---

[1] 此部分有关小说的内容，摘录自顾随的往来书函及日记，书函依收信人年龄长幼排序。可参看十卷本《顾随全集》之卷二、卷八、卷九。
[2] 今所见青州时期小说创作，最早者为作于6月27日的《夫妻的笑》与6月28日的《爱——疯人的慰藉》。此前当有小说创作，惜今未见。

找不到一个适当的。至于内容，那是"已成之局"；我也不想——并且不能——改了。譬如一个人长的倒也白净，只有鼻，口，眉，眼等处，安插的稍微有点儿不合适，但无论如何只好是听其自然，不能改作了。我很喜欢人家批改我的作品，(不是虚心，只是成性。)我很反对近日的作家那样固执；——一遇见他人有不满意的批评，便破口大骂。像创造社的人们和胡适之先生因为一句外国文翻得不甚妥，便打了半年笔墨官司，这种我是极"赞不成"的。但这篇《反目》，我却不能听从三位老兄的话去改良题目和内容，则又何耶？

这篇的材料，是我得之于荫庭口中者。(这话已将近一载了。)事实上"反目"底确是终身。当时听了，很以为可怜。所以一下笔先拟了个"反目"的题，又因为怕读的人对于这位篇中的女主人起误会（以为她真有些不大……）是故在第一节里，极力描写她的幽娴贞静——旧式的，也是作者一番苦心。那原不是作者注意所在处，只算是烘云托月的笔法。不料写到那里，便病了。直到今年春天里才续完。事过境迁，眼光亦变，写完了一看，好像为自己——一个好以"幻想"自慰的人——写照。重读了好几遍，越发觉得薄命人孤寂的可怜，真想哭了。三位老兄想想："已成之局"，怎么能改呢？我意思还想把第一节去掉，一直便从"到了吉期"起首；但是"敝帚自珍"，又舍不得，所以仍之。

您们不是都看过梭罗古勃's《铁圈》么？《反目》不是有点儿相似吗？人千万不要屈服在环境之下呀！但是那也得是一个有胆气的人，才能奋斗，才能战胜环境。有多少胆怯而爱和平的人，没有胆力去抵抗压力，改革制度，竟自以"幻想"自慰着虚过了一生！（咳！可怜，可怜！我也是其中的一个呢！）我写了那篇，爱惜还不暇，怎么又能改削呢？恕我不能满读者的意，因为它已竟满了作者的意了!

1923.5.2致卢伯屏函

3. 我曾草小说曰《海上斜阳》[1],叙述在女中[2]辞职经过。自君培走后,搁置两月,未行赓续。昨夜忽然高兴,提起笔来,续了三千字。大约再有两日,便可脱稿。此篇为弟来青后第一巨工。此刻已有万馀字(写出者)之谱。预计再有一二千字,即行交卷。较春间《生日》[3]一篇尤长。得此真可以自豪,并可使兄阅之而喜也。

篇中我之假名为"孟珠",兄之假名为"孟锦"。……孟珠在女中作事,孟锦则在另一局所供职——稍与事实不符,然此乃弟之惯技,不足为奇。所可异者,我二人以异姓而联为同胞手足;而周作人先生动辄称其兄为鲁迅君,以同胞又分为异姓,世事真无独有偶耳。

1924.10.11致卢伯屏函

4. 得君培[4]书,对于《海上斜阳》,颇有贬语;并谓后段气力不足。不知兄以为然否。总之君培不喜我作此类文字,故所言如彼耳。弟自以为那篇的末段,真乃呕心吐血之作。君培或以为太过,其实尚不抵事实三之一也。不过描写世事,易陷于丑。且通篇无一处可以令人快意,则诚然也。

1924.11.28致卢伯屏函

---

[1]此稿今未见。
[2]女中,指济南女子中学。
[3]此稿今未见。
[4]友人冯至,字君培。

5．本有意休息，不读书，不作文，然独居寂寞，舍读书外，更无可消遣。日来读英文小说，日可三四十页，虽属走马观花，差幸于博弈耳。

1925.4.8致卢伯屏函

6．学校仍然罢课，……以罢课故，刻下已无事可干。(？)弟日日读英文小说而已。

1925.6.9致卢伯屏函

7．自五卅事件以后，日日读书，英译柴霍甫[1]小说，已阅六七十篇。今兹操笔属文，文思亦颇不枯……

1925.7.8致卢伯屏函

8．弟刻在平原北关小茅店中，……昨日在栈中睡觉甚少，今日觉稍愈，遂停止读书——弟此次旅行，途中无日不读《父与子》。

1925.7中旬致卢伯屏函

9．日来弟甚能读书，前夜（二小时的工夫）至浏览英文小说五十馀页。足见近中读外国文的能力亦增进矣。

1925.10.24致卢伯屏函

---

[1]今译契诃夫。下同。

10．昨日得ㄔㄣㄧㄥ君书[1]，有感；因作《孔子的自白》一篇。系取《论语·述而》第七之一节而演义者。原文录出如下：叶公问孔子于子路；子路不对。子曰："汝奚不曰：'其为人也，发愤忘食，乐以忘忧，不知老之将至云尔。'"情节本甚简单，弟之文笔尤糟。差幸勉强完卷。

1925.12.12致卢伯屏函

11．方草罢《浮海》[2]，颇思稍休。……
《浮海》亦《论语》故事，……

1925.12.24致卢伯屏函

12．上礼拜一日作了一篇《废墟》，甚满意；……

1926.12.4致卢伯屏函

13．我已着手作翻译。敢情很容易。我真奇怪他们为什么把翻书当作一种神圣的高不可攀的事业呢！我敢自信，再过一两个礼拜（或者三五个），我一定翻的又好而且又快。我翻的是安特列夫的《小天使》[3]及其他。

1928.3.7致卢伯屏函

---

[1]ㄔㄣㄧㄥ，旧国音字母，今汉语拼音chén yīng。陈瑛，著名翻译家。时为顾随济南女中弟子，因见老师来书中有错字，言："真的老了么？K师！""顾"字的英文旧拼是"Ku"，当年弟子、友人们称顾随为"K师""K君"。
[2]此稿今未见。
[3]此稿今未见。

14．陈西滢所译《少年歌德之创造》，并非歌德作，乃一法国小说家所作以叙歌德之事迹者，故名。今北新[1]又出一书，名《初恋》，屠格涅夫著，亦甚好。

1928.5.26前致卢伯屏函

15．《反目》系近作；那一篇《美丈夫》[2]，是去年春日的作品；因为原稿遗失，这是新又补作的。现在都剪下来，给您和伯屏寄去。《美丈夫》我还没有存稿，……

《反目》比较的算满意之作。……女职的学生们看见，都大发其同情心，并且替篇中的女主人，极抱不平。我的作品，近渐趋于"清一色"的"女性崇拜"。（大约我之文学上的归宿地，即在于此矣。）篇篇都带些灰色的色彩——苦中之安慰，笑中之泪。……近来的成绩，不过如此。

1923.4.27致武杕生函

16．《红楼》中的家庭堕落——精神，物质两方面的堕落——是现在中国一般的"孽镜台"。可惜中国人都模模糊糊的当笑话，谭资看过去；再不然便是当文学，著作品看过去；都不曾想到家庭改造这一层。

1921.6.4致卢季韶函

17．我觉得那篇（《反目》）中的女主人公，是"可怜的我"的

---

[1]北新，指北新书局，1924年创建于北京，为一民营书店。
[2]此稿今未见。

写照。

1923.5.3致卢季韶函

18. 近中思想，可于《失踪》中见之，不具述，又此篇艺术尚有缺陷，以急于付邮，不暇削改矣。

1923.12.17致卢季韶函

19. 近草《生日》。（小说集《不匀称的颜色》之一。）二三日内，便可脱稿，当寄京。老弟阅之，自得我近日生活状况。

1924.4.12致卢季韶函

20. 《灰色马》[1]甚好，老弟已读之否？我于前日一读，受感动不浅。

1924.4.12致卢季韶函

21. 法国浪漫派文学家，有一个鲍尔扎克[2]，他自号为文学界上的拿坡仑[3]；他人都叫他个快活的野猪（un joyeux sanglier）……。
我时时刻刻想着要作这么一个人。

1924.5.14致卢季韶函

22. 这种Paradox或者Play on words，我们掀开Oscar Wilde的作品，是随时可以遇见的。其实说是Paradox，不如说是Absurdity或者

---

[1]作者路卜洵（1879—1925），原名萨文夸夫，俄国作家、革命家。
[2]今译巴尔扎克。
[3]今译拿破仑。

nonsense较为切合一点。

我近来说话，很有这种风调。这许是受了《阿丽思漫游奇境记》的影响，也未可知。（附带声明：这部书实在是一部好书，您暑假在家没事，不妨熟读，千万不要拿着当作消遣。）

1924.7.21致卢季韶函

23. 写了一篇东西，叫作《乡愁》，才脱稿，是仿照《立水淹》、《寂寞》那些东西而作的。但是可怜的很，写出来一点幽默humor的性质也没有，只是黯澹。大约是心情变迁及年龄长大的关系，噫！

1924.7.21致卢季韶函

24. 前晚与昨晚，开始写一篇东西，叫作《浮沉》[1]，怕不能成功。近来创作的欲望和能力，都比以前减少。这怕就是我的衰老的来临吧！一月来看了许多法国及俄国小说，——英译的和汉译的。受影响最大的，要算柴霍甫集了。这个《浮沉》，如果写完，色彩和布置，一定和从前的东西不一样。

1925.7.5致卢季韶函

25. 《浮沉》上半部已脱稿，然仍须大加削改，始能见人。故此刻尚不克寄呈。至于下半部何时下手，何时告成，则更无确期。缘上半部要写一与世浮沉，随波逐流之青年，取材甚属易易——其实大部分，仍以我自身为影射。至于下半部，余颇思再写一强有力冷无情之青年，与上半部之主人公，作一对照。但此项"模特儿"，在

---

[1]此稿今未见。

现时中国，甚为缺乏。思维再四，或将以武枞生君为粉本也。

对于写此下半部之预备，已打算妥当。至少须一读尼采之"Thus Spake Zarathustra"，斯梯儿纳[1]之"The Ego and His Own"，及叔本华之《悲观哲学》，（三人皆德人也。）始能着笔。故我此刻之计画，不在写而在读。即上半部《浮沉》，亦全受柴霍夫[2]老先生影响，则上月苦读其全集之结果也。至于下半部之结构之轮廓，盖亦有鉴于屠仅涅夫[3]之《父与子》。然亦为是故，着笔愈发必须小心谨慎，因为一疏忽，便使此理想之青年，落了Bazarov之老套也。

1925.7.12致卢季韶函

26. 不知何故，近中读书力大见增加。原先读郭译《维特之烦恼》，不一页便思弃去。而日昨则一气读完下半部，并且印象极深。英译《父与子》，在往昔无论如何，不能看懂；刻则已毕业，兴味盎然，亟思重读。即尼采之Thus Spake Zarathustra，在原先亦在束置高阁一类书籍之中；而昨日一气读完十馀页，如嚼橄榄，其味弥厚。

1925.7.12致卢季韶函

27. 近有《说红（石头记）》一文[4]，尚未脱稿，俟日后寄去一看。

1952.11.2致卢季韶函

---

[1]今译施蒂纳。
[2]今译契诃夫。
[3]今译屠格涅夫。
[4]即《说"红"答玉言问》。

28. 至我比来读书颇有小进益，……至于文学方面，则读了一部苏联文学史，甚有所得。小说看得尤其多，最佳者三种：《真正的人》《绞刑下的报告》及新版《钢铁是怎样炼成的》，真乃震古烁今、发人意气之作也。又《奥斯特洛夫斯基传》亦大佳。中国作家之作只周立波之《暴风骤雨》可以一读，余皆不能满意。

1953.2.16致卢季韶函

29. 天寒懒于出门，日惟看中译本苏联小说自遣。虽不能说每本书皆能令人百读不厌，要是万壑争流、千岩竞秀，各自有其引人入胜之处。而《远离莫斯科的地方》一书，三大巨册，以三日读竟，甚佩其精神伟大、文字离奇。

1953.11.11致卢季韶函

30. 《红楼》一书，佳处在白描而不在雕饰。玉言于此，当有同感。即如《新证》所举"玉兄"出祭玉钏[1]，"一弯腰"云云，实是雪老天才底光辉灿烂处也（其馀自然可以类推）。

1953.10.28致周汝昌函

31. 吾迄昨日始读美法斯特所著《没有被征服的人们》（Unvanquished）一书竟。吾于美国作家向来蔑视。于阿伦坡[2]、惠特曼，稍有恕辞，而又未能尽读其篇什，特人云亦云，未欲轻之而已，无所谓欢喜赞叹，心悦诚服。读法斯特氏此书，始自觉向来真轻量夫"扬基"（yankee）也。法氏写华盛顿由资产阶级士绅，

---

[1]玉钏，当系"金钏"之误。
[2]今译爱伦坡。

出入生死,旧日以死、新日以生;且由懦庸、忠厚,逐渐蜕化、生长,成为自由之战士、革命之英雄,愈寻常,愈伟大;愈卑俗,愈雄奇。

1953.11.14致周汝昌函

32. 雪老穷途落魄、寄居京郊、矮屋纸窗、夜阑人静、酒醒茶馀、坐对云老、共伴一灯、横眉伸纸、挥毫疾书,一卷既成,先示爱侣:此时此际,此景此情,非吾玉言孰能传之?[1]……居今日而传雪老,必须留意其心理之转变。所以者何?《红楼梦》者,忏悔之作也,所谓悔书也,何悔乎?悔其少不长进,不独有辜父兄之望,亦且无以副脂粉之爱也。(注:此在雪老为主题,而吾辈治红学、写曹传之主题,却不在乎此。)至其馀霞成绮、微波舞风、天才旁溢、运斤弄丸,乃如温犀照渚、禹鼎铸奸,黑暗社会、腐败家庭,崩溃灭亡,如土委地。

……

读《红楼》而感盛衰,是文大师所谓"你管得许多闲事"。治红学而震惊于曹书艺术手腕之高,此近是矣,而未尽是。曹书中之人物、之事迹,有供吾辈今人之参考、之借镜,此则红学之所以不可以不治,曹书之所以不可不读,而雪老之所以为旧社会、旧思想之一位董狐,而今日新社会、新道德之一面秦镜也。

1953.11.14致周汝昌函

33. 曹家系出包衣,雪老父祖职居织造。包衣者,奴才,《新

---

[1]时周汝昌拟撰《曹雪芹传》。

证》考之綦详，此不须说。若夫曹家之为织造，实兼三差。如字解，"织造"，一；至曹寅，则清客，二；同时又为满洲主子之密探、之特务（之爪牙、之鹰犬），三也。是故曹家之煊赫奢侈，不独有其经济上地位底关系，实更有其政治上地位底关系。然则荣宁二府之乱七八糟、乌烟瘴气，固自有其由来，几见狗腿子之家而能世泽绵远者乎？

1953.11.20致周汝昌函

34. 前书谓曹氏为满洲主子之鹰犬、之爪牙、之密探、之特务，后二者即不无，前二词实不妥，当云"耳目"始得耳。旧社会中凡居高位掌大权者（即校头子、系头子亦胥然已），无不有其豢养之特务与夫密探。帝王之信用阉，与家长之纵容婢仆，坐使残害忠良、离间骨肉、混淆黑白、挑拨是非，始也视为腹心，继而尾大不掉，终焉国破家亡。前者不佞只见之载籍，后者即耳闻目睹且身历之。廿岁后怕看《红楼》，此其一因。书至此有馀痛焉。

1953.11.22致周汝昌函

35. 《红楼》一书，文字华瞻，高出一切说部之上，惟风骨未遒，立意不高，乃其大病。玉言于此，或将摇头。不佞尚未得见脂评真本曹书，贸然下断，或有偏差，但自信不至大错。

1953.11.24致周汝昌函

36. 《新证》六百五页曰："一句话，代表着一群受压迫受迫害的不为人所齿的小人物阶级，在改变了社会地位关系之后，重来和过去的统治、压迫者算账。"述堂于此一句话，半肯半不肯。肯者，吾辈今日读曹书,正当如是读;不肯者,雪芹当日的的确确忠实地写此一般小人物,然而绝不是为算账。(深文周内一下子:此算账是小人物争取而得来者乎?如谓小人物为"趁火打劫",则曹家丁此之际,为"没兴一齐来"耳。孟子舆氏所谓"亦运而已矣"。运者何?自发的而非革命的也。)要写算账,须是作者完全站在小人物底立场上。历史局限、阶级不同,雪老绝不可能觉悟到如此地步也。雪老之如是观、如是写,其意识只是"积不善之家,必有馀殃"。同情于小人物即不无;而其主旨仍是前车之覆、后车之鉴,欲史席常履存者知所戒惕而已耳。试看秦可卿死后,鬼魂向琏二奶奶托兆所说的话,便可知之。这一段话,不是可君其言也善之言,乃雪公心中之言,而托之于蓉哥儿媳妇者也。问:何以托之可君而不托之别的女性?曰:可君一无可取(婉媚而外),雪公馀情不断,不觉遂向伊人脸上搽粉也。雪公自有其阶级,彼未尝不痛恨并且诅咒此阶级,却未尝不低回流连于此阶级。曰"暴露"则诚有之,"推翻"则未必,即曰目睹其灭亡夫然后快于心亦不可能。尊意云何?

1953.11.24致周汝昌函

37. 木兰花慢 · 鲁迅先生逝世廿周年献词

揭来三十载,所爱读、大文章。有鲁迅先生,先之《呐喊》,继以《彷徨》。(起用旧句[1])悠扬,傍河《社戏》,驾乌篷萧索望家乡。"日记"始于何日,"狂人"信是真狂。　荒唐,礼教甚豺狼。《祝福》也悲凉。甚导致《离婚》,爱姑奋

---

[1]词之前两韵,此前在另首词中用过,故云"起用旧句"。

斗，枉自奔忙。茫茫，一条道路，算阿Q孤独更堪伤。天上人间何恨，煌煌日出东方。

先生回忆儿时故乡生活之作，最富于散文诗意，《社戏》其一也。然正如先生所云，小时吃过的香瓜、茭白、罗汉豆之类，后来再尝亦不过如此，只留着鲜美的记忆而已。是以《故乡》一篇开端即说："我冒了严寒，回到相隔二千馀里，别了二十馀年的故乡去。时候既然是深冬，渐近故乡时，天气又阴晦了，冷风吹进船舱中，呜呜地响，从篷隙向外一望，苍黄的天底下，远近横着几个萧索的荒村，没有一些活气。我的心禁不住悲凉起来了。"然所谓"萧索"与"没有活气"者，其时故国亦何尝不尔？此先生之心所以悲凉而不能自已。《狂人日记》反对礼教吃人，发两千馀年之秘，乃前古未有之作，惟有"狂人"始信其为"狂人日记"耳。《祝福》中之祥林嫂，终生为旧社会制度所蹂躏、所摧残，卒于众人祝福之日，投水自杀。若《离婚》中之庄爱姑，则较之为有战斗性矣，然屈于恶霸地主之积威，亦不得实现其志愿也。《彷徨》中写三进步知识分子：《在酒楼上》之吕纬甫终于屈服；《孤独者》之魏连殳终于自毁；《伤逝》之史涓生在丧失其爱侣与战友之后，仍思生活下去，而用说谎与忘却作前导，则其前途亦至渺茫——其病皆坐于孤军作战，同乎其为孤独者也。若《呐喊》中《阿Q正传》之阿Q，其无援助、无友朋，较之三人为尤甚，而其下场亦更惨已。

1956.10.25致周汝昌函

38. 上月得杨敏如兄自京来书，云寒假中又读得冈查罗夫之《奥布洛莫夫》一过，自觉身上极有奥布洛莫夫气。当即复书谓奥布洛莫夫之于阿Q，倘不能说是半斤八两，亦可说是各有千秋，大多数人身上俱有此二公之气，但有底自觉，有底不自觉而已。

1957.3.6致周汝昌函

39. 那一本《阿尔察诺夫医生》我不曾买到，原因是黄家花园小书店没有此书；而我半年来又不曾到大街上去。我倒很想读一读它，教之京给我买一本吧。

1954.5.31致顾之燕、顾之平函

40.《我们这里已是早晨》那部小说，你读了没有？书中的主人翁本是一位少校，而且准备继续作军事研究的。然而党却叫他去作渔场经理——库页岛的渔场经理。结果，他作了，而且还是蛮好。这是值得学习的。

1953.8.31致顾之京函

41. 来时，如有闲钱，到书店里给我买一本《阿尔察诺夫医生》。我有两个月不曾看新的苏联小说了，怪馋得慌。

1954.5.31致顾之京函

42. 买了一部《青年近卫军》，忙里偷闲，八九百页大书，总算差不多读完看完了。不过并不觉得多么好。坏，也说不上来，只是太沉闷，念起来憋气。

1954.10.29致顾之京函

43. 那本《斯大林时代的人》，这次千万想着带回来。我每逢身体疲劳、情绪低落的时候,一读苏联的文学作品,立刻就有劲了。这些日子,黄家花园小书店里没什么新书,我又忙得没工夫上新华书店去,非常之闷气。新出的书,报上有广告,我看过就忘了。只记得有《海鸥》和《建设斯大林格勒的人们》,你若有工夫,到西单给我买一本。

1954.11.8致顾之京函

(二)日记

1. 十一时到文化服务部购得书二册,一为耿译高尔基长篇小说《家事》,又其一则为《解放区教育论文集》,……

1949.2.26

2. 上午到文化服务社借来《高尔基》一册,……下午小睡起即读《高尔基》,觉原作叙事甚生动,译笔亦明净,佳书也。

1949.3.13

3. 于文化服务社借来《解放区短篇创作集》一册。下午小睡起,觉周身酸楚不可支,即卧床读短篇创作,其中有数篇颇刚健朴素,不谓之进步不可也。

1949.4.3

4. 下午小憩片刻,起来茗饮后阅卡达耶夫著《团队之子》。

1949.4.6

5. 昨夜枕上阅法捷耶夫所作《妻》，入眠甚迟，今日遂觉疲乏无力。下午小睡亦不香美，起来看高尔基之《爱的奴隶》，殊不佳。惟第二篇笑话（与前一篇并订一册）则极见天才。

1949.4.7

6. 灯下看班特莱夫之《文件》，甚觉新鲜。

1949.4.9

7. 下午睡不成，起来茗饮后与稚女外出散步，……归来读毕《月落》（斯坦因贝克作）。

1949.4.10

萃　语[1]

1. 人称鲁迅是中国的契柯夫[2]（A.Chekhov），他骂人时都是诗，但Chekhov无论何时其作品中皆有温情。鲁迅先生不然，他作品中没有温情。《呐喊》不能代表鲁迅先生的作风，可以代表鲁迅先生作风的是《彷徨》，如《在酒楼上》，真是砍头扛枷，死不饶人，一凉到底。因为他是在压迫中活起来的，所以有此作风，不但无温情，而且简直是冷酷。但他能写成诗，《伤逝》一篇，最冷酷、最诗味。《朝花夕拾》写幼年的回忆，比《野草》更富于诗味。

1940年代讲《诗经》

2.《官场现形记》写官场黑暗，而尚有一二人想做清官。《阅微

---

[1] 此部分有关小说的内容，摘录自顾随课堂讲述，依所讲课程门类时代先后排序。可参看十卷本《顾随全集》之卷四、卷五、卷六、卷七。
[2] 今译契诃夫。下同。

草堂笔记》记一清官死后对阎王说，我一文钱不要，"所至但饮一杯水"。阎王哂曰：

> 植木偶于堂，并水不饮，不更胜公乎？（卷一《滦阳消夏录一》

刻一木人，一口水不喝，比你还清。而那究竟还清。其实只要给老百姓办点儿事，贪点儿赃也不要紧；现在是只会贪赃，而不会办事——向内、向外都没有。

1940年代讲《论语》

3.《论语·先进》篇中"子路、曾晳、冉有、公西华侍坐"章，以每个人说的话表现此人物的性格，正如《阿Q正传》中阿Q的话，《水浒传》中李逵的话。阿Q偷了静修庵的萝卜，被老尼姑抓住，阿Q说："我什么时候跳进你的园里来偷萝卜了？"还指着兜在大襟里的萝卜说："这是你的？你能叫得他答应你么？"李逵从梁山上下来接老娘，在山里老娘却被老虎吃了，李逵说："我千辛万苦背到这里，却把来与你吃了！"活画出阿Q、李逵的性格。

1940年代讲《论语》

4."人莫不饮食也，鲜能知味也。""味"，味觉、触觉。不渴、不饥之外，还要知味。"人莫不饮食也，鲜能知味也"，学道不是学饮食，是要知味。终身由之而不察，不行。我们要察，要知道，这是学道之人比平常人多的责任。一个学道之人要有他生活的智慧，便是由于知味。我们受困苦艰难，要自其中得到智慧；否则，白受了。

"天将降大任于是人也"(《孟子·告子下》),就因他在饮食中得到味了,在困苦艰难中得到智慧了。鲁迅先生所写之阿Q,便是不知味。平常随处是道,常人只是食而不知其味。阿Q亦有道,只是他不知。

1940年代讲《中庸》

5. 武松打虎,见榜文,不肯下山,怕人笑话自己怎样。武松打虎一点儿把握没有,要是林冲根本不上山,要是鲁达上山也不怕。此二人,一诗人、一英雄,武松只是俗人。

1940年代讲《中庸》

6.《呐喊》,小说集,其中有《鸭的喜剧》:

> 俄国的盲诗人爱罗先珂君带了他那六弦琴到北京之后不久,便向我诉苦说:"寂寞呀,寂寞呀,在沙漠上似的寂寞呀!"

文章有花开水流之美,自然,流动。此外则如雕刻一般,亦好极,惟幼童不能读。

1940年代讲《文选》

7. 中国小说与外国小说之最大区别,乃在于中国小说只是事实的记载,西洋则注重心理的描写。《聊斋》好的作品有点儿心理描写,坏的则只是故事之记载,并非小说。好的小说,必定描写人物生活、心理之转变。《水浒》《红楼》,不但写其故事而已,不但表现心理,且将其灵魂裸露出来。好的小说皆是如此。余作小说亦注意此点。科举时代,"不求文章高天下,只求中人试官眼"。《聊斋》文章不通,《阅微草堂笔记》亦不通。(《聊斋》尚有一二篇、一二句好的。)如看《儒林外史》,不如看《水浒》。(余不喜《红楼》。)

1940年代讲《文选》

8. 文人写史上之事,丑恶之事都美化了。《水浒传》写杀人放火,而写成了美。鬼,并不美,然在大画家画出来之鬼,把鬼给美化了。叫花子,在艺术家之笔下也变成美的了。造化者,天地也,造物主也。大艺术家之笔下,巧夺造化。因为艺术家可以巧造许多事物出来。一个文人之笔,不亚于上帝之手。《水浒传》之作者,在创作言,就是造物主。天地间事物除去了美之外,还有什么值得我们写的?不美之事物,尚要写成美,何况真的美?

1940年代讲《文选》

9. 从谂禅师又说:

老僧把一茎草作丈六金身用,把丈六金身作一茎草用。(《赵州语录》)

鲁迅先生颇能以"一茎草作丈六金身用",如《阿Q正传》,《易传》所谓"其称名也小,其取类也大"(《系辞》)。

1940年代讲《文选》

10. 鲁迅先生《阿Q正传》署名巴人,大家议论这是谁。人在旁边议论纷纷,鲁迅先生仍坐在他的公事桌边,毫不动声色。(鲁迅先生说笑话,自己绝不笑。)

1940年代讲《文选》

11. 英国有诗人写过一篇速写,最好。故事写一诗人看其贵族朋友,敲门时出来一女仆人(maid servant)——如中国所谓之丫头差不多,并非老妈子——虽并不年轻,但不过三十。她有点儿可爱,但不知什么地方,不能使人亲近,就是诗人一万年不来,她也不会想他。这篇文章主要写丫头之干净、整洁。她把诗人让到客厅,一声不言就走了。等主人不来,诗人就想写诗,拿一墨水壶,没拿住,掉了,掉在极昂贵的地毯上,于是各处按电铃,慌极了。丫头进来了,她知道了,扭头就走了,冷冷静静地。她回头拿来水与海绵,诗人往长椅子上一坐,看她做得非常仔细、有条理。眼看就干净了,恢复了原来的样子,诗人想着给她多少钱。此时丫头起来了,收拾了东西,笑着说:"先生,要喝一杯茶吗?"真文雅。诗人觉得自己俗极了。之后不久,主人回来了,主客相见,诗人告诉主人洒墨水之经过,谈谈就走了,也未给女仆钱。这故事不但幽默,而且讽刺。人有时候觉得某人待我不错,头一天觉得好,第二天就觉得差点儿,一天天就淡了。英国一牧师布道讲得好,极感动人,照例讲完即募捐。(唐和尚说法后,亦要求布施。)一富翁在后面坐,极感动,说我捐一千。牧师捐完第一排,富翁想,何必一千,五百可矣。一排排捐下来,至富翁时捐五毛,但心想捐一毛就可以了。人就如此肤浅,没出息。不揭开,人为万物之灵;揭开,则显得刻薄。此种讽刺之文章,易使人刻薄。在青年观察应锐敏,思想感情应丰富,而存心不可不忠厚。牧师募捐之故事是真实的,但太刻薄。小泉八云所举之故事与此故事相仿佛，不过写得好。此幽默与讽刺之不同处，幽默固然是讽刺，但更富于温情。

1940年代讲《文选》

12. 凡是纪事中皆带有说理，说理之文章不必有纪事，然好的说理文章必有纪事。如《圣经》浪子还家、农人撒种等；如释迦牟尼《百喻经》百段小故事，其实即故事集。《孟子》最能说理，但善于讲故事，如日攘其鸡……幽默、讽刺。《庄子》讲玄学，书中故事最多。故不要轻视写小故事——可含哲理之意义，借小故事而使人了解，收效更大。……记载小事固然琐碎，然看如何写。若不会写，一国之兴亡写出来也毫无意义；若写得好，写羊狗打架也可以。写得好，感动人，但不是说"教训"。中国之文，"教训气""说明气"太重了，如小泉八云即举了故事，并未说出道理来，看之而感叹。

1940年代讲《文选》

13. 《水浒传》，白话，易讲易了解……

1940年代讲《文选》

14. 法郎斯《波那尔之罪》，三十岁人写老年人心情，真好。老年人精力衰颓还不要紧，怕的是情绪干枯。不过，衰老没办法，而情绪干枯有办法。人当写一本日记，于老年时察见自己少年心情，便能了解少年心理。而老年人多不肯察觉少年心理，察出也不认账。……屠格涅夫（Turgenev）著《父与子》，父与子代表两个时代，除去天性的爱以外，谈不到了解。子对父，不用说知道，即使知道而并不谅解；父对子则根本不了解。

1940年代讲《文选》

15. 余近来常谈《阿Q正传》，二十馀岁时即看到鲁迅欲揭示中国民族之传统上的毛病：麻木、不认真、糊涂……《阿Q正传》但挑这些，如大夫之割疮，实是大夫之慈悲。否则，虽有皮包着，里面就烂了，甚至于传布全身。

1940年代讲《文选》

16. 余作散文及翻译皆学鲁迅，翻译用直译，保存原来之音节。no go，即不行、搞不通之意。余译此句非常高兴。余欲以将莎士比亚（Shakespeare）之戏剧翻成曲子。

1940年代讲《文选》

17. 鲁迅先生不是天才作家，的确他是中国现代之大作家，列于世界文学家中也无愧色。他的成功完全是用功得到的，如其《中国小说史略》，考证文章，思想皆平日积累而成。

1940年代讲《文选》

18. 北欧之作是向前的，且坚苦卓绝之精神真了不得，"坚苦卓绝"四字，正是北欧之伟大，如一大树。中国之文学则如盆景、假山，故干净、明洁，然不伟大。北欧之坚苦卓绝的精神是宗教之精神，如耶稣、释迦。

1940年代讲《文选》

19. "现实了理想，理想了现实。"鲁迅先生确实将其理想现实了，故其作品骨子里之精神是西洋的、近代的道德观念，而非中国的、古代的道德观念（文学家、哲学家皆是寻觅、追求、发现真理，此真理即道德观念），而他的文章绝对是中国的，故鲁迅先生绝对是中国的土产，不是外国之移植。如《阿Q正传》中他揭穿中国社会之弱点，全用西洋之攻击法；而行文之美如《左传》，真美。故鲁迅之思想受了西洋影响，而在作风上仍然是中国的传统。如France之文章即表现法文之美，高尔基亦能表现俄文之美，鲁迅最能表现中国方块单音组成的中国文字之美，《阿Q正传》之英文译本无其文字美。

1940年代讲《文选》

20. 茅盾文中用"下一转语"（"转语"是禅宗语），用得不妥。写文章，把事实摆在那儿，无批评、论断，如俄班台莱耶夫（Panteleev）（《表》，鲁迅译，是其最大之成功作品）之类作品，乃新客观之写法，几乎连感情也不表现。另一种写法，是敢哭、敢笑、敢打、敢骂……什么都说，当然自有其理由。茅盾之"下一转语"，可想说又不想说，此在说话之技术上已是低能，何况在文中，更不能算高明。

1940年代讲《文选》

21. 鲁迅说，看冰心之作如听八十岁的老祖母说教训。老舍之《赵子曰》《二马》真使人摇头，但竟有人捧他，最近之老舍却颇有长进，《写与读》可见其用功之功夫。鲁迅《鸭的喜剧》写："入芝兰之室，久而不闻其香"——讽刺；"然而我之所谓嚷嚷，或者也就是他之所谓寂寞罢"——此是真费工夫;"俄国的盲诗人爱罗先珂君带了他那六弦琴到北京之后不久,便向我诉苦说:'寂寞呀,寂寞呀,在沙漠上似的寂寞呀!'"——如诗。鲁迅之文《阿Q正传》,古典得如《史记》《左传》,然读之如见其人,如闻其声,如视其事。

读文学作品,不是吃糖,然也不是吃药。有时作品读了比吃药还苦。鲁迅之文古典,干净至极,近来却觉得不然。如《表》《鸭的喜剧》,虽古典,还有真正的平民、人民、民众。

1940年代讲《文选》

22. 陆机《文赋》:"或藻思绮合,清丽千眠。炳若缛绣,凄若繁弦……"鲁迅先生的《在酒楼上》第一段说:

> 深冬雪后,风景凄清,懒散和怀旧的心绪联结起来,……窗外只有渍痕斑斑的墙壁,帖着枯死的莓苔;上面是铅色的天,白皑皑的绝无风采,而且微雪又飞舞起来了。

够得上"凄若繁弦",但够不上"炳若缛绣"。其后写雪天眺望:

> 几株老梅竟斗雪开着满树的繁花,仿佛毫不以深冬为意;倒塌的亭子边还有一株山茶树,从暗绿的密叶里显出十几朵红花来,赫赫的在雪中明得如火,愤怒而且傲慢,如蔑视游人的甘心与远行。我这时又忽地想到这里积雪的滋润,著物不去,晶莹有光,不比朔雪的粉一般干,大风一吹,便飞得满空如烟雾。

这段话够得上"藻思绮合,清丽千眠。炳若缛绣,凄若繁弦"四句。

1940年代讲《文赋》

23.《西厢记》中惠明和尚言:

我从来欺硬怕软,吃苦不甘。(第二本《崔莺莺夜听琴》楔子)

惠明敢真也能真,这两句话真说得坦白。做人如此,作文亦然。《西厢》惠明所云可与《水浒》武松"专打天下硬汉"(第二十九回)互相发明。我们要避轻就重,避易就难。作文在辞、在意,皆当如此。有志于文者可以惠明此两句为座右铭。

凡一篇作品流传久远,必有点儿"真格的",你费了事,读者绝不负你苦心。《水浒传》上说白秀英唱大鼓是"普天下伏侍看官"(第五十一回)的。此语甚痛心,而是甘苦有得之言。作文亦然。"修辞立其诚"(《易传·文言》),你不骗人,别人也不负你。

1940年代讲《文赋》

24.《世说新语》上关于桓温有几条颇有诗意。王、谢家子弟有诗意,因其为文人;至于桓温则为推官,但有时确有诗味,其行为言语颇有诗味(再如《水浒传》鲁大哥是真的诗人)。桓温既有辞采且有诗味,比那些自命风雅的人还高一筹。

1940年代讲《文赋》

25. 所谓"谲诳",虽无此人、无此事,要使人听了似有其人、似有其事,而且确有此情,确有此理。如寓言中牛马说话,即使牛马不会说话,但只要牛马说话,它一定那样说,即使牛马不那样说,但的确有人那样说。战国策士好说譬喻、寓言,庄子之寓言盖亦受其影响。并无其人其事,而似有其人似有其事;而且虽无其人虽无其事,但绝有其情,绝有其理。如近代《伊索寓言》之每一故事是一教训。人必须听进去,始能明白、相信,故用比喻。佛说《百喻经》,余以为往古来今没有比他再能夸大的了。科学不许夸大,但在文学上允许。

1940年代讲《文赋》

26. 所谓性灵、空灵,那不成。鲁迅先生写阿Q偷萝卜一章,真好。鲁迅先生盖也有sentimentalist(伤感主义者,感情用事者),如其《故乡》,几乎他一伤感、一愤慨,文章便写好了。对于写考据,有条理,排比也写得好,但那不是创作。在创作上是一伤感、一愤慨便写得好。读《中国小说史略》便觉得累,替他使劲。

1940年代讲《文赋》

27. "或遗理以存异,徒寻虚以逐微。言寡情而鲜爱,辞浮漂而不归。"

有的东西或能给人一时刺激,不能使人永久爱好,托尔斯泰(Tolstoy)批评契诃夫与安特列夫(Andreyev),契诃夫专写日常生活,安特列夫好写特殊人物、事件、心理,托氏说安特列夫叫我们怕,可是我们不怕;契诃夫不叫我们怕,我们怕了。如《聊斋》所写恋爱故事及《红楼梦》所写恋爱故事,还是《红楼梦》好。不写日常生活，单找特殊情事，便是"遗理以存异""寡情而鲜爱"，所写内容浮漂不起所写文辞。有这些，结果必是"辞浮漂而不归"。

1940年代讲《文赋》

28. 古人许多诗句后来成了谚语，渐渐不知谁作的了。如古小说中常见的"踏破铁鞋无觅处，得来全不费工夫"；如"鸳鸯绣出从（任凭）君看，不把金针度（过、传）与人"。（"鸳鸯"二字，正体字，非简写。鸳鸯鸟本身自是金碧辉煌。）

1950年代讲《文心雕龙》

29. 刘勰说："捶字坚而难移，结响凝而不滞，此风骨之力也。"……鲁迅先生的《在酒楼上》："楼上空空如也……楼下的废园……几株老梅竟斗雪开着满树的繁花，仿佛毫不以深冬为意；倒塌的亭子边还有一株山茶树，从暗绿的密叶里显出十几朵红花来，赫赫的在雪中明得如火，愤怒而且傲慢，如蔑视游人的甘心于远行。"更可谓"捶字坚而难移，结响凝而不滞"，虽传达出悲凉情调，但做到了"振采而鲜"、"负声有力"。《在酒楼上》这段文字，虽说是表现鲁迅先生当时的颓唐、颓丧，但鲁迅毕竟是鲁迅，他有战斗的精神，这种精神和力量由字、声表达出来。

1950年代讲《文心雕龙》

30. 鲁迅的《鸭的喜剧》有言："在北京，仿佛没有春和秋……夏才去，冬又开始了。"举一隅而三隅反，无须再说"冬才去，夏又开始了"，而现在的作者老把读者看成低能儿。

1950年代讲《文心雕龙》

31. 民间故事里讲,一个人为了说风大,就说"大风把我们家墙里头的井刮到墙外头去了",这是具体的事情,不能这样说。(这是古代一个笑话,讽刺一个爱夸口的人。)《世说新语》写一个人(王蓝田)的急躁,仗剑赶蝇,着履踏卵,这种夸张,是文学的真实,是合乎艺术意义上的真实;但文学上的真实毕竟不是历史的真实。

1950年代讲《文心雕龙》

32. 那查连科举出了很好的例:

普希金在他的叙事诗《波尔塔瓦》里,说"彼得(大帝)出来了,他的眼睛炯炯发光,容貌威严,举止轻快。他漂亮、魁梧,像战神一样"。这样,大诗人就把彼得描绘得"好像活的一样"。在小说《彼得大帝的黑人》中,普希金写:"角落里坐着一个大个子,穿着绿色长襟外衣,嘴里叼(原译作'含',似乎不妥)着长烟斗……正看着汉堡报纸。"这样,大诗人也把彼得描绘得"好像活的一样"了。

为什么诗里的彼得像战神,而小说里的也是这个彼得却只是个大个儿呢(别的特征不做一一比较,好在那查连科原文已有一番交代了)?那查连科答说,这是"感觉的规律(着重点原有)"。

对!是感觉的规律!

照情理来讲,《波尔塔瓦》中的彼得一世是在打仗之前,而且是在他胸有成竹,足可以出奇制胜的一仗之前,所以他像战神一样;而《彼得大帝的黑人》中的彼得一世可是在无事一身轻的时候,所以就只是个大个儿,而且衔上了烟斗,而且是长的(没烟斗不成,烟斗短了也不合式)。倒一个过儿,便成了笑话。别说以普希金之天才,不能这么写,稍有常识的作家都不肯这么写的。这么写了,"事义睽剌":刘勰在一千五百年前,就说过了。

1950年代讲《文心雕龙》

33. 老话"闭门造车,出门合辙",其实之所以能如此,是因为有实际经验为基础。高尔基说"海勾勒斯……不是幻想的产物"。海勾勒斯是希腊神话中的人物,一个勇士,这个人物是本着现实生活创造出来的。孙悟空也不是幻想的产物,它之所以被人创造出来,是因为有现实基础,不是幻想的基础,而是现实的夸张,是起义者的化身。从现实生活中提炼出来,有唯物的根据。

1950年代讲《文心雕龙》

34. 普希金在诗中写彼得大帝出场,与他在小说中写彼得大帝吸烟,都是几句话,"活的一样"。有力是在简短中生出来的。

1950年代讲《文心雕龙》

35. 曹丕在《典论·论文》中还注意到了小说。他是中国第一个有意为小说的,他的《列异传》是神话小说,里面有许多奇闻、故事;他的《笑书》是一部笑话集。(中国古代哲学大师都善于说笑话。)

1950年代讲古代文论

36. 旧时文学批评有两个词儿,一是"含蓄",一是"简练"。含蓄不是半吞半吐,简练就是增之一分太长,减之一分太短,这也就是所谓的"贵当"。旧时有个笑话:有个诗人作了两句诗:"况指搬玛假，肉头簪金真。"他解释说，"况"是二兄（二哥），"指"是我二哥的指头，"搬"是搬指（戴在拇指上拉弓用的），"玛"是说那搬指是玛瑙做的，"假"是说那不是真玛瑙；"肉"是"内人"（妻子），"肉头簪金真"是说我妻子头上的簪子是真金的——这不叫含蓄、简练，这叫不通。

1950年代讲古代文论

37. 有一颗寂寞心，并不是事事冷漠，并不是不能写富有热情的作品。……必此寂寞心，然后可写出伟大的、热闹的作品来。我国《水浒传》亦为作家晚年的作品；《红楼梦》亦然，乃曹雪芹晚年极穷时写的，岂不有寂寞心？必须热闹过去到冷淡，热烈过去到冷静，才能写出热闹、热烈的作品。

1940年代讲唐诗

38. 日本芥川龙之介（英文：Akutagawa）小说写母爱之伟大，其不动声色是强制感情；都德写《水灾》亦是强制感情。右丞诗不是制，而是化。制，还是有；化，便是无了。制，是不发；化，便欲发也无。西洋写实派之制是"入"，右丞之化是"出"。都德冷静而描写深刻，然究竟是"入"，是外国；与右丞之冷静而是"出"不同。

1940年代讲唐诗

39. 人要自己充实精神、体力，然后自然流露好。不要叫嚣，不要做作。禅宗所追求者吾人可不必管，而吾人不可无其追求之精神。读书若埋怨环境不好，都是借口。不能读书可以思想，再不能思想还可以观察。易卜生（Ibsen）及巴尔扎克（Balzac）皆有此等功夫。"习矣而不察焉"（《孟子·尽心上》）乃用功最大障碍。不动心不成，不动心没同情；只动心亦不成，不能仔细观察。动心——观察，这就是文学艺术修养，要在动心与观察中间得一番道理。

1940年代讲唐诗

40. 开合在诗里最重要，诗最忌平铺直叙。（不仅诗，文亦忌平铺直叙。鲁迅先生白话文上下左右，龙跳虎卧，声东击西，指南打北；他人文则如虫之蠕动。叙事文除《史记》外推《水浒传》，他小说叙事亦如虫之蠕动。）

1940年代讲唐诗

41. 俄国小说家契柯夫，俄国时代以短篇小说著名，人称之为"俄国莫泊桑"，实则契柯夫比莫泊桑还伟大，其所写小说皆是诗，对社会各样人事了解皆非常清楚。莫泊桑则抱了一颗诗心，暴露人世黑暗残酷，令人读了觉得莫泊桑其人亦冷酷。而契柯夫是抱了一颗温柔敦厚的心，虽骂人亦是诗。

1940年代讲唐诗

42. 所谓俗，即内容空虚。只要内容不空虚，不管内容是什么都好。如《石头记》，事情平常而写得好，其中有一种味。《水浒传》之杀人放火，比《红楼梦》之吃喝玩乐更不足法，不可为训，而《水浒传》有时比《红楼梦》还好。若《红楼梦》算能品，则《水浒传》可曰神品。《红楼梦》有时太细，乃有中之有，应有尽有；《水浒传》用笔简，乃无中之有，馀味不尽。《史记》《汉书》之区别亦在此。《汉书》写得兢兢业业，而《史记》不然，《史记》之高处亦在此，看看没有，而其中有。

1940年代讲唐诗

43. 不好的作品坏人心术、堕人志气。坏人心术，以意义言；堕人志气，以气象言。文学虽不若道德，而文学之意义极与道德相近。惟文学中谈道德不是教训，是感动。文学应不堕人志气，使人读后非伤感、非愤慨、非激昂，伤感最没用。如《红楼梦》便是坏人心术，最糟是"黛玉葬花"一节，最堕人志气，真酸。见花落而哭，于花何补？于人何益？几时中国雅人没有黛玉葬花的习气，便有几分希望了。吸大烟者明知久烧是不好，而不抽不行；诗中伤感便如嗜好中的大烟，最害人而最不容易去掉。人大概如果不伤感便愤慨了，这也不好，这是"客气"。客气，不是真气。要做事，便当努力做事，愤慨是无用的。有理说理，有力办事，何必伤感？何必愤慨？一个文学家不是没感情，而不是伤感，不是愤慨，但这样作品真少。伤感、愤慨、激昂，人一如此，等于自杀；而若不如此，便消极了，也要不得；消极要不得，不消沉可也不要生气。有人说生气是你对你自己的一种惩罚。非伤感、非愤慨、非激昂，要泛出一种力来。

1940年代讲唐诗

44. 虽不作诗亦可成为诗人，如《水浒传》鲁智深是诗人，他兼有李、杜之长——飘洒而沉着（林冲乃散文家）。别人是将"诗"表现在诗里，鲁智深把"诗"表现在生活里，乃最伟大诗人。

1940年代讲唐诗

45. 写文章，慢事写快没关系，快事亦可慢写。人世常把精神费于无聊之事上。快乐如电，好事短，一闪即去。文字能弥补此缺憾。好的文字对于无聊事，可略；对于好事，那时快而可以说得慢。凡快事皆精彩之事。文学能与造化争功即在此。"那时快"而"说时迟"，有精神。文学上那时快而说时迟的，可参看《水浒传》之"闹江州"。

1940年代讲唐诗

46. 俄国安特列夫写《红笑》是刺激。契柯夫有俄国莫泊桑之称，写日常生活比莫泊桑还好。有人说安特列夫让人怕而不怕，契柯夫不让人怕真可怕。

1940年代讲唐诗

47. 吾国人没幻想，又找不到人生。老杜抓住人生而无空际幻想，长吉有幻想而无实际人生。幻想中若无实际人生则不必要，故鬼怪故事在故事中价值最低。《聊斋志异》之所以好，即以其有人情味，如《小谢》《恒娘》《长亭》《吕无病》，其鬼怪皆人化了。《聊斋志异》文章不高，思想亦不深，而其人情味可取，是其不可泯灭处。

1940年代讲唐诗

48. 鲁迅是写实派，《彷徨》尤其写实，而此书以《离骚》中"吾令羲和弭节兮，望崦嵫而勿迫。路漫漫其修远兮，吾将上下而求索"四句置于书之前面而能得调和。但诗人的幻想非与实际的人生联合起来不可，如能联合才能成为永不磨灭的幻想；否则是空洞，是空中楼阁，castles in air。

1940年代讲唐诗

49. 梦是有色彩的。浪漫、传奇，在诗中有浪漫传奇色彩的易加上梦的朦胧美，而在日常生活中加上不易，因浪漫、传奇有一种新鲜的趣味。在吾国诗中，日常生活上加上梦的朦胧美的作品甚少见。(在散文中如《史记·项羽本纪》，与其谓之为写实作品，毋宁谓之为传奇。)

有新鲜味者皆有刺激性，而久食则无味矣。此种加新鲜味，有刺激性、传奇性的作品，小说中谓之"演义"。梦的朦胧美加在写实上便是"附会"，便是"演义"。《三国演义》谓关公刀八十一斤，刘备双手过膝，此虽无艺术价值，而亦为"附会"，与诗人之加梦的色彩相似。

1940年代讲唐诗

50. 古人言"相视而笑，莫逆于心"(《庄子·大宗师》)，余尚嫌他多此"相视而笑"，须是"妙哉，我心受之"(蒲松龄《聊斋志异·司文郎》)方好。

1940年代讲唐诗

51. 果戈理（Gogol）有中篇小说《外套》，小说中笑料很多，但意义很深刻，使人下泪。这笑与哭恰似《水浒传》中某人说的："哭不得了，所以要笑也。"

1940年代讲宋词

52. "无是事而有是理",此是通人语。文学就是一个理。文人有他自己的境界,此境界也许是事实所有,也许是实际所无。真正创作都不见得事实有据,往往加以作者之想象。《水浒传》梁山泊有其地,宋江有其人,然"水浒"所写绝与事实不同,梁山水泊未必有一百〇八好汉,若有,便该如彼《水浒传》所写;"红楼"未必有大观园、有林黛玉,然若有,便该如彼《红楼梦》所写。此是理。又如《阿Q正传》,未必专写某人,无是事,有是理。

1940年代讲宋词

53. 稼轩词,即其音之饱满便可知其内在力量是饱满的、是诚的。"月黑杀人地,风高放火天"二句,亦然。《水浒传》第三十一回写武松鸳鸯楼上杀完人,"蘸着血,去白粉壁上大写下八字道:杀人者打虎武松也。"金圣叹批:"卿试掷地,当作金石声。"辛此"点火樱桃,照一架荼蘼如雪",亦然。写景没有写得这么有力的。魏武、老杜也有力,但他们是十分力气使八分,稼轩十二分力气使廿四分。但写景不能这样写,前边使力太多,后边无以为继。

1940年代讲宋词

54. 心理描写乃中国文人所最忽略者,《西厢》亦能写人心理的转变。《红楼梦》《水浒传》之不可及,即因除事实描写外,更有心理的描写。中国人明于礼义,暗于知人心,以礼制教人,以求自己利益,这便要不得。

1940年代讲元曲

55. 凡天地间所有景物皆可融入诗之境界。鲁迅先生说,读阿尔志跋绥夫(Artsybashev)作品《幸福》,"这一篇,写雪地上沦落的妓女和色情狂的仆人,几乎美丑泯绝,如看罗丹(Rodin)的雕刻"(《现代小说译丛·幸福》译者附记)。此乃最大的调和、最上的美丽、最真的真实、永久的不灭。

1940年代讲王静安

56. ……冬夜之闻梆声,自远而近,自近而远,是动,而愈显其静。鲁迅先生小说《示众》(收入《彷徨》)写夏天之正午,简直是诗的描写:

> 火焰焰的太阳虽然还未直照,但路上的沙土仿佛已是闪烁地生光;酷热满和在空气里面,到处发挥着盛夏的威力。……但是,自然也有例外的。远处隐隐有两个铜盏相击的声音,使人忆起酸梅汤,依稀感到凉意,可是那懒懒的单调的金属音的间作,却使那寂静更其深远了。

其写夏午阳光能转烦恼成菩提,与"熏风自南来,殿阁生微凉"不同,此诗虽好,然非就夏写热,乃写凉;鲁迅先生《示众》乃就夏写热,热中有凉。铜盏声响是诗。城市中是动,鲁迅先生把它写成静,静中又有动,因动益显其静。

1940年代讲王静安

57. 西洋大作家的作品皆有神秘性在内,而带神秘色彩之作品并不一定为鬼神灵异妖怪。如中国《封神榜》之类,虽写鬼神而无神秘性；但丁（Dante）《神曲》、歌德（Goethe）《浮士德》亦写鬼神灵怪，则有神秘性。中国作品缺少神秘色彩，带神秘色彩的作品乃看到人生最深处。看到人生最深处可发现"灵"，此种灵非肉眼所能见，带宗教性，而西洋有宗教信仰，看东西看得"神"。中国则少宗教信仰，近世佛教已衰，而宗教之文学又不发达。中国佛教虽有一时"煊赫"，而表现在文学中的不是印度式极端的神秘，而是玄妙。

1940年代讲诗境

58. 玄妙、神秘，二名词不同，神秘是深的，而玄妙不必深。神秘并非跳开人生之神秘，而是在人生中就有神秘。俄国时代大小说家安特列夫（Andreyev）之《红笑》《七个被绞死的人》(《红笑》写日俄战争死人多之惨，《七个被绞死的人》写七个犯罪人的事。均无好译本)、朵思退夫斯基[1]（Dostoevsky）之《罪与罚》（译本好）写到人生深处之灵。契柯夫（Chekhov）小说虽平易而亦有神秘性。佛教之涅槃亦神秘，而传到中国来后皆变为玄妙。神秘是人生深处，玄妙则超出人生到混沌境界，二者有出入之别。

1940年代讲诗境

59. "是法平等，无有高下"（《金刚经》），不是法则已，是法便平等，无有高下。我们不妨把心分一为二，但要看为平等。《红楼梦》第三十一回晴雯撕扇，宝玉说：

> 比如那扇子，原是扇的，你要撕着玩儿，也可以使得，只

---

[1] 今译陀思妥耶夫斯基。

是不可生气时拿他出气。就如杯盘，原是盛东西的，你喜欢听那一声响，就故意的碎了，也可以使得，只是别在生气时拿他出气。这就是爱物了。

自己的幸福不要建筑在别人的痛苦上，不以人之痛苦为自己之幸福。

1940年代讲诗境

60. 不论派别、时代、体裁，只要其诗尚成一诗，其诗心必为寂寞心。最会说笑话的人是最不爱笑的人，如鲁迅先生最会说笑话，而说时脸上可刮下霜来。抱有一颗寂寞心的人，并不是事事冷淡，并不是不能写富有热情的作品。

歌德（Goethe）的《浮士德》，但丁（Dante）的《神曲》，真是"上穷碧落下黄泉"（白居易《长恨歌》），然此二诗乃两位大诗人晚年作品，其心已是寂寞心了。必如此，然后可写出伟大的热闹的作品来。吾国《水浒传》也是作家晚年的作品；《红楼梦》亦然，乃曹雪芹晚年极穷时写，岂不有寂寞心？必须热闹过去到冷漠，热烈过去到冷静，才能写出热闹、热烈的作品。

1940年代讲诗歌创作

61. 玄妙与神秘不同，神秘是深的，而玄妙不必深。

西洋大作家的作品皆有神秘性在内，而带神秘色彩之作品并不一定为鬼神灵怪。中国《封神榜》之类，虽写鬼神而无神秘性；若但丁《神曲》、歌德《浮士德》，亦写鬼神灵怪，则有神秘性。

带神秘色彩的作品乃看到人生最深处。神秘并非跳出人生，神秘是人生深处，玄妙则超出人生到混沌境界。

1940年代讲诗歌创作

62. 诗的章法可以与散文的不同，不妨先做出结论，然后再细细说明。不过写作最忌讳一杠子打死老虎，《长征》这么开头，犯了这条戒律了。打老虎的目的当然是要把老虎打死，可是一杠子打死了，底下不是没戏唱了吗？《长恨歌》用了一百二十句，八百四十个字，才结出了个"此恨绵绵无绝期"来。自然那是叙事诗，和抒情诗的写法有所不同，然而白居易之不敢轻于把老虎打死，也可想而知。

打老虎的目的毕竟是要把老虎打死，而打死之后也并非没戏可唱。《水浒传》里的武松在景阳冈上打死老虎之后，先是见了两个猎户，"说了一遍"；次是见了十个乡夫之后，把"打杀大虫的事，说向众人"；再次到了上户家里，对上户和猎户三二十人，"把那打老虎的身分拳脚，细说了一遍"；最后到了县衙厅上，见了县官，"就厅前将打虎的本事，说了一遍"，前前后后一共说了四遍。可见打死老虎之后，也还是大有文章可作，而不是无戏可唱。要说得好，首须打得好，不过也要看说得怎样。只有说得好了，才能使读者不但耳闻，而且目见说者之所说。

1950年代讲毛泽东诗词

附录

读父亲顾随的小说　　顾之京

在文坛上，父亲向以词曲闻名，而他最初的愿望却是做一个小说家。他在1958年所写的"自传"中写道："我在十岁前，已经养成了读小说的嗜好……这一嗜好，到了我十五岁以后，竟发展到渴望自己成为一个小说家。"

（一）向着渴望的目标起步
　　——早期的诗化小说

今所见父亲亲笔誊录的早期几种短篇小说未刊稿，最早的是创作于1921年6月，因此我曾推断，父亲在大学毕业以后即开始了小说创作。近年，细读父亲给挚友卢伯屏的信，于1921年7月11日之一通见到这样一段材料：他在初到济南"民治日报"时，报馆同仁"内中有位周宪如先生，和我更相投，对于我的稿子，非常喜欢。他劝我将历年的小说，搜集到一块，印集出版。他并且为我帮忙"。1921年的7月，当时父亲大学毕业刚刚一年，既说"历年的小说"，则父亲定是在北大读书时期就已经开始了小说创作，且已足够"印集出版"的分量。由此看来，我原来的推断是误断。那"历年的小说"，虽不曾发表，但当时是自存有完整底稿的。后来不知何故，不但未曾"印集出版"，而且连底稿也未能保留。

父亲亲自誊录于册的三篇小说：《爱——疯人的慰藉》《夫妻的笑——夜行街上所见》《枯死的水仙》，前两篇作于青州，后一篇作于济南。父亲在给挚友卢季韶的信中说，他到报馆的头一天（1921.6.30），就"给馆里作了一篇评论，一篇小说"，由此可以推知，他到济南后，小说创作定自不少，且可能有的已经刊发，惟至今均散佚无存。三篇誊录稿历劫未毁[1]，尤显珍贵。

《爱——疯人的慰藉》中之主人公"疯人"，大学毕业后在公司上班，他看到工人与老板的劳逸与贫富天地般悬殊，"心里难过"，辞职了；在部里做事，他看到官场的人们个个为金钱和势力奔命，"心里难过"，辞职了……如此几次辞职，精神压力难以承受，"终久他疯了"。他回到了家，在"菩萨"（母亲）的怀抱里，在"温那斯"（妻子）的"爱的眼光"下，在"小天使"（女儿）的呼唤中，"爱的花"把"疯人"回归为一个正常的幸福的人。强烈的现实意义、浓重的象喻意味揭开了旧社会的黑幕，歌颂着人性、亲情的美。小说不过两千字，纯粹的、精炼的叙事，尽现"疯人"前后不同的经历与心

---

[1] 誊录稿1966年抄家时被抄走，拨乱反正后，竟于被查抄的废弃文字材料中捡回。

态；而随着境与人的变化，作者的炼句用词，亦由冷峭转为温婉，抒情的意味尽在简练的叙事之中。

这篇小说写于在青州中学任教之时，九十年后（2012），青州中学110周年校庆，那里两位已届中年的教师对小说做了入情入理的解析：

> ……小说中疯人的形象也许正是踏入社会的年轻的顾随内心的孤独与寂寞的写照。面对动荡的社会、复杂的人际关系，他对人生、对世俗做着深刻的反思，内心做着激烈的挣扎。他不甘于庸俗的"非人的"生活，他厌倦世人"戴上面具"的生活，他追求真实、正义、进步，追求人间的真爱，用爱给疯人以慰藉，让爱唤醒心灵麻木的世人。……[1]

写作于同时的《夫妻的笑——夜行街上所见》，行文同样简洁，却是另一番柔软的笔触。全篇不过千余字，氤氲着的和暖气氛与散文诗的体式和谐相融，真实地摄下了百年前青州老城小街上一座小铺子、一对卖水果夫妻亲和安详的一组镜头——煤油灯、粗劣的茶水、女人手里做着针线、男人给她读一本粗俗的小说，"读的他和听的她""心里感得一般无二的愉快"，会心地"对瞅着一笑"——透视出平常人平常日子平淡生活中温馨和美、质朴真纯的夫妻情爱。

小说并没有结笔于夫妻"相视一笑，莫逆于心"的高潮中，而是在小说的结尾浓墨重彩地绘出了"我"的形象——"眼里涌出热

---

[1] 这段文字，出自两位教师所撰长文《国学大师顾随在青州》。2012年7月5日在《青州通讯》发表时，虽占了整整一版，但这一节限于篇幅，仍不得不割爱。引文所据乃是他们赠予我的初稿。

泪","血涨起来","心突突地乱跳,好像要离开腔子",原是"要经过这个铺子往前走",此时却"没有胆气去撞破这一团神圣而甜美的空气","我又跑回原路了!"这正是小说的点睛之处,是作为诗人的小说作者运用诗歌的抒情方式绘出的撼人心魄的一幕。

这两篇早年作品正是鲁迅先生评价"浅草""沉钟"时所说的"将爱和美歌唱给寂寞的人"。

半年以后的1921年12月,父亲有小说《枯死的水仙》,以第一人称的视角讲述一个真实的人与水仙的故事。"有人送我一盆水仙","酪酥一样"的"鳞茎","嫩绿、浓青""短而厚的叶子","健旺的箭","白瓣、黄蕊的花儿","清香""透入鼻子里!"为了不"搅乱了花香","我"宁可冷天不"升火"。因为在外忙碌了几天,再回家时水仙"叶子都黄了","花儿都枯了",到春天,水仙"完全枯死了!""我"流泪了,想要写一首好诗来祭吊水仙。"我"受到赠花人的斥骂,"我"甚至想要为水仙去死,但一切都已无济于事!

与前两篇小说一样,同是以"爱"与"美"为主题,然而抒情之笔的走势完全不同:《夫妻的笑》选定了一个固定的时间、固定的场景,展示平凡人平凡日子里温馨的爱与美,"我"发现了这爱与美,珍惜它,保护它,甚至不忍走近去"撞破"这神圣的境界。小说之情感也就静止在甚至是凝固在这个境界里。《疯人的慰藉》展现的是一个在丑恶黑暗现实中失去了自我的人,在爱与美的亲和下,回归为一个"真"人的温馨过程。小说的情感走向是顺势的,将恶与丑销蚀在爱与美的境界里。《枯死的水仙》恰恰相反,小说的情感走势是逆向的,它表现了一个因失去爱而损毁了生命的凄凉伤感的过程。旧日读这篇小说,我一直以为它以写实为主——父亲确是有冬日在书桌上供一盆水仙的爱好——稍加了一点虚构与夸张。今时重读，不知怎样的一种触发，突然感受到隐含于深层的沉重而凄美的"悼亡"意味。"诗无达诂"，用在这含有象征意味的小说里，应该也是可以的吧！

三篇小说，创作时间前后不过半年，虽情节各异，但都比较简单，又同是展示"爱与美"的主题；从人物塑造看，形象的描画也都较为直白；在语言风格上，三者亦颇相近，都带有散文与小说杂糅的特点，《夫妻的笑》与《枯死的水仙》书写格式亦近于散文诗，打动人心处全在小说中包蕴的充满了人性的情感。我想，是否可以说，这三篇作品正是一组小说"联章"，体现了父亲早期"习作"阶段"诗化小说"的特点。

三篇"习作"之后，我们今天再看到的就是作于1923年4月13日、以"聋聱"之名刊于《山东时报》的《反目》了。1923年6月初，父亲致函季韶时，表示还有"近作数篇，以你们都要返淄，故不寄"。因不寄，这些作品杳无下落，连题目也没有留下来。而《反目》之有留存，正有赖于当日邮寄给了好友。父亲当年从报纸上剪下刊发了的《反目》，寄给卢伯屏，伯屏先生将之保存在父亲的来函之中，方使得后人有了赏读的可能。

小说写一个十七岁的少女，藏于深闺，"从八岁"父亲兄弟之外，"从没见过第三个男人"，新婚之夜，她忍不住在灯下长时间地注视丈夫青春的面庞与"光明、饱满的眼光"，而他也像她一样，"两个人就这样的对瞅着"。这本来预示着一桩美满姻缘的开始，然而，旧的封建意识容不得少女纯真心性的自然流露，"听房的人们嗤嗤的""低声笑出来"，"他（新郎）第二天早上出去"，"没有不怄他的"，且"旁人背后议论伊"。他受不了这些讥笑，甚至忘了自己也是着迷地瞅着伊，竟"恨极了伊那样的'无耻'——在洞房第一晚灯下偷看自己的丈夫","又气又恼,从此永远不进伊的房,见伊的面",就这样"反目终身"。小说到这里本该是结束了,但它还有一个更凄婉的结尾——伊"深悔自己的'不该'",但每一想及"洞房第一晚那幅深刻的印象",她"仿佛又得了极幸福的安慰",她就以这"安慰""很平和的""过那痛苦的'反目'生活,一直到老"。我们从女主人公哀而不怨的一生,体味到作者内心蕴积的对旧意识的深沉的愤激之情。

在现今所见的父亲的小说创作中,《反目》是唯一一篇以女性为第一主角的作品。小说写成之后,父亲曾读给当时所教的女生们听,女孩们为女主人公不幸的一生流下了眼泪,并且对女主人公极抱不平。我想在这些女孩的内心深处,必然是埋下了对旧意识、旧势力的不满与抗争的种子。

《反目》的悲剧并不是父亲凭空构想出来的,而是有其本事。令人想不到的是,素材的提供者竟是他新婚不久的妻子——我的母亲徐荫庭。父亲在信中向好友倾诉着创作的苦心:"事实上'反目'的确是终身。当时听了,很以为可怜。所以一下笔先拟了个《反目》的题,又因为怕读的人对于这位篇中的女主人起误会(以为她真有些不大……),是故在第一节里,极力描写她的幽娴贞静——旧式的,也是作者一番苦心。那原不是作者注意所在处,只算是烘云托月的笔法。"那段"尾声",我想父亲的初衷可能只是以"烘云托月"来加重小说之沉重的悲剧力量;但写过之后,他却随即于其中发现了自己的影子:"写完了一看好像为自己——一个好以'幻想'自慰的人——写照。重读了好几遍,越发觉得薄命人孤寂的可怜,真想哭了。"然而父亲创作的深意却远不是停止在一个可怜人的悲剧上,他说:"你们不是都看过梭罗古勃的《铁圈》么?《反目》不是有点儿相似吗？人千万不要屈服在环境之下呀！但是那也得是一个有胆气的人，才能奋斗，才能战胜环境。"[1]我想父亲所谓"屈服在环境之下"者，不仅是"伊"，而且更是男主人公，他本也是被"伊"所吸引的，不然何以会与伊灯下对视？他自私，不但不保护"伊"，而且首先是他"屈服在环境之下"，才一手酿成"反目"的悲剧；而"伊"却是不能不"屈服于环境之下"的最弱者，否则，"伊"就只有自杀一条路了。父亲的《反目》这个悲剧，正是"将人生的有价值的东西毁灭给人看"（鲁迅语），唤起人们去抗争、去奋斗的觉醒。

《反目》虽只三千余字，然有完整的情节，有生动的细节描写与心理描写，女主人公的故事虽简单，却有打动人心的力量。我以为，这篇目前所见最早发表的短篇小说，标志着父亲小说创作从"习作"开始走向成熟。

同一时期，父亲又有小说《美丈夫》一篇，自以为"较之《反目》，有逊色矣"[2]。小说今不存。

（二）"浅草""沉钟"时期的作品
——短篇小说之丰收

由于与冯至的交谊，父亲接近了1920年代初的文学团体"浅草社"，并成为"浅草"的一员。"浅草"因组织者林如稷南下而停止活动，之后，冯至、杨晦等四人编辑文学刊物《沉钟》。父亲由于与冯、杨二人的交好，继续在《沉钟》发表作品。

---

[1] 见致卢伯屏函，1923.5.2。
[2] 见致卢伯屏函，1923.5.2。

1924至1927年间，父亲先后在《浅草》季刊与《沉钟》半月刊上，以顾璡、葛茅等笔名发表短篇小说《失踪》《孔子的自白》《废墟》、散文《母亲》，同时他也于别种刊物发表小说，其情调的深挚、内蕴的沉重，与《反目》已有明显的不同。其中影响最大的当属《失踪》。

《失踪》草成于1923年12月，长约六千言，主人公是个中学教员，"眉际常蹙，弯腰屈背的一个二十七岁的青年"。学校里的音乐教员刘女士，在他的眼里简直美逾天神，他对刘的倾慕近乎精神病的状态：教员休息室里一个普通的水杯，只因刘女士刚刚用来喝过水，他就奔去用那杯子喝了一气，且不停地亲吻杯沿……。他本是一个早有妻室的人，只因妻子病卧颜衰，他"便发生厌恶与憎恨"，竟暗里用药毒杀了这个生命。之后他大病一场，之后他变得完全麻木，之后他读了书，做着事，机器般地运转着自己的生活。刘女士的出现，唤起了他对美的渴求，他的情感"重生"了，而过往的行为也随之"追忆"起来——他一定是在灵魂深处承受不起良心的鞭笞，他逃离了学校，失踪了。此后传说他在一个茶园里唱过小丑，再此后有人见到澡堂里有一个搓背工很像是他，但是已瞎了一只眼，最后"这个一只眼的瞎搓背的"再也不见了。他追求美，又毁掉了美，导致自身心理的变态、行为的失常，终致生命的毁灭。

小说草成之后，父亲不甚满意。他说"此篇艺术尚有缺陷"[1]，先在朋友间传阅是为了征得友人们的意见，以便做进一步的修改（这是父亲终其一生都在坚持着的做法）。但小说到了好友冯至手中，冯至就迫不及待地将之刊于《浅草》1924年第一卷第四期，

---

[1] 见致卢季韶函，1923.12.17。

引得父亲在致季韶的信函中叫苦："《失踪》错误甚多，而老冯竟登之《浅草》，奈何！"[1]不过，历史早已证明，当年的"老冯"是蛮有眼光的。1935年鲁迅先生编订《中国新文学大系·小说二集》，选入了这篇小说，权威性地定评了《失踪》的成功。待到父亲过世二十七年之后，1987年12月7日《人民日报》海外版第七版刊登了一篇署名"余时"的文章——《写过小说的顾随》[2]，对《失踪》及顾随的小说创作做了一些论述：

> ……鲁迅先生从《浅草》上选出他的一篇《失踪》，把他列入了"沉钟社"的一派。
>
> ……鲁迅先生认为，沉钟社是个"为艺术而艺术"的作家团体，显示着一种努力。"向外，在摄取异域的营养，向内，在挖掘自己的魂灵，要发见心灵的眼睛和喉舌，来凝视这世界，将真和美歌唱给寂寞的人们"[3]。鲁迅先生的这一评语对整个沉钟社是否全部合适，现在已有不同看法，但用以来观察顾随的小说，我以为还是比较适当的。
>
> 《失踪》的主人公是个美的狂热追求者，几近变态的地步。他为了毁灭丑陋，竟杀害了女人，实际也毁灭了美。他的灵魂受到深深的自谴，一直处于不能自拔的苦境，人也变得愈加畸形了。小说写得有点阴冷，着重心理描写，还带点象征意味，颇有俄国作家安特列夫的味道。不过反映的人物生活环境，还是比较现实的。刻画人物也细腻……

---

[1] 见致卢季韶函，1924.4.12。
[2] 姜德明笔名余时，此文收入其《余时书话》。
[3] 见《新文学大系·小说二集》编者导言。

小说的文字简练流畅，可以说是清隽而富于诗意。

父亲向不以小说创作闻名，但在作品发表的六十余年之后，尚有名家回忆、评述他的小说，而且无论小说的内涵还是表现方法，都评述得相当中肯，可见他早年小说创作的影响。不过，坦白地说，我年轻时并没有完全读懂这篇《失踪》。1958年我读大学的时候，受当时注重作品思想性的影响，曾幼稚地问过父亲："同学们都知道鲁迅选中了您的作品，那您当初写《失踪》，到底是要说明什么呢？"父亲当时笑而未答，是由于当时的社会背景不适于解释这样的作品呢，还是他了解自己的小女儿性格中天生的一份轻松和谐的因子，不忍心去伤害呢，抑或是因自己年老了，不愿意在女儿面前解说自己青年时的作品……反正我这一向读书不求甚解的人，问题就这么放下了，一放就是三十几年。1990年代，为父亲整理遗稿，发现他当年在致友人卢季韶的信中，说了"近中思想，可于《失踪》中见之"[1]的话，我似乎受到了一丝触动，想到这一创作必定大有深意。我重读小说，认真思考。我想，《失踪》里看似不循常理的故事隐喻着深邃的人生命题。爱美、追求美本是人的天性，但小说主人公之对美的爱与追求只是倾心于美的表层，全然没能真正理解、把握美的深层本质以及美形成之所由，就更谈不上用生命之力去维护美、创造美。他并非真正为追求美而生，他的失踪更不是殉于美之毁灭，他只是浑浑噩噩地以美为感官的浅层享受，在对所谓"美"的追求中毁灭了美，同时也葬送了自己宝贵的人生。珍惜美、创造美、珍爱生命或许就是《失踪》的内蕴之意吧！珍惜美、创造美与

---

[1] 见致卢季韶函，1924.4.12。

珍爱生命本是父亲一生的理想和追求，我所想及的是否就是父亲创作的初衷呢？作为一点个人的见解，求证于方家和读者吧。

《孔子的自白》完稿于1925年12月11日，刊于1926年10月的《沉钟》。小说"系取《论语·述而》第七之一节而演义者"[1]。《论语》原文是：

> 叶公问孔子于子路，子路不对。子曰：汝奚不曰"其为人也，发愤忘食，乐以忘忧，不知老之将至云尔"。

父亲何以有兴取《论语》故事为小说之题材？这源于济南女中弟子沉樱的一封信："昨日得彳ㄅㄧㄥ君书，有感；因作《孔子的自白》一篇"[2]。关于沉樱的信，在父亲后来致卢氏的信中，可以找到一点线索。卢氏来信因两个"差别"字而成了不合"文理"的句子，父亲因之向其说起沉樱的信：

> 陈君ㄧㄥ见我将其住址写错，来信问曰："真的老了吗？K师！"弟亦将以此转问吾兄也。[3]

由此可知，是沉樱以"真的老了吗？"询问K师，引起了K师用孔子语回复弟子的想法；又因弟子曾于信中表示甚不愿K师填词，而喜爱K师的小说，于是K师产生了小说《孔子的自白》之创作冲动，"演义"夫子的"发愤忘食，乐以忘忧，不知老之将至"。

---

[1] 见致卢伯屏函，1925.12.12。
[2] 见致卢伯屏函，1925.12.12。
[3] 见致卢伯屏函，1925.12.31。

《论语·述而》一节中的原文尚不足四十字，父亲怎样把它"演义"成一篇三千字的有场景、有人物、有情节的小说？他引入了古代"叶公好龙"的寓言故事来丰富、描写叶公的形象，使之成为一个丰满的小说人物；他补写了子路随夫子周游列国屡屡碰壁遭讽之后性格上的变化："气质也平和了许多，锋芒也收敛了许多"；对于孔子这个主角，他借《论语》中的材料，写了夫子之"博学多识"，他用《述而》篇孔子"不复梦见周公"之典、《公冶长》篇夫子在陈思归从教之典，表现孔子的特长与志向；他甚至将《五灯会元》中佛家面壁之典转用在孔子身上，以表现夫子之执着与超常之眼光。当然，小说中也有父亲根据自己对孔子的理解而设计的一大段话，教诲子路不该不回答叶公的提问。在这段话里，他发挥了叶公好假龙、怕真龙比那些笼中养鸟、手中牵狗的人"强得多"的理论。之所以有这一段为叶公"翻案"的文字，其着眼点我以为是在于叶公之好、之怕都是真的，而玩鸟牵狗则不免矫情、作伪之态。诚而无伪，正是父亲做人做事的准则。

至于小说的主题，当然是要表现孔夫子"发愤忘食，乐以忘忧，不知老之将至"的人生态度，同时父亲也把自己决意终身从教的意愿借孔夫子的话——"不是有些天资极好的徒弟么？回家去把他们好好地教育起来。"——顺势传达在小说之中了。

小说完成之后，他只是以"差幸勉强完卷"而自慰，对自己的写作评语是"情节本甚简单"，"文笔尤糟"[1]，看来似是不甚满意。但我们今天读来，他的自评未免过苛，我上面之所以不避篇幅地写了一段长文介绍小说内容，就是为了证明小说的情节已经"演义"

---

[1]见致卢伯屏函，1925.12.12。

得不"甚简单";若说"文笔",不仅不糟,还可见"生花"之处,试看孔子在楚国逆旅晨起叹息时的背景:

> 一个清秋的早晨,金黄色的太阳照着逆旅庭院中那棵银杏树的金黄色的叶子。而且那叶索索地抖着,仿佛太阳的光线在上面跳舞。

多么诗意的一段美文,只有孔夫子才配"在这样的晨间""伤感着"、叹息着。再如真的天龙从半空中落下来那有声、有光、有色、有动态、有神气的场景,更称得起是神来之笔!叶公之被医生看过确定为胆汁被吓得"泛滥"出来的惨相、可怜相,也写得活灵活现。……我想当年小说辗转到好友老冯手里的时候,老冯一定是赞叹有加,因之刊载于1926年《沉钟》第五期。[1]

据《论语》故事"演义"的小说,另有《浮海》一篇,虽知已刊于《国民新报·副刊》[2],但至今尚未查得,只从1925年12月24日给卢伯屏的信中知道"方草罢"《浮海》,"亦《论语》故事"。既说是"《论语》故事",意之当是据《公冶长》中孔子与子路之对话:

> 子曰:"道不行,乘桴浮于海。从我者,其由与?"子路闻之喜。子曰:"由也,好勇过我,无所取材。"

---

[1] 尽管父亲与冯至交好,但冯至也不是见到友人之作就必定发表。《废墟》写完后,父亲有"尚不知能否在《沉钟》登出"之言,就是明证。于此,又可见前辈学人的职业操守与学术操守。
[2] 见致卢伯屏函,1926.4.10。

父亲如何"演义"这一段故事，只好留待查得这份小说之后再说了。

1926年12月，《沉钟》发表了《废墟》。《废墟》所本是父亲儿时听到的一个真实故事。故事的主人公房五是清河县城东关外一个村里为人打短工的农民，贫困而愚昧，他去刑场看杀人，一颗落地的、血淋淋的人头那张着的嘴巴和眨了一下的眼睛，重重地刺激了他的神经。之后，他的眼前见到的总是那眼睛和嘴巴，耳边听到的总是带着常常拖腔的一个"杀"字，他实实在在地发了精神病。一个有月光的夜晚，他卸下了主人家的一把铡刀，一夜之间几乎砍杀尽了全村的人，随即没有了下落。父亲在县城上高小时，曾到东关外去寻找那村子，正如小说所言，"什么也没有"，只有"碱地上"的"一片瓦砾"，"证明这是废墟"。这个故事，表面看来不过是由于愚顽痴昧所造成的一个偶然性的大灾难、大悲剧，而若究其深层内蕴，则是鲁迅小说《狂人日记》中所说的"人吃人"，象喻着黑暗的、变态的社会环境无处不藏有凶险的杀机，无处不是散发着血腥气的屠场，被压榨、愚弄的无辜百姓是刀俎间的鱼肉，被肆意宰割，而最终导致的是社会的全面毁灭———一片废墟。

小说粗犷犀利的叙事中，时有凄惨血腥画面的细致描绘，展示着血淋淋的恐怖景象，这实际是旧时代充满了野蛮杀戮的黑暗现实。小说震人魂魄，促人深省。

对这篇《废墟》，父亲感到"甚满意"，十一月末写成即寄"老冯过目"[1]，随即被老冯刊于12月份的《沉钟》。

《浅草》与《沉钟》时期，除了发表于这两种刊物的作品之

---

[1]见致卢伯屏函，1926.12.4。

外，父亲还创作了不少短篇小说，即使已刊者，至今尚有未能收录到的，更遑论未刊的手稿了。

现今所见者，有创作于《失踪》之前、之后的两篇乡土题材小说，其一为《立水淹》，完稿于《失踪》之前的三四个月（1923年9月，济南），刊于次年8月19日《民国日报·文艺副刊》；其二为《乡愁》，写于《失踪》之后的七八个月（1924年8月初，青岛），其刊发则已是二十年之后——1945年《读书青年》二卷三期。

两篇小说均写及故乡的真人真事，均系第一人称叙述，看得出是受了鲁迅《社戏》《故乡》等乡土小说的影响，而其抒情一为欢喜，一为悲伤。

《立水淹》初草时曾名《乡居》《乡居纪事》。所谓"立水淹"，即故乡人对闹水灾、发大水的俗称。何以有此俗称？小时候我听父亲说过，流经故乡的运河，由于河底淤积，连年筑堤，水涨堤高，民国初年早已成"悬河"，水大时堤坝里的水流早已远远高过了堤坝外的平地。那时听了全不懂什么隐患之类的严重，只觉得是一大奇观。我想，"立水淹"之称当是对坝毁堤决、大水泛滥一个极为形象的说法。父亲取以作为小说之题目，较之"乡居""乡居纪事"有更浓厚的乡土气息，又展示了小说的背景，更切小说所描述之题材。

1923年暑期，父亲返乡探亲，他在8月4日写给卢伯屏的信中说：

（到家后）大雨一场，平地水深数尺，村市往来需用船只渡筏，为廿年来未有之奇灾。敝村地势较高，只道沟中积水满盈，然往来亦须用船。村东一大坑，水深丈余，广亩许……

这道出了《立水淹》一作的现实背景。

由于故乡坝营"地势稍高",水势虽猛而大,但无人畜之伤亡,且夏收已过,秋种未到,地里的高粱尚有穗子"在水面探着头",大秋亦不至绝收,故小说写这场水灾是以轻快与欢欣为情感基调的。五千字的小说由三个部分组成,第一部分写作者到家后"晚间同父亲母亲和妹妹在灯下谈话",尽展父子情亲、兄妹情亲。虽只四五百字,读来如看一段纪实短片,真实而动人。此部分是以下两部分乡居故事的引子。第一个故事是有作者本人在内的家庭故事:我的祖父领着长子随与幼子谦在绕村的大水中撑起木船"去逛'湖'",体现水灾中难得的天伦之乐。父亲在信中告诉伯屏,"日前家严驾船,随与舍弟宝谦乘其上,容与中流",并且兄弟二人有联句诗一首[1]。第二个故事则是写村里的李二先生,他种了两亩西瓜,瓜地全都被水淹没,整个故事都在叙述他如何处理从水里摘下的堆积如山的生西瓜。李二先生对被水糟害了的西瓜之痛惜,远过于两亩瓜田被水淹带来的经济损失,故而李二先生的懊丧之中却又含着些许幽默。

这是乡土气息与生活气息十分浓郁、亲情与人情亦十分浓郁的一篇小说。一对兄弟恨不得立即让老父亲撑船下水的急切心情,年迈老父亲满含爱意的斥责以及驾船如驾车的身影,李二先生对未熟西瓜的一份近乎亲子的爱……都写得宛如目前。

《乡愁》写于1924年7月,那时父亲与冯至一起初到青岛,冯至又邀浅草社的陈翔鹤、陈炜谟二人前来。小说中之"马君"即冯至,两个"江南人""C君"即陈翔鹤、陈炜谟。冯至与二陈因谈起《现代日本小说集》中加藤武雄的《乡愁》而说到"乡愁"话题,

---

[1] 见致卢伯屏函,1923.8.4。

这触动了并未一起谈"乡愁"的顾随的乡愁。"乡愁"二字"译成故乡的土话便是'想家'"，父亲"想家"了，想起了老父亲七年前说过的"年青的人，出了门还想家，没出息！"的话，而当年此话是老人家针对表侄长岭而发的。小说就这样由"乡愁"联到"想家"，由"想家"引出了长岭的故事、一个发生于故乡的真实的故事——少年长岭自幼在家受继母的气，挨打，饿饭，受冻，终于受不了虐待而逃走，在外做工，有饭吃，有衣穿，不再光着一双脚，"在外面很享福，所以也不想回家"。两年后，他得了"肚痞"症，因生病而想家，因想家而回家，很快死在了自己所想的"家"里。人们很自然想到他为什么会得"肚痞"病，再想想，长岭的"家"，有什么可想的？一个"每饮必醉""每赌必输"的父亲，一个只会对他施虐的继母，回到家来依旧是"光着脚"，"一条七穿八孔"的"粗布短裤"，不得吃，不得穿，"一条狗一样"，"睡在柳荫下"，但他还是"想家"。依土地而生的就是农民，除了故土，什么也没有，不管自己的"家"是什么样，他离不开生他养他的那片热土！

小说写得看似平和，但品之味之，得到的只是凄伤，只是痛惜，只是对长岭的无助和无奈，以及由长岭的故事所想到的旧中国旧农村的种种类似悲剧。小说带有明显的向鲁迅乡土小说学习的印迹。

父亲在7月15日给卢伯屏的信中说，"昨夜君培寝后，勉强起草一篇小说"，这定然就是《乡愁》了。他第二天"晨起而读"小说的开头，自感"纤弱无力，大非作《生日》时手笔"，又说"可怜的很，写出来一点幽默humor的性质也没有"。读《立水淹》，我们能够感受到其中的幽默，而《乡愁》中长岭的不幸一生，决定了它不可能有幽默，尽管小说中写继母追打长岭时也曾尽力描绘这无赖泼妇的丑态。父亲信中又说，小说中"只有暗淡"。"暗淡"二字，正是《乡愁》的基础色调。

小说至1945年方发表，定是刊物《读书青年》约稿，父亲以旧作应邀。但何以这篇小说一放就是二十年？可能只是因为他当年对自己的作品感到不能慊于心。父亲对自己总是这样严苛，《乡愁》是一篇很耐看的作品，它所包蕴的内涵既深且厚，触及了旧时代中国农民普遍的命运。从小说技巧来说，似是较《立水淹》又前进了一步。

父亲这一时期的小说今尚知些许信息者，除上文所述与季韶信中之《寂寞》外，尚有：

1923年5月2日有《美丈夫》寄卢伯屏，自评曰："较之《反目》有逊色矣。"

继之又有《嫉妒》寄君培[1]。

同年6月初"草成一篇《这是几年以前了》"，自评曰："虽然费了力气，终究是西洋人打中国官话，全无是处。"故连友人也不曾邮寄。[2]

1924年7月，致伯屏信中说，赴青岛前有《生日》一篇。[3]

1926年4月，致伯屏信中说，有旧作《狗吃猴》……[4]

在致伯屏、季韶的信中，尚窥得些许影像的小说是《海上斜阳》与《浮沉》。

父亲自初到青岛，即"思作一小说，纪在济三载经过"[5]，1924

---

[1] 见致卢季韶函，1923.5.3。
[2] 见致卢伯屏函，1923.6月初。
[3] 见致卢伯屏函，1924.7.15。
[4] 见致卢伯屏函，1926.4。
[5] 见致卢伯屏函，1924.8.2。

年8月至10月结稿，乃成一万余字近乎中篇的写实小说即《海上斜阳》。这篇小说记述作者与挚友卢伯屏在济南女中与学生一起反对旧校长、旧制度而不得不愤然辞职之故事。小说中"孟珠"是作者的"假名"，"孟锦"是卢氏的"假名"。这是一篇满意之作。父亲在信中告诉卢氏："较春间《生日》一篇尤长。得此（指《海上斜阳》）真可自豪。并可使兄阅之而喜也。"父亲还兴奋地向卢氏发抒感想："我因为孟字的缘故，竟连我二人为同胞兄弟……所可异者，我二人以异姓而联为同胞手足；而周作人先生动辄称其兄为鲁迅君，以同胞又分为异姓。世事真无独有偶耳。"[1]但小说转到冯至手中后，冯至"对于《海上斜阳》，颇有贬语；并谓后段气力不足"，而父亲却"自以为那篇的末段，直呕心吐血之作"。父亲理解好友冯至，"不喜我作此类文字，故所言如彼耳……君培或以为太过……不过描写世事，易陷于丑。且通篇无一处可令人快意"。[2]不过，小说在济南女中的学生中传看，"济女生们看了，来信说：都要下泪"[3]，毕竟亲历其事者与旁观者感受不同。而后小说之下落、是否发表，至今尚是疑问。

《浮沉》计划上下两部，看来也近乎中篇了。1925年7月3日起笔，上部"写一与世浮沉、随波逐流之青年"，"大部分仍以我自身为影射"；7月中旬脱稿，"然仍须大加删改，始能见人"。对于下部已有了构思，"再写一强有力冷无情之青年，与上半部之主人公作一对照，然此项'模特儿'在现实中国甚为缺乏。将以武枕生君为粉本"。为了写好下半部，"至少须一读尼采之'*Thus Spake*

---

[1]见致卢伯屏函，1924.10.11。
[2]见致卢伯屏函，1924.11.28和30。
[3]见致卢伯屏函，1924.10.27。

Zarathustra'，斯梯儿纳之'The Ego and His Own'，及叔本华之《悲观哲学》（三人皆德人也），始能着笔。"这部小说借鉴了外国小说的写法，"即上半《浮沉》，亦全受柴霍夫老先生影响，则上月苦读了全集之结果也"，"下半部之结构，之轮廓，盖亦有鉴于屠格涅夫之《父与子》"，正因如此，父亲对塑造下部之主人公慎之又慎，"因为一疏忽，便使此理想之青年，落了Bazarov之老套"，故而小说至次年初尚未结稿，但他自信，"如果写完，色彩和布置，一定和从前的东西不一样"。[1]然小说是否完成，佚稿流逸何方，至今不明。

于此看来，《海上斜阳》与《浮沉》当是父亲青年时期小说中的力作——用心、用力之作！

（三）乡土文学的起笔
——苦难的刘全福"运粮的故事"

父亲有短篇小说《刘全福》，以"苦水"之名刊于1947年10月之《中学生》，小说写于何时，史无明文，若从父亲小说创作的经历推断，这一篇当是1930年代前期之作品。小说揭示的主题之严肃而重大、展示的场面之纵阔与纷繁，以及通篇那让人透不过气来的压抑，绝不像二十年代后期的作品。若说是写于刊发时的四十年代后期，我以为不大可能。那时经常可以"自由"出入父亲书斋的我，已是过了十岁，1945年之散文《海涯琐记》我尚且有一点印象，何况是小说？我却是一点印象也没有，没见父亲写过，连"刘全福"这个题目也不曾听他说过。重要的是，四十年代，父亲与弟子周汝

---

[1] 见致卢季韶函，1925.7.12。

昌氏已有频繁的书信往来，父亲的写作情况，哪怕是尚未成篇的东西甚至腹稿，也会在信中告诉弟子。致周氏信中，于"刘全福"只字未见。至于发表的日期，用旧作修订以"应急"，在父亲是常有的事。若从小说的"文本"而论，在表现手法上，《刘全福》已完全脱离了第一人称的叙述方式，也找不到作者的影子，情节与人物都紧依生活而展开。我以为，无论是题材还是表现技巧，都已超出此前诸短篇之作，此后方开启中篇创作之门。

《刘全福》与《立水淹》《乡愁》虽同写农村，而命意、情调绝不相同。《立水淹》《乡愁》两篇虽包含有乡土故事，但文章始终以"我"的视角叙述展开，《刘全福》则完全抛开"我"的存在，以纯粹客观的笔法书写一段乡土故事，可以说是一篇真正的乡土小说。

《刘全福》写一个"运粮的故事"，揭示农民在徭役压榨下的苦难。徭役是历代农民担不起又非担不可的差役，这苦难是数不出起始，更望不见尽头的。小说以"刘全福"定名，他当然是"男一号"，这是一个强健、"是非善恶辨得清楚"，却"从来不多做声的"、有能力的庄稼人，对生活的"逆来顺受"，不是他的懦弱，而是他对自身运命总结过后得到的结果——他只有这么一条路可走。官府年年都要派下来的"运粮差事"，那过程在刘全福的记忆里，是"漫长的山路"，"杂乱的车马"，"雨天……"，"晴天……"，实在不是常人所能忍受。小说正面展开的是农民们为运粮做准备的忙碌与慌乱，特别是车队、人行出发前，广场上"委实是伟大的""运粮的场面"。粮仓门口挨个儿领粮的拥挤、嘈杂，管理员的克扣，农民的敢怨不敢言，这一切定格在"农民们赤着膊流着汗的身上，成了薄薄的一层泥浆"的特写镜头。运粮队出发时"声势浩大的行列""蠕动"起来时的场景，写得笔调沉实却又具震撼人心的力量：

> 有车辆的,打着鞭子,车轮子发出尖锐的声音。有的是老牛拖着破车,显得累赘笨拙,小毛驴驮不起两半袋的粮,腿子抖抖的。背背子的弓着腰,像快要倒下去的样子。挑挑子的肩上衬垫垫得那么厚,他们沉住气,默默地走着……[1]

这场面让人不由得想起俄国列宾的经典画作——《伏尔加河上的纤夫》。

运粮队"从一个村庄又经过一个村庄","一天,两天,三天……在大路上进行着"。他们身边还有"一手挟着枪"的"自卫队员""护送"。这支农民的运粮队伍,与被押送着转移的囚犯又有什么两样!小说的结尾其实是没有结尾,刘全福回答他的同伴"几天才能到"的问题:"还远呢,傻子,别性急,走吧!"只知道"运粮很远",根本不知道何处是尽头;这一次的运粮路还远,一生中的运粮路还远,谁也不知道哪里才是它的尽头!这是诗人之笔——言虽有尽而寓意无穷,旧中国贫穷农民的苦难是没有尽头的。小说的主人公叫刘全福,小说又以他的名字命名,可"刘全福""留"下来的除了苦难,连一镏一铢的"福"都没有,更遑论所谓"全福"!

小说用极简单的几笔交代了它的"男二号"高兴奎的另一条道路。他与同村农民"男女老少一起二十多个人,在夜间悄悄地逃荒去了",携妇将雏,抛家舍业,他们逃过了这次运粮,接下来的同样是没有出路的道路,没有尽头的行程。

小说写得平实质朴,乍看之下,似乎觉得有些过于冷静,越读

---

[1] 删节号为小说中原有。

得多、读得深,就越是被小说带进那无尽头的苦难之中,带进那小说中营造的厚重浓郁的悲剧气氛中,让人不能不为旧日农民的苦难而叹息。父亲以"暗淡"二字概括《乡愁》,概括《刘全福》的,我想当是"沉重"二字吧!

父亲生在农村,长在农村,他是农民的儿子,他此后的两个中篇依然写的是农民,他代农民叹息着自己的苦难,深心用意在于提出了"苦难的农民怎样才能走出苦难"的沉重命题,尽管他对于这个问题不可能给出答案。

(四)中篇小说《佟二》
——中国农民重压下的苦难与抗争

1927年之后,父亲文学创作的道路主要转向了旧体诗词曲,因而中止了小说的写作。直到1942年春,父亲困居于沦陷区的北平已近五年,方又在执教的辅仁大学学生所创办的文学刊物《辅仁文苑》上,以别号"苦水"刊发了他的第一部中篇《佟二》,一部血淋漓泪滂沱的小说。

小说写佟二的一生。佟二是个体格健壮、憨直笃厚的年轻庄稼汉,"他的筋肉与骨骼格外地结实而韧固,仿佛是有弹性的金属物","脸上放着擦亮了的紫铜一般的明光",这是一个典型的中国北方青年农民的外貌。他从来不会哭,甚至不会流泪,连他父亲死去时也"只是跪着却不哭",也"没有泪"。这在小说开头,似是对佟二性格特点的介绍,待你看到结尾,才明了作者的用心——"不会哭",这是一个寓意极深的"伏笔"。他凭了浑身的力气和不知苦累的硕壮体格,租种着几亩薄田还时时地打打短工。干活他"领头锄","领头镰",农活"样样儿他都拿手","又精细、又勤快、又不惜力","在地主家里当一名佃户"。

因为怕人偷"棒子",家家地里"轻易不肯种玉蜀黍"。有一年,佟二"冒了险种了",玉米熟了,一个坐了"轿车"的"长衫先生""指挥"了"车夫掰棒子",佟二与车夫角力,与长衫先生角智,一穗玉米也没让他带走。一个三十来岁的汉子夜里来掰了两个"棒子",佟二逮住了他,知道他是因为肚子饿,没打他,甚至没夺回他掰下的"棒子"。过了两天这个饿鬼又来了,佟二依旧没打他,只把他绑在了坟地里的一棵树上。这个人"觉醒"了,变成了一个"勤恳力作的短工",渐渐自食其力了。小小一个偷棒子的事件,两个不同的情节,显示了佟二发自本性的抗富、敢打、敢斗,对饥饿者怜悯又恨其不争,这是一个地道的庄稼汉的品格。若看他与"长衫先生"斗智的一个回合,佟二不仅脑筋灵活,反应快,还颇有一点幽默的细胞,大字不识的庄稼人素质并不低。

平常日子里,佟二又是一个快活的庄稼人,他有一副踢毽子的好身手:

> 每到冬天,他拾粪、拾柴的空里,他便约会了三四个要好的人,去到背风向阳的地方踢毽子。他踢得也真好。毽子似乎永不会在他身旁落地。即使别人踢坏了一着儿,那毽子跑到场子外面去,看看要落地了,只要是在佟二的周围,他总赶上去,箭一般的,一腿将它救回来。他在场子里,前窜后跳,使出一身的本事,那毽子便流星似的缠在他身上,直到他把它踢给下手才算完事。

佟二就这么过着"窝头、辣椒、咸菜和红高粱面子的粥吃着也分外的香甜"的生活。他完全不知道老祖宗有"乐天知命"一类古训，但他实实在在地这样生活着。当然，佟二身上，不可避免地有着中国农民传统的劣根——在家庭里用暴力制服自己的女人，虽然只有一次，虽然起因是二人互斗。命定的贫穷，佟二过了三十岁才娶来一个能干的寡妇为妻，这女人"头紧，脚紧"，十分利索，干活儿"不下于她的丈夫"，且性格相当强悍，在一场夫妻间超常的斗气、斗力的较量中，佟二以超常的体力与方式使他的媳妇败下阵来，从此再不敢有一丝的不服。"他们平安地过了三五年，还添了两个孩子。"

但是，"天下却一天比一天不太平，生活也日见其艰难了"。佟二顶不过天灾——蝗虫洗劫了全部的收成；他更敌不过人祸，一起接一起的人祸——比土匪还不讲情理的官府，颗粒无收，钱粮却一分不少征，还加上一份"讨赤费"。为了抗交官府的钱粮，乡里农民自发成立了"红枪会"，钱粮是不交了，可为了财利，"红枪会"与本县同样的一个组织"天门会"火并，双方打斗得比战场还惨烈，到处是死尸，遍地流淌着惨白的脑浆和暗红的血，村子里是"黑烟压着火光，火光顶着黑烟"……[1]佟二糊糊涂涂地参加了战斗，受了重伤，侥幸捡了条命回来。"红枪会"赢了，甚至打败了"两营官兵"，"攻进了县城"。大队的官兵到了，"架起了大炮""占领了县城"，把"红枪会"占领的三十几个村子"打了一个土平"。"红枪会"也被

---

[1] 1921年9月10日，致卢伯屏函中曾说："那天疯传土匪有三五百人要来抢坝营。吓得家中忙作一团。雇人打更、看门，人心惶惶，真是忙得吃饭都找不着嘴在哪里。9日早晨，有一个小村叫郑家集——离敝村不过三五里地——被土匪攻进去，连抢了十家。枪声便如腊月卅夜间的鞭炮。土匪临走，还放了一把好火，烧了个七零八落。在我舍下的屋顶上，还可以望见那村冒的烟。"

灭了。

之后，一切回归原位，佟二照样种他的地，然而天下不给佟二太平，官军要修壕沟了，抓壮丁，佟二当然在被抓之列，不怕出力的佟二并不拿着挖战壕的活儿当回事。谁知壕沟"要通过他的麦子地"，他不干了，尽管"马鞭雨点一般"落在他背上，他还是反抗。长官让几个兵士骑了马在佟二的麦地里来回跑上两趟，"不到十分钟的功夫"，"一地的麦子东倒西歪"全"平铺在地上"。佟二恨得牙咬得"吱吱地响"，胸中的火"烧遍了他的全身"。他亲眼见过官军打平了"红枪会"，他清楚官兵的厉害，他没有活路了，不得不"带了女人孩子'下关东'"。

"下关东"就是活路吗？在那里，等待佟二的是灭顶之灾。"下关东"的路上他遇上了军队。当官的、当兵的搜罗尽了佟二一家仅有的一点可怜的"盘缠"，砸碎了他的铁锅、木勺、黑瓷碗，打昏了反抗着的佟二，残忍地杀害了他的女人和孩子。待佟二醒来时，官与兵都不见了，他找到的只有妻儿血肉模糊的尸体，这时：

> 佟二的泪——生平第一次也就是末一次的泪——流下来了。许是他一生的泪，都要在这一次流出来，所以才这样的多，泉一般的涌出，顺了他两颊往下淌；又滴落在他的女人的脸上，嘴里，而且流满了那两个鲜红的窟窿，又成为血水流出来，浸到沙地里。[1]

太阳落下去了，接着是黄昏，又是黑夜。远处的村子里有

---

[1] 引文中着重号是笔者所加。小说开头的"伏笔"此际方有了应答，佟二一生的泪为惨死敌手的妻儿倾泻尽净。"两个鲜红的窟窿"是佟二的女人被官兵们挖去了眼珠的眼眶。

狗在叫，枪声又响起来了。

佟二茫然地抱着孩子，蹲在他女人的尸旁，一动也不动，夜色严密地遮盖住他和他女人的尸体。

这似是小说的结尾。然而，故事情节并未到此结束。佟二又被抓了兵——就是害死他妻与子的那支军队——他终于逮住一个机会，一马鞭抽瞎了那当官人的一只眼，一脚踢伤了那当官人的腰，夺了那当官人的马，奔回自己的家乡，死在自家老屋的土炕上。佟二报复了杀害妻儿的敌人，尽管收效甚微，但他毕竟是反抗了，让敌人吃了苦头，自己也挣得了"自由"；而且，死也要死在自家的热土上！

生活在日寇铁蹄践踏下的中国人，谁都看得清楚"下关东"的路上发生的惨剧，父亲是在用他那支滴血的笔，控诉着惨无人道的日本侵略者的暴行，讴歌着人民心底不熄的抗争的火焰。但父亲还担心他的矛头所向不够鲜明，于是在小说结尾特地重重地点上一笔：那军队是"挂了旗"的"鬼名军"！"鬼名军"，以"鬼"为"名"的军队；"挂了旗"的"鬼名军"——打着"太阳"旗的鬼子兵，还能有比这再清楚的代用语了吗？这哪里是在写小说？分明是正义的抗争与呼号！如若联系此前一年创作的杂剧《馋秀才》[1]剧中那个不肯觍颜事敌的穷书生形象，则小说《佟二》以文艺作品作为抗敌武器的创作苦心更为彰明。可能，迫于当时的形势，父亲在小说末尾注明"作于1933年"。小说确实是起笔于1933年，那是"九一八事变"之后，而小说的修改、完成当即1941年燕京被封校

---

[1] 杂剧《馋秀才》见十卷本《顾随全集》第一卷。

之后。小说完稿,在当时的北平,只有校园刊物《辅仁文苑》可以公开刊布了。我是在1999年父亲的"全集"(四卷本)编订接近尾声时,才得到滕茂椿先生几经周折方复印到的这篇小说,方得收入了"全集",使小说得与后日的读者见面。

2006年春间,拙笔撰写《女儿眼中的父亲——大师顾随》,由于交稿的时间与字数的限制,对这篇小说未及细致深入地阅读与品味,只做了重点的介绍。而今细读《佟二》,心灵上感受着过去不曾有的震颤,方才领会到小说反映的社会场景是如此之广阔,小说的命意与主题是如此之深刻。

我惊异于父亲一介书生,从没有离开过学校,没有真正接近过农民,怎能把"佟二"这个形象写得如此鲜活而真实,具有生活色彩、生命力量。小说塑造了一个青年农民的典型形象。

我惊异于父亲一介书生,手无缚鸡之能,怎能把交火双方的激战场面写得那样震撼人的耳目心灵,让人深感互相残杀的可怖与可悲。

我惊异于父亲小说的结尾那"鬼名军"三字的点睛之笔,以及他敢于如此写的胆气!这一笔,使旧中国农民的苦难在阶级压迫之中又加上了国土沦丧的大灾难!且于此展现了旧中国贫苦农民沉重的背负之上,遭受着更大的苦难与屈辱,因而,佟二的反抗斗争,就更具其时代的历史意义。

刊载《佟二》的《辅仁文苑》是校园文艺刊物,而且在出版了刊有《佟二》这篇小说的一期后就停刊了,所以除了当年北平的青年学子之外,读过这刊物、这小说的人,可能并不多。想不到,1992年11月16日天津《今晚报》第六版"副刊"上,前面提到的余时先生,在"书话"这一小栏目中写了一篇《辅仁文苑》且说到

《佟二》这篇小说:

> 1942年4月《辅仁文苑》出版了第11、12辑合刊[1]后停刊,比《燕京文学》迟停刊三个月……两种刊物皆在敌人的刺刀下不甘沉默而生,又同在不堪敌伪的迫害和收买之下而终,表现出知识分子不屈的性格,保持了刊物的纯洁。值得一提的是在终刊号上发表了苦水的小说《佟二》,写了一个忠厚农民全家惨遭迫害的故事。限于当时的环境,作者不敢明指造成这一惨剧的责任者是日伪统治者,但是读者会清楚地知道作者究竟指的是谁。苦水是顾随教授的笔名……久矣不作小说了,这个近于中篇的小说反映了作家在敌人占领下的思想苦闷,是我们研究顾随先生创作的生活的一个依据。

余时先生提供了珍贵的文学史资料。我有幸于1987、1992两年得到学生赵海顺和好友颜君分别寄来的两篇余时先生谈父亲小说创作的文章,然而那时我却连余时即是著名的学者、藏书家姜德明也不知道,因而未能直接求得余时先生的指教,实为憾事。

郭预衡教授说过"羡季师浑身都是诗"的话。的确,他的小说创作同样也是诗。仅就前文所引两个小段落,无论是欢欣、伤痛,是灵动、阴森,无一不是诗的情感、诗的意境、诗的语言。血和泪凝成的小说,同样有诗的表现。

---

[1] 当为10、11辑合刊。

（五）旧时代北方"农村里的众生相"
——中篇小说《乡村传奇——晚清时代牛店子的故事》

1944年年初，父亲再次萌生了小说创作的念头，寒假未至，他已"颇思利用此假期写出一点东西……所欲写者，……乃是小说之类"[1]。进入寒假，写作提上日程，"有一部腹稿，时时往来胸中。唯酝酿未成熟，精力不充足，未欲率尔操觚而已"[2]。可见这部小说在父亲心中不仅酝酿已久，且是视之为"重头戏"的。然生活的重压、疾病的侵寻，稿纸上留下了《无奇的传奇》这个题目，小说开了个头就止笔了。这一停就是两年多，直到抗日战争胜利后的第二年夏天，1946年暑假，暑热长天，父亲方始铺开稿纸、挥笔力书，一暑假写讫，这就是发表于当年12月《现代文录》的三万言的中篇小说《乡村传奇——晚清时代牛店子的故事》。小说曾三易其题，由《无奇的传奇》先易为《大麻子与二牛鼻》，最后定名《乡村传奇——晚清时代牛店子的故事》。父亲一定是以为"无奇的传奇"过于"文"，未免"阳春白雪"，与小说乡土气息不合；而"大麻子与二牛鼻"又过于"俗"，"下里巴人"，与小说中诗的气氛不合，而且小说所写不只是"大麻子"和"二牛鼻"这两个人的故事，而是那个时代"农村里的众生相"[3]，因此再易其题的。

小说以北方农村生活为背景，活动着上至乡绅，下至村民，尊至县衙老爷，卑至讨饭白痴，以至众多普通的老人、孩子、村夫、农妇、小贩、看客、衙役、屠夫、经纪人、攫街的……形形色色，

---

[1] 见致周汝昌函，1944.2.2。
[2] 见致周汝昌函，1944.2.10。
[3] 见冯至《怀念羡季》，《顾随先生百年诞辰纪念文集·序》。

各有面目、各具性格。尤其是小说中的几个主要角色——家徒四壁、粗鲁强悍、简单愚昧又目无官绅的大麻子；衣丰食足、身手高强、上下圆通、深藏城府又精细奸猾的二牛鼻；文质彬彬、貌似宽厚却心地阴险凶残、暗结官府的乡绅四先生；老于世故、时而"老鼠一般"时而"如一只猫"、实为一条走狗的"地方"（村长），无一不是活灵活现、呼之即出。他们之间展开着一场又一场明里暗里的较量与争锋，时起时伏，大起大落，演绎着活生生的交手场景，最后是近乎"一片白茫茫大地真干净"的悲情结局。

从小说中较量双方的力量对比看，大麻子是一方，孤家寡人，顶多有个未成年的儿子帮衬；另一方站在前台的是四先生和二牛鼻，时而台前时而幕后的"第二梯队"是"地方"，在他们背后是强横专权的官府——这就注定了大麻子必定失败的结局，尽管较量的过程之中，他也时时获得一点一滴、大大小小"战役"上的胜利。大悲剧中又时而穿插一些喜剧的情节，"寒冷而且寂寞"的大背景下，也时时闪现出异乎寻常的热闹场面，最终大麻子和他的独生子如意儿搭上了性命，二牛鼻丢了一只耳朵，还成了终身残废，四先生却依旧道貌岸然、心怀叵测，"地方"仍然猥琐小心、上谄下压。至于这些人物活动着的背景，从四先生家讲究而精致的书房、宅院，写到大麻子家只有"土炕上""两床破烂被卧"的烂土屋；从北方农村冬日里的"寒冷而且寂寞"，写到年关将近"逐渐溢起"的"蓬勃生机"；从杀猪把式杀猪的麻利脆快，到集市小贩叫卖的尖利喧嚣，再到正月十五"社火"龙灯高跷的热烈腾欢，而这其间又时时穿插着夜晚土地庙前白痴"演奏"的瘆人的"口技"……使人如身置其间，目不暇接，耳不暇听。

"牛店子的故事"情节若一言以括之，不过是大麻子单枪匹马、单打独斗地与对立一方进行着一个回合接一个回合的争斗。大麻子出奇的贫穷，但他并非"刘全福""佟二"似的老实巴交的庄稼汉，"他酗酒，他骂街，他讹诈财物"，这还不算，他要"闯光棍"，要在村东头成为村西头二牛鼻那样的"光棍"。大麻子对四先生的富贵与安闲有着发自本能的仇恨，但他摸不清四先生的心理"有多深浅"，他闯光棍的行径先从"试探"四先生的"神秘"开始。一次他赌输了，走进四先生家的书房，什么也没说，四先生"主动"地给了他一吊钱；一次他饿着肚皮走进四先生家的堂屋，什么也没说，四先生"主动"地招待给他一顿"丰盛"的饭菜，"所有他和四先生的交涉"，都是如此。要说，大麻子是占了便宜了，可是，愚昧的他也感到了"胜利的失败"，这恐怕就是所谓精神上的败阵，得了钱，吃了饭，可是堵心，窝火，出不了气，显示不出一个"光棍"的气概。

大麻子向四先生挑衅了。他来到四先生家的宅院，"昂然地走进去"，从黍秸垛上抽出两捆黍秸，四先生"主动"上前搭话，表示关切，大麻子"坦然的走着，不言语"，走过四先生身旁时，"又故意将黍秸的尾梢扫了四先生的衣服"。四先生被大麻子光棍式的蔑视激怒了，摘下了文质彬彬的慈善面具，"当即便套车进城"，第二天，大麻子被衙役带进城"锁进班房"。县官升堂并不问案，只喝令"拉下去""打二百板"。这一回合，大麻子先是小胜，随后是大败，二百板之后"屁股上火燎油煎，血流下了大腿"。

下一回合是大麻子的报复。第二天，四先生正在小书房里与"地方"和二牛鼻喝着小酒庆祝"胜利"，"大麻子忽然出现"了，在四先生小书房里，表演了一出恶作剧似的示威——踢了一通"飞脚"（他的"飞脚"表演容下节再述），顿时小书房里爆土扬尘，喝酒的三个人全被罩在"飞脚"扬起的尘雾中,"都手足无措了"。大麻子骂骂咧咧地往出走,"全不理会昨日的疤痕""重新绽裂","血又流下了大腿"。这一回合,大麻子"觉得是失败,然而是真的胜利了",他感到"从未曾有过的欢喜——胜利的欢喜"。大麻子这一次的报复确实是得逞了。然而他的报复手段虽然产生了瞬间的震慑力,但实在说不上有什么高明,充其量是一场无赖的恶作剧;更可悲的是他"胜利的欢喜"与阿Q的"精神胜利法"不过是五十步与百步之间耳。他的行动除了给自己带来更大的灾难,不会有什么实际效果,这就比阿Q更惨了。

　　大麻子"愉快了一整天"。随即他又不平了,二牛鼻脸上"对他轻蔑的表情",在他眼前老是晃来晃去,于是大麻子接下来的争斗对象转向了二牛鼻。他趁夜窜到村西去捉二牛鼻的奸,却被二牛鼻的绝技"弹腿",踢倒了"爬不起来"。牛店子开始过年了,大麻子的争斗生活也因年而暂停,但过年的热烈喧闹中,酝酿着一场更惨烈的争斗。

　　二牛鼻是各项民间艺术表演的高手,想不到高跷场上与他竞技的竟是他的徒弟,大麻子的儿子后生小子如意儿。二牛鼻施展出冰上高跷"朝天蹬"的绝技,年轻气盛的如意儿吃了亏,一个失脚跌死在冰面上。如意儿被抬走了,二牛鼻坐在"墙头上","尽看着"。小说在这里写道:"乡人们质朴而单纯,始终不曾觉察出他的眼光是怎样的得意,嘴角上挂着的是什么样的轻蔑。"不要小看了这轻轻一笔点染,它让人们在小说临近结尾时,触摸到二牛鼻人性中隐藏着的阴诈与毒狠。大麻子连哭也没有哭一声,但在正月十四的龙灯场上下了狠手,"猛兽""恶鬼"般的"直扑向"玩龙头的二牛鼻。二牛鼻正舞在兴头上,"铁锤似的两只大拳头""雨点般"落向二牛鼻的要害处，还咬掉了二牛鼻的一只耳朵。当然，大麻子也被看龙灯的众人打了个半死。这一回合，大麻子还是胜利了，他打折了二牛鼻的光棍形象，他甚至摧垮了牛店子年节的喜庆与欢快，但他的代价也未免太大。胜利的天平并没有倾向大麻子一方，他愚昧无知却自作聪明，随之就把自己送上了死路。

大麻子死了，二牛鼻残了，牛店子"从此一直太平了许多年"。但是，小说着力以二分之一的篇幅营造的牛店子的年节，自腊月初起的杀猪、写春联到一年最末一个集市，再到年后的社火、龙灯、高跷、旱船、狮保、花炮，热闹得"如火如荼""沸反盈天"……从此就匿迹销声，牛店子剩下的只有傍晚讨饭的白痴"演奏他的口技"，和"夜深……猫头鹰……哈哈地笑"，不由让人感到牛店子仿佛阴曹地府，再没一丝人气儿。

小说就此结束了，留给人的不仅是无尽的凄伤，更是无尽的思索。

对于大麻子这个"男一号"，是不能教条化、程式化地以好人坏人、正面反面来界定的，他也不是二十世纪六七十年代所谓的不好不坏的什么"中间人物"，他只是晚清时代北方偏僻县份农村里现实存在着的"这一个"。小说塑造了这样一个典型，给读者的同样是凄伤，是思索。

小说发表后即有读者的评赞文章见于报端。署名"风草"者言："这里展开了一幅幅北方乡村的风土画，使多年没有回过老家去的人看后都像回到了自己的小村庄"，小说中的人物"活生生地描绘在我们面前，还用了那么熟练的充满了乡土味的语言，读后真令人感到高兴"。[1]吴小如著文从戏曲创作的特点论老师的小说,称"有着浓烈的戏曲色彩","像莎士比亚型的西方戏剧,却更像元曲","用笔那么豪爽,用心又那么精细",小说"怡养你的情感"的力量"在那些风土人情生活习惯的琐细摹绘","每一段娓娓动人的絮语,活脱是一支支杂剧中的丽曲。寓凄凉与感慨,蕴壮烈与温馨"。[2]

父亲生前挚友冯至在老友去世三十周年的时候,深情地撰写的《怀念羡季》一文,对《乡村传奇》有着满怀激情的评述:

> 他于1947年忽然以惊人之笔写出长达三万余言的《乡村传奇——晚清时代牛店子的故事》,语言泼辣,情节离奇,辛亥革命前北方一个农村里的众生相好像跟鲁迅笔下未庄里的人物遥相呼应。[3]

这是对《乡村传奇》的艺术表现力与所展示的社会生活之深广,寄予的客观而精准的评价。2001年,学者、藏书家姜德明著文说:"(《乡村传奇》)这样的作品,理应引起研究现代小说史的人们注意。"[4]

---

[1]见《大公报·图书周刊》,1947.1.28。
[2]见《益世报》,1947.4.12。
[3]引文中着重号是笔者所加。
[4]见姜德明《沈从文与〈现代文录〉》,刊于《寻根》,2001.3。

（六）小说中的"人生"需要"诗的描写与表现"
——"苦水词人"的小说创作理念

父亲在说解《中庸》时提出"一种学问，总要和人之生命生活发生关系"的经典观点。小说创作自然更是人的生命和生活之展示。作为小说创作的理念，他有文字明确地表述在《小说家之鲁迅》一文中。

与润色完成《乡村传奇》几乎同时（1947年1月末至2月1日），父亲撰写了讲演稿《小说家之鲁迅》，从鲁迅先生的小说谈到小说创作应臻及的最高艺术境界。他欣赏、赞美鲁迅小说中对大自然所作的"诗意的描写"（在此前已有《鲁迅小说中之诗的描写》一文，见于《中法大学月刊》），但随即又出乎读者意表地提出这描写不免是"冲淡了小说中的人生的色彩"。何以有这一笔？原来，他的小说创作准则是：诗的描写不仅在写景，更"要将那人生与动力一齐诗化了，而加以诗的描写与表现，无需乎借了大自然的帮忙与陪衬。""小说是要诗化了人物的动作，而且所有的动作、生活，也必然都是诗，无论那生活与动作是丑恶的、或美丽的。"

父亲在《小说家之鲁迅》中，赞鲁迅先生的小说"到处吹着诗的风，弥漫着诗的气息"。我以为，如果用这句话来评赞父亲的小说也是十分恰当的。

二十世纪二十年代，父亲创作短篇小说之时，在他的意识里，小说创作的准则显然尚未明确形成。但源于他诗人的气质与修养，那时的短篇里也时或会"吹着诗的风"。《孔子的自白》中，老夫子在楚国逆旅晨起叹息时那一段"清秋的早晨"的描写；《废墟》中，房五在看过砍头之后,精神"确乎有些异样"的第二天早晨那一段村庄农舍的描写:"道旁的草,余绿未凋,带着露珠,在旭日中闪烁。田地里耕起的土块,散发着地母亲的幽香。""远远地望去,躺着的是地,平铺开……直接着蓝天。站着的是黄土的茅舍,是村庄,是树木……树梢上绕着炊烟。"这无疑与《孔子的自白》一样,都是对大自然所作的"诗意的描写",是"借了大自然的帮忙与陪衬"。只是二者一正一反,前者是以清晨阳光的绚烂托出孔子老而不衰的形象,而后者则是以与"每天的早晨一样"的安闲静美的村庄,反衬房五精神的"异样",进而反衬现实的昏昧与不祥。这些"弥漫着诗的气息"的文字,恰又是父亲后来在《小说家之鲁迅》一文中所不满的"冲淡了小说中的人生的色彩",特别是对房五精神异样的那一段反衬。尽管后人读时享受到的是诗的美,是小说节奏的起伏,但父亲对小说诗意有他更高的要求。

及至创作两个中篇的时候,父亲都是有意识地按照自己所定的创作准则来写作的。小说《佟二》中"踢毽子"与"痛哭妻儿"两段,都是"诗化了人物的动作","所有的动作、生活""必然都是诗",都是对小说中展示的人生所作的"诗的描写与表现"。至《乡村传奇——晚清时代牛店子的故事》这部乡土题材小说,"诗的描写与表现"达到了更高的境地,无论那描写是对"大自然",还是对"人生",无论所描写的是"美丽的",还是"丑恶的"。这部小说真是"到处吹着诗的风,弥漫着诗的气息"。

拙笔在这里且着重回顾《乡村传奇——晚清时代牛店子的故事》这部小说的诗情诗意。

先看小说诗一般的开端。"在北地大平原中僻小县份的乡村里,那冬天真像个冬天:寒冷而且寂寞。"小说场景描写尚未铺开,开卷即已让人明显感到了北方农村冬日的苍凉与孤寂，这可说是无景之景吧！"那冬天真像个冬天：寒冷而且寂寞"两句，在以后的情节里又重现过两次。诗一般的语言，加之自《诗经》就开始了的"复沓"手法，古朴而且凝重，正如《诗经》一样，每次运用都有着不同的作用：开头一个是展开北地乡村冬日典型环境的引子；第二个是反衬"寒冷而且寂寞"的"冬天"，牛店子却实实不太平；第三个则是引出"年关迫近"时，"寒冷而且寂寞"的牛店子渐渐地有了"蓬勃的生机"。

再看小说中诗一般的环境描写。仅以小说开端第三段描写村中的"住家"为例：

> 至于村中所有住家的房屋，一律是黄土泥的墙。房顶是用黍秸铺的，上面也一律泥了黄土。很少有一两所砖墙瓦屋。大门一律是白板的门扉，但已被风日雨雪侵蚀得昏暗了，使人很难辨出它们的质地来。门是敞着的，并不关闭，但很少有人出入。也许有一条狗之类在旁边卧着，但又一动也不动，因为很少生客的来临，所以它轻易也不叫。而且那狗又多是黄色的，人们见了，总以为也同房子一样是用了黄土筑成的。倘若有一只大的金背红公鸡在墙头上伸了脖子高唱一声，那寂静的空气便被打破了。但鸡鸣的声音一停止，又恢复了寂静，一如水面偶尔投下一粒小石子，暂时皱起波纹，但随即又平静了。

这当然是对农村环境或说景物的"诗的描写与表现"，但绝不是"借了大自然"来作小说的"帮忙与陪衬"，更不是"多余的附加"。小说开卷展现在读者面前的农家院落，昭示着北地农村的现实生活：冷落、单调、萧条，死寂中含着几分"原始"的味道。这"死寂"与"原始"就是小说中人物活动的大背景，更是他们之间爆发的一场场争斗的深层根由。

贯穿整部小说的是一个看似游离于故事情节之外的人物——比亚比扬，以及他所表演的口技。比亚比扬，看名字绝对是个洋人，但当你知道了它的读法——"依反切读作两个字"[1]——以及名字的由来——"没法子写"，"可以长寿"——就觉得这"洋"的外表之下实在"土"得可以。比亚比扬的出场共三次，开头、中间、结尾，都是小说至关紧要的筋节处。

开头一次，作者用了较多的文字直截形象化了他在"村南小土地庙里"表演的口技——争吵的声音：

"怎么着？那不行。"似乎一个年轻的尖着嗓子嚷。
"不行也得行。"一个苍老的声音又像在呵斥。
"就凭你，不行定了。"
"放你娘的狗臭大驴屁！"
"你骂谁？"
"骂你是好的，小子！"
"算了吧，你们俩。"有谁哑着喉咙在劝了。
"我今儿非揍他不可！"苍老的声音。
……
"劈！拍！劈！拍！"听去是巴掌打在脸上了。
……

---

[1] 读作"bià biáng"。

这分明就是诗。再回看"比亚比扬"这名字,不正是形象化了抽打皮肉发出的声音么?不是作者在故意炫耀自己的文字技巧,不是依"杂剧"之例"楔"进一段丑角的插科打诨,比亚比扬这一段口技,置于小说的开头,预示了牛店子里一幕一幕的打斗即将开场,是牛店子的岁月不太平的引线。

他的第二次出场,是在大麻子挨了板子"屁股上火燎油煎,血流下了大腿"走回牛店子的时候:

是落日的时节,"不行,不行!""我揍你!""噼拍,噼拍!""呜呜汪汪,哇。"

这争吵打架的口技,本是每日黄昏比亚比扬在"演习他的日课",此刻的大麻子愚昧、简单到谈不上什么心理和思绪,但那恰到好处的口技对大麻子内心的不平、仇恨与企图报复,无疑是一种暗中的点醒,甚至是撩拨。白痴的比亚比扬的口技,成为大麻子采取"武力"抗争的"启蒙师",因此,比亚比扬实际就成了牛店子双方角力进一步升级的"点火人"。

待到比亚比扬第三次出场,已是小说的"收官",牛店子除了比亚比扬的口技,已是"一片白茫茫大地真干净",他的口技使弥漫在牛店子上空的气氛更为空寂、阴冷,也更加瘆人。这是一个余音不了的悲剧结局。

在牛店子,唱和着比亚比扬的另一条音响辅线,出自一只夜猫子。比亚比扬坐在白杨树下,夜猫子蹲在白杨树上,比亚比扬演奏音响纷繁的口技,夜猫子则只有单调的"哈……"的冷笑。夜猫子也是三次出场，第一次是侧面的，在县衙的公堂上，大老爷奚落讥笑大麻子时，"哈，哈，哈……"的冷笑让大麻子觉得是"半夜里""猫头鹰这样的笑"。大麻子只是直觉，我们却从这直觉里悟到，大老爷分明就是一只给人们带来灾难的不祥的猫头鹰。第二次，猫头鹰正面出现了，那是大麻子为报复去捉二牛鼻的奸，被二牛鼻打得趴在地上起不来，呼应着"头上"二牛鼻"哼！哼"的"冷笑声音"，白杨树上的猫头鹰也忽而笑起来，"哈！！！！"它也幸灾乐祸于大麻子的"打狗不成被狗咬"，给大麻子的仇恨火上浇油，与比亚比扬的口技一样，驱使着打斗的升级。夜猫子第三次笑，是与比亚比扬的口技合奏。这一次它是幸灾乐祸于大麻子与二牛鼻的一死一伤，幸灾乐祸于牛店子落得个"白茫茫一片大地真干净"。

牛店子上空两种声音的交织演奏，这音响效果被作者编织于小说的情节中，对情节的内蕴具有无形的象喻意义，对情节的进展具有有形的驱动作用。这是作为诗人的小说家在小说中之"诗的描写与表现"，这就是诗！

下面必须再费一点篇幅，看一看小说中俯拾皆是的对"动作、生活"的诗的描写：那大麻子去四先生家讨钱、讨吃的木讷愚拙，那县大老爷在堂上审案时的装腔作态，还有年节之前"牛七把"的杀猪绝艺，集市上小摊贩叫卖各式各样农家美食，"经纪人"给买主和卖主拉皮条时以故弄玄虚的手势打着哑谜，"叫街"老汉用半头砖敲打胸膛乞讨的惨烈方式；再看那"噼啪、乒乓的爆竹声里"的花炮市，"灯节下怀仁堂门前"的"鳌山灯"，更有惊险得让人透不过气儿来的二牛鼻与如意儿的高跷竞技……都是精彩的诗章，不及一一叙述。拙笔只先落定在集市上切糕车前，"一个老女人"买了"热气腾腾的一块切糕"，"糕上面的枣子个个都对着她笑"，她自己"舍不得吃","带回去给她家最心爱的孙子";"攫街的"过来了,切糕被攫走了;"攫街的"又被老女人的熟人揪住了,"他'呸''呸'就赶紧向切糕上吐吐沫";切糕要不得了,"老女人不住地骂着王八羔子";待老女人再去买一块切糕时,她看到:

  有一个高大身躯的汉子,穿着有补丁的裤袄,将脑后的辫子绾成一个纽,努着眼,牙齿都露出来,手里拿着一把三四寸来长的小刀,向自己的顶上一划,一道鲜血就一直流出来,流过了眉心。卖切糕的忙了手脚,赶快抓一把钱给他,……(那血)滴在盖切糕的布上面……

  两起强讨的闹剧,由老女人的一块切糕把它们绾接起来,前一出纯是无赖行径,还带几分喜剧色彩,后一出让人嗅出一丝"自伤性恐怖袭击"的味道,带着血腥与惊恐。两出闹剧绝没有什么美可言,"诗的描写与表现"再现了那个特定时代的丑恶的真实存在。

  还是要聚焦在大麻子这个"男一号"身上,前面已说到了他去四先生家"踢飞脚",就看一看作者怎样"诗化"了他的"表演":

  大麻子忽然出现于小书房的堂屋里……直矗地站在当地,一声不言语。这使他们——四先生、地方和二牛鼻——不觉都僵在那里,僵得他们快要喘不上气来。但这不过是不到一分钟的时光罢了。这之后,出乎意外的大麻子常是半开半合的眼睛大睁开了,射出两道血光来。"吧!"的一声,大麻子飞起了左脚,用了大的左巴掌在脚面上用力地一拍。左脚落下了,接着迅速飞起了右脚,用了右掌又用力地一拍,又是"吧!"

的一声。右脚才一沾地,遂即又虚飞了一飞左脚落下来,紧接着右脚飞起,大的右巴掌这回是用了全身的力量拍在脚面上,"吧!"这飞脚的表演,起讫不到五秒钟。两只一尺二的大铲鞋上面所沾的尘土就弥漫在小书房的堂屋里,有如下了一阵雾。……(大麻子)嘴里嚷着"他妈的二百小板子,大麻子只当挠痒了。有本事今儿就教狗腿再把我抓进城去,左不过是打板子。你们有脸,大麻子我有屁股。"嚷着就一直走出了大门,他完全不理会昨日的创痕……经这一番表演,重新绽裂,血又流过大腿了。

小说把一个"闯光棍"的人的"光棍"表演,演义得如同今日荧屏上的一连串耀目震耳的惊人画面,更像是京剧舞台上武生的一场绝技表演。父亲一介书生,不用说武功,除了打乒乓,什么运动都没做过,但他一定实实在在在乡里看过"踢飞脚",他的诗笔让这一切无比生动传神地搬演在读者面前,真正是诗化了小说人物的动作与生活,且以这诗化了的动作与生活展现出大麻子的"这一个"。"无论那生活与动作是丑恶的,或美丽的",它给读者的却是至高的艺术享受。

以上略述的这些"诗的描写与表现",大约就是诗人冯至晚年"怀念羡季"时说的"惊人之笔"吧!

《乡村传奇》是父亲最后一部小说,看得出他完全是依据自己所立的创作准则来创作的。这一年他整整五十周岁,一个已现衰老病弱之象的诗人,竟有着如此强力的惊人之"笔"。我以为这是父亲小说创作的高峰,成为他小说创作的压卷之作。

（七）为了"热和力"与"文章美"
——翻译俄国作家安特列夫的小说

父亲酷爱小说，会读书之后就开始读小说；能写文章了，就开始练习写小说；学了西洋文学，就开始读英文小说。大学毕业后，他虽是在中学教国文，但从没有放弃英文原版书的阅读，进而发展到翻译英文版的小说。

父亲多次向书局订购西洋原版书，有一次书款高达四五十元，相当于他当时的半月薪资。他购书不是为藏书，目的在于"继续读书事业"，及促进写作"或有进境"。[1]他在给卢伯屏的信中报告：

青岛今日……放假一日，……只在家闷坐读西洋人小说耳。（1925.4.11）

学校仍然罢课……，弟日日读英文小说而已。（1925.6.15）

自五卅事件以后，日日读书，英译柴霍甫[2]小说，已阅六七十篇。今兹挥笔属文，文思亦颇不枯。（1925.7.8）

我近来生活甚安适，日日读英文书籍廿页……（1925.10.20）

日来弟甚能读书，前夜（二小时的工夫）至浏览英文小说

---

[1]见致卢伯屏函，1925.5.11，5.26，9.27。
[2]今译契诃夫。

五十余页。足见近中读外国文的能力亦增进矣。（1925.10.24）

至于翻译工作，至迟在1926年已经开始。当时，他与同在天津女师执教的卢季韶、陈炜谟等几个朋友一起切磋译文，英译汉，汉译英，他们甚至商议着翻译鲁迅先生的《野草》。[1]父亲自己动手做翻译大约是自1927年正式开始的。他在5月7日的信中告诉卢伯屏：

> 我已着手做翻译。敢情很容易。我真奇怪他们为什么把翻书当作一种神圣的高不可攀的事业呢！我敢自信，再过一两个礼拜（或者三四个），我一定译得又好而且又快。

这一年的10月7日，父亲向卢氏陈述自己翻译的初衷：

> 目的不在介绍，不在卖稿子，只在养成自家"读书精细"之习惯耳。弟今日始知自己读书太不求甚解，害事不浅。

此后的一年之中，他课余的写作"除掉几篇译作之外"，并散文皆不作。这一时期，他译的是安特列夫的小说集《小天使》中的几个短篇。[2]大约至1929年秋执教燕大后，专力于课事而中止了翻译工作。

父亲做翻译，是出自对西方文学的爱好，以之为提高自己文学素养的手段，所以并不曾拿去发表。他所译的作品可惜绝大多数都未能保存下来，现在所能看到的，只有据英译本转译的俄国安特列

---

[1]见致卢伯屏函，1926.11.21，1927.11.15，1928.2.5。
[2]见致卢伯屏函，1928.10.6。

夫的小说《大笑》《在车站上》两篇，克鲁泡特金《论涅克拉索夫》残稿，以及与卢季韶合译的小泉八云的讲义《英文诗中的恋爱观》。

《大笑》刊于1946年1月2日《益世报·语林》。小说采用第一人称叙事手法，讲述的是"我"激动、焦躁地渴望着"伊"的到来，但伊最终没有来。为了排解内心的失落以及失落带来的寂寞，"我"穿上了一套别人挑剩的、自己并不喜欢的小丑服装闯入化装舞会，所到之处，引发一浪接着一浪汹涌的"大笑"；不期然遇见了"伊"，"伊"竟也"只是大笑"。众人却觉得"我"是"大大的成功"了，这让"我""失望的疯狂"，寂寞更加深重且无从排解——"我"几乎溺死在内心无边无际的寂寞和眼前无休无止的大笑中。作者想表达的大概是别人从来不会关注你的内心，他们只会通过你的外表做出反应和判断——哪怕这外表只不过是虚假的面具；即使你表达出了你的内心，他们也并不相信，更谈不上理解和接受——留给你的只是无法排解的深刻的寂寞。进言之，作者意图揭示的，或许是每个人无不生活在假面的围裹之中，生活中的"大笑"掩盖的是虚假和寂寞。

《在车站上》刊于1946年《青光》杂志创刊号，描述的是"我"眼中所见的一个车站警官的"腻烦"的日子，这"腻烦"充斥在他所有的工作与生活中，而其来由则是他日复一日、简单枯燥、无所事事的无聊。他的形象虽非《大笑》中的"我"那样真的套上了假面具，但他强大、尊严的外表更像是一幅无形的、巨大的假面。在这假面的"外套"下，他用捉住无票乘客与训斥砌墙瓦工来疗治他的"腻烦"，却丝毫无济于事，于是他在瓦工休息的空当儿，去掉"假面"，试着去做那砌墙的活儿，意图缓解自己的"腻烦"，想不到这又全收入了"我"的眼底，"腻烦"未解，却又加上一层羞惭。他的"腻烦"是无从逃脱的。

两篇译作正是鲁迅先生评价安特列夫所说:"将十九世纪末俄人心里的烦闷与生活的暗淡都描写在这里面。"[1]笼罩着两篇小说的气氛情调,恰恰可以用小说《大笑》中的一句话来概括:"阴沉而文雅,带一种漂亮的忧郁的阴影。"

父亲的译文深情而流畅,充盈着对于生命的深刻理解,"就安德列耶夫的作品的风格而言……是充分地体现出来了。……原作者作品的细腻,对主人公内心感觉、感受的发掘和再现,人物心境瞬息奥妙的变化等,译文表现得都很准确。"[2]

父亲何以专译安特列夫?他在《关于安特列夫》一文中说:

> 我自读了鲁迅先生所译的《暗淡的烟霭里》,便开始喜欢安特列夫,于是尽力搜集安特列夫的英译及中译的作品来读。……我之所以喜欢安特列夫,那原因就在鲁迅先生所说"使象征印象主义与写实主义相调和……俄国作家中,没有一个人能够如他的创作一般,消融了内面世界与外面表现之差"。……(然而安特列夫)在外国,在中国,渐渐为世人完全忘却,……没有人再来烧这冷灶了。

父亲不趋时流,他来烧这"冷灶"。而他之译安特列夫,又不仅只是出自个人的喜爱。喜爱属于情感的范畴,这是他做翻译的因由,从"因由"到施行,是较之喜爱更深一层次的——父亲对安

---

[1] 鲁迅译安特列夫《暗淡的烟霭里·跋》。
[2] 郭秀媛《学贯中西的学者、教育家顾随老先生》,收入《顾随先生百年诞辰纪念文集》。

氏作品有着情感的共鸣和理性的认知。他以为安特列夫作品风格之"悲观与神秘","在今日的中国与别国是一样的不需要",但安氏之可取有两点：

> 其一，在他的悲观里，虽然没有光，却蕴藏着热和力；这热和力即使在我们的文坛上"拖着光明的尾巴的"许许多多的作品里也百不一遇的。倘使没有热和力，而只有光，那光便只是浮光，一无可取的了……。其次便是他的"文章美"。……我深深地感觉到鲁迅先生所说他的"创作里，又含着严肃的现实性以及深刻和纤细"之不虚；那严肃，那深刻，那纤细，也便是我所谓安特列夫之"文章美"。环顾中国文坛上那些粗制滥造的作品，那轻佻，那肤浅，那粗拙，该是多么令人痛心的事哪！

父亲是在发表译作《大笑》的同时，撰写了《关于安特列夫》一文，刊于小说发表之后的第五天，使我们对他之译安特列夫有了一个更为切实而精准的理解。他对安特列夫所肯定的两点，我想，拿到七十余年后的今天，也应依然是没有过时的吧？

至于父亲所译的安特列夫《小天使》中的其他作品，由于不曾发表，连篇目都无从查考，更无缘一睹"庐山真面"了。深以为憾！

后　记

在后辈学人眼中，顾随先生是国学大师，词、曲、诗名家，书法家，禅学家，传道授业解惑的教学艺术家。在遍览先生创作著述之后，分外感觉先生的小说创作与研究独标一格，有时人未曾涉及的角度和领域，故而作为晚生后辈，我不揣简陋，怀着虔诚而崇敬的心编订了这一册《顾随与小说》。

先生最早的人生目标是"渴望自己成为一个小说家"，其青年、中年时期即有小说创作问世；先生一生又是小说的热心读者，他译小说，论小说，还时时于课堂内外谈及小说，对小说的论述与讲授可以说是贯穿于他一生的教学与研究中。据现今所收集到的资料，上编辑入他的中短篇小说创作；下编辑入他的小说论著，今所见相关译作附于《关于安特列夫》一文之后；外编则是汇集了他在书信、日记与课堂讲授中对小说的精言萃语。先生六女顾之京写有《读父亲顾随的小说》一文，对先生诸多小说作品的创作缘起、背景、创作情况以及她对父亲作品的理解与体悟，都有亲切的记述。她同意将这篇未曾发表过的作品编入本书作为附录。师姐高献红在本书资料收集、整理、编订过程中付出良多。书稿初定，师姐便通读全稿，给出许多具体而中肯的意见，让首次编书的我避免了很多疏误。于此而言，本书是我们共同努力的结果。

自改革开放以迄于今，顾随先生的学术形象与成就早已鲜明地进入后辈读者的视野，而对他作为一个小说作家和研究家，及今关注、研讨尚少。如今，这册书呈于后辈读者面前，寄望能略补顾随研究上的一角缺憾，使读者得以了解、感受一个更全面的学者形象。

作为编者，我更深心冀望这本书能达成顾随先生十五岁时产生的"成为一个小说家"的心愿，以慰先生在天之灵于万一。

今年是顾随先生忌辰六十周年，谨以此书作为六十年忌辰的纪念。

祈望能继续收集到顾随先生关于小说的作品与论述，也盼望着不断有研究顾随小说的华章出现。

石蓬勃

二零二零年九月